《西游记》与百年中国语文教育

张心科◎著

华东师范大学出版社
·上海·

图书在版编目（CIP）数据

《西游记》与百年中国语文教育/张心科著. —上海：华东师范大学出版社，2023

ISBN 978 - 7 - 5760 - 4259 - 7

Ⅰ.①西… Ⅱ.①张… Ⅲ.①《西游记》研究②语文教学—教育史—中国 Ⅳ.①I207.414②H19 - 092

中国国家版本馆 CIP 数据核字(2023)第 212066 号

《西游记》与百年中国语文教育

著　　者　张心科
责任编辑　王丹丹
责任校对　樊　慧　时东明
装帧设计　卢晓红

出版发行　华东师范大学出版社
社　　址　上海市中山北路 3663 号　邮编 200062
网　　址　www.ecnupress.com.cn
电　　话　021 - 60821666　行政传真 021 - 62572105
客服电话　021 - 62865537　门市(邮购)电话 021 - 62869887
地　　址　上海市中山北路 3663 号华东师范大学校内先锋路口
网　　店　http://hdsdcbs.tmall.com

印 刷 者　上海展强印刷有限公司
开　　本　787 毫米×1092 毫米　1/16
印　　张　15.75
字　　数　253 千字
版　　次　2023 年 12 月第 1 版
印　　次　2023 年 12 月第 1 次
书　　号　ISBN 978 - 7 - 5760 - 4259 - 7
定　　价　58.00 元

出 版 人　王　焰

摘　要

《西游记》经典化的过程与现代语文教育发展息息相关。语文教科书节选《西游记》的哪些部分、做出何种阐释，都直接影响到其被接受的命运。本书以《西游记》在现代语文教育中的接受史为研究对象，分清末民国（1902—1949）、新中国（1949—1966）、“文化大革命”及其结束初期（1966—1978）、新时期（1979—1999）、新世纪（2000—　）五个时期，从教材收录、阐释情况和课外阅读三个层面，呈现其一百多年来的不同际遇，总结其发展的基本规律，分析影响其被接受的多重因素。本书可为文学研究拓宽视野，为语文教育，尤其是其中的整本书阅读教学提供参考。

目　录

前 言

现在《西游记》在中国可谓家喻户晓，就像 1961 年袁世硕在《漫谈孙悟空和〈西游记〉的时代特色》中说的，“识字的人，没有读过《西游记》的恐怕不多；不识字的人，也经常有机会接触到它里面的几个主要人物形象和部分精彩篇章”[1]。然而，在“文化大革命”期间，《西游记》被列入“封、资、修”的行列而被禁止阅读，以至于“文化大革命”后期的一些语文教科书在鲁迅的《从百草园到三味书屋》的注释中将其和冷僻的《荡寇志》一道注出，如辽宁省中小学教材编写组编，辽宁人民出版社 1973 年 7 月第一版、1974 年 5 月河北第三次印刷辽宁省中学试用课本《语文》第 2 册第 23 课《从百草园到三味书屋》对文中出现的《荡寇志》和《西游记》的注释分别是“清代俞万春写的一部反动小说。它攻击农民革命，污蔑《水浒》里的英雄人物是‘盗寇’”和“明朝吴承恩著的一部神话小说”。如果再前溯，又会发现教科书是否节选《西游记》，节选《西游记》中的哪一部分作为课文，在每个时代都不相同，这既与不同时代的人们对《西游记》的认识不同有关，也与每个时代的教育目的、儿童观、选文功能观等有关，因为这三者决定着教科书的选文标准。反之，梳理《西游记》在百年中小学语文教育中的接受史，既可以看到不同时代的人们在教育的视域中对《西游记》的不同阐释，也可以看到近百年来教育目的、儿童观、选文功能观的演变，及在其影响下的教科书的选文标准、编者和师生的阐释方式以及教学的内容、过程与方法的演变。

1　袁世硕《漫谈孙悟空和〈西游记〉的时代特色》，《山东大学学报（哲学社会科学版）》，1961 年第 1 期第 60 页。

本书将以《西游记》在现代语文教育中的接受史为研究对象，分清末民国(1902—1949)、新中国(1949—1966)、“文化大革命”及其结束初期(1966—1978)、新时期(1979—1999)、新世纪(2000—　)五个时期，从教材收录、阐释情况和课外阅读三个层面，呈现其一百多年来在我国中小学语文教育中的不同际遇，总结其发展的基本规律，分析影响其被接受的多重因素。本书可为文学研究拓宽视野，为语文教育，尤其是其中的整本书阅读教学提供参考。

2023年8月20日

第一章

《西游记》与清末民国语文教育（1902—1949）

从教育要满足儿童的需要的角度来说，在“四大名著”中最应该被选作课文的是《西游记》，因为儿童喜欢动物，喜欢神话。不过，20 世纪前期，在中小学语文教科书中，“四大名著”中出现比较多的是《红楼梦》和《水浒传》，其次是《三国演义》，最少的是《西游记》，其在数百套语文教科书中大约只出现过 9 次，而且与其他三大名著相比在小学出现得也较晚，1933 年才被选入初小《国语新读本》。为什么？从文学教育应注重审美的角度来说，教学目标的确定和教学内容的选择，首先应该定位于涵养性情，其次才是启发智德，但是在语文教育中却不尽然。这又是为什么？整本书的课堂教学与课外阅读的情形，又有何区别？本章将梳理《西游记》在清末民国语文教育中的接受史，也试图借此从一个侧面来考察近代文学与教育的互动关系。

第一节
《西游记》与清末民初语文教育（1902—1916）

虽然 1902 年梁启超就曾在《论小说与群治之关系》中提倡“小说界革命”，但是直至胡适在《文学改良刍议》中提倡“文学革命”前，文学作品尤其是小说在教育中的地位一直很低。1902—1904 年，《钦定学堂章程》和《奏定学堂章程》的颁布或实行标志着语文独立设科。不过，当时实用主义的思想盛行，清末民初的小学国文教科书如初等小学用《最新国文教科书》(1904)、《共和国教科书新国文》(1912)等以传授实用知识、进行思想教化为主，课文主要是说明文、议论文，或者是用来说明道理、介绍知识的记叙文。1901 年禁八股、1905 年废科举之后，考试以考查策论为主，写作策论则需要大量阅读、模仿古文，而当时桐城派古文被认为是文章的正宗，所以清末民初的中学国文教科书如《中学国文读本》(1908)、《中华中学国文教科书》(1912)几乎是古文的汇编。正如黎锦熙所说的，“清末(二十世纪开始时)兴学，坊间始依钦定课程编印国文教科书；中学以上，所选大率为‘应用的古文’(胡适氏用以称桐城派者)，其高者亦不出姚氏《古文辞类纂》等书之旨趣与范围”“民国初年(一九一二以后)中学学制无甚更张，所出国文选本，惟内容稍稍扩大：高年级略选经籍，似至此始知由姚选进而取法乎曾选之《经史百家杂钞》也者；又稍稍羼入诗歌”[1]。

清末的《奏定学堂章程》中设置了作为课外阅读之用的“中小学堂读古诗歌法”、民国初年的中学教科书中出现了少量的诗歌，允许诗歌进入教科书，是因为诗歌可以“涵养性情，宣导血气”(《共和国教科书国文读本》编辑大意)，且以前属于“四书”“五经”的一些诗文的身份已由经变为文，蔡元培等人曾提倡美育。虽然清末的小学教科书中出现了以“某儿”称呼虚拟的角色，民初的小学国文教科书中也出现了“煤炭自述”“水火谈话”之类的课文，但都只不过是为了便于呈现知识、灌输道理，即“鸟兽草木之奇，风雨水火之用，亦假伊索之体以为稗官之料，此科学之用也”[2]，并非让学生获得审美愉悦的“文学之用也”。尤其是神怪类的小说容易让学生产生虚幻的心理，如清末孙毓修一方面希望能像西方那样“盛作儿童小说”以满足儿童的阅读需要、补救教科书的不足，另一方面又指出自己在翻译童话时不选其中的神话——“神话幽怪之谈，易启人疑，今皆不录”[3]。小说既不能提供实用知识，也不能作为写作古文的范本，是绝对不被允许进入国文教科书的。神话小说更不可能。如北洋政府教育部颁布的《中学国文教授要目草案》在规划未来的部编教材时提到，“如《木假山记》《喜雨亭记》《项脊轩记》等篇，或无甚意义，或有似小说，不须诵习也”[4]。似小说的记叙文尚不能选，纯虚构的小说就更不能选

1 黎锦熙《三十年来中等学校国文选本书目提要》，国立北平师范大学《师大月刊》，1933 年第二期第 4 页。

2 孙毓修《童话序》，《教育杂志》，第一年(1909)第二期“杂纂”第 10 页。

3 孙毓修《童话序》，《教育杂志》，第一年(1909)第二期“杂纂”第 9、10 页。

4 《中学国文教授要目草案》，《教育研究》，1915 年第二十四期第 41—42 页。

了。又提出“寓言游戏之作”“谈说玄理之文”不可选[1]，那么题材多玄怪、笔法近游戏的神魔小说《西游记》自然是更应排除在教科书之外的。

沈仲九说：在“国文”改为“国语”之前，“教国文，他的采取教材的范围，只用六经诸子以及唐、宋、明、清的古文；至于小说、戏曲和国语文，不但不教，而且禁止学生阅看”[2]。所以，清末民初肯定会有学生在课外阅读《西游记》，一些开明的家长可能会允许，例如茅盾（1896—1981）回忆初入学堂时父亲指导自己读书，教材既有《三字经》《论语》，又有新学“洋书”《文学初阶》《速通虚字法》。母亲给自己讲过《西游记》的片段，自己看的“木板‘闲书’中就有《西游记》”，父亲不仅不禁止，反而给他找来石印的《西游后记》，并说：“看看闲书也可把‘文理看通’。”[3]不过这种情况属少数。

第二节
《西游记》与新学制前后的语文教育（1917—1927）

1916 年，袁世凯复辟失败之后，各项改革加速。国语运动者希望借助“言文一致”而最终达到“国语统一”，所以竭力推行注音字母，主张实行白话文教育。文学革命论者，主张创作“人的文学”“社会文学”“真文学”“活文学”等，自然是提倡白话文学，因此传统的白话小说地位日显，如 1917 年胡适在著名的《文学改良刍议》中提到，“今人犹有鄙夷白话小说为文学小道者。不知施耐庵曹雪芹吴趼人皆文学正宗，而骈文律诗乃真小道耳”[4]。桐城派古文由正宗变成了“谬种”，传统戏文小说由小道变成了正宗。1920 年，教育部通过了周作人、胡适等人在国语统一筹备会上提交的《国语统一进行方法的议案》，训令小学由“国文”（文言）改为“国语”（白话）。国语运动者和文学革命者都希望能先占领中小学这个“大本营”，借助教科书语体、文体的变革来推进国语运动和文学革命。1919 年，杜威来华宣传其教育思想。不久，其“儿童中心”“生活本位”“做中学”等思想被我国教育界普遍接

1 《中学国文教授要目草案》，《教育研究》，1915 年第二十四期第 42 页。
2 沈仲九《中学国文教授的一个问题》，《教育杂志》，1924 年第十六卷第五号第 1 页。
3 中国现代文学馆编《茅盾文集（下）》，北京：华夏出版社，2000 年版第 201 页。
4 胡适《文学改良刍议》，《新青年》，1917 年第二卷第五号第 9 页。

受。1921 年,孟禄来华考察教育,他对中国的学制提出了强烈的批评。在多种势力的共同推动下,我国启动了学制改革。1922 年,实行新学制(史称"壬戌学制")。1923 年,由全国教育联合会委托吴研因、叶圣陶、胡适等人草拟的新学制课程标准小学、初中、高中国语课程纲要颁布。

不过,白话文学进入中小学并不单纯是国语运动者、文学革命者强行推进的结果,还与教育改革的需要及革新者的认识有关。1916 年左右,江苏一师附小的俞子夷、吴研因等人已经在自编白话教材,并主张设置"文艺科"。他们在教学中发现儿童特别喜欢读白话儿童文学。1919 年 4 月至 1921 年 8 月,杜威来华演讲,其"儿童中心"教育思想在当时被普遍接受。1919 年五四运动爆发前后,师生热衷于讨论各种"问题"和"主义"。要反对成人本位的教育,必须实行儿童本位的教育,而实施儿童本位的教育,所使用的教材就必须是符合儿童生活经验的儿童文学。要反对实用主义,需进行审美主义的教育,而文学是实行审美教育的一个重要凭借。要反对旧思想,最好的教材就是体现新思潮的文学作品。于是,儿童文学、白话新文学全面进入了中小学教育。吴研因草拟的《新学制课程标准纲要小学国语课程纲要》以及上述叶圣陶、胡适草拟的中学国语课程纲要均主张以白话文学教育为主体,教科书的文体和语体也随之发生变化,小学以纯美的儿童文学为主,中学就像 1932 年有人说的,"我国中学国文教科书,自来只是《古文观止》一类的变相,在国文教育的意义上,实无多大价值可言。十年前,国语文学运动勃起,又以教育制度的改革,国文教科书的编辑,才起变化……所选教材,多白话作品,即素被轻视的小说戏曲亦被选用了"[1]。

在讨论中小学国语教学时,许多人主张选用《西游记》作为教材,如胡适在《中学国文的教授》中就提出中学要看《红楼梦》《水浒传》《西游记》等"二十部以上,五十部以下的白话小说",也可将《西游记》作为教材在课堂上讨论:"《西游记》前八回是神话滑稽小说,教员应该使学生懂得作者为什么要写一个庄严的天宫盛会被一个猴子捣乱了。"[2] 何仲英在《国语文底教材与小说》中也指出,可将《西游记》作为教材讨论孙悟空大闹蟠桃会的写法:"把一件头绪很繁的事,聚拢在一齐了局,

1 徐蔚南编、初级中学学生用《创造国文读本》,上海:世界书局,1932 版第 1 册第 1 页。

2 胡适《中学国文的教授》,《新青年》,1920 年第八卷第一号第 3、4 页。

这又是什么结构?”[1]课程标准也有相应的规定,如叶圣陶起草的《新学制课程标准纲要初级中学国语课程纲要》的“略读书目举例”中的第一本就是《西游记》,胡适起草的《新学制课程标准纲要高级中学公共必修的国语课程纲要》附录的“高级中学应读的名著举例”中的第四本是《古白话文选》,该书的下册中就有节选自《西游记》的《孙悟空》[2]。

一　中小学语文教科书的接受与阐释

如果从运用“白话”表述、采用“文学”体式、满足“儿童”兴趣[3]、反映社会“问题”等要素来看,《西游记》是非常适合作为当时的中小学教材的,不过1917—1927年其以作品的形式只出现在以下三种中学语文教科书中,竟然没有出现在任何小学国语教科书中。为什么?

表1-1　中学语文教科书

课文题目	教科书名称	编　者	出 版 社	时间及版次	学段及册次	节选或改编	《西游记》相关回目
孙悟空	白话文范	洪北平、何仲英	商务印书馆	1920年8月初版	初中第二册	节选	第一回　灵根育孕源流出 心性修持大道生
人参果	新中学教科书初级国语读本	沈星一	中华书局	1925年3月初版	初中第二册	节选	第二十四回　万寿庄大仙留故友 五庄观行老窃人参

1　何仲英《国语文底教材与小说》,《教育杂志》,1920年第十二卷第十一号第8页。

2　课程教材研究所编《20世纪中国中小学课程标准·教学大纲汇编(语文卷)》,北京:人民教育出版社,2001年版第276、278页。

3　按照复演论的观点,“小孩子最爱读的是一些荒唐、野蛮的东西”。迟受义《儿童读物研究》,《师大月刊》,1936年第二十四期第52页。

续 表

课文题目	教科书名称	编　者	出 版 社	时间及版次	学段及册次	节选或改编	《西游记》相关回目
孙悟空	古白话文选	吴遁生、郑次川	商务印书馆	1927 年第四版	高中下册	节选	第一回　灵根育孕源流出　心性修持大道生

（一）《西游记》在中学“白话”教科书中作为讨论文学问题和学习白话文的材料

进入中学课本的《西游记》，其功能有如下三种。

一是作为讨论文学问题的材料（国语 + 思潮）。即《西游记》不是以作品的形式出现的，而是以讨论文学“问题”的例证出现的。例如朱文叔编写、中华书局 1920 年 4 月出版的《国语文类选》的广告称其为“新文化的先锋 白话文的大观”。其例言提到本书要体现“‘国语文’底发达，和‘新思潮’底澎涨”的现实。也就是说，学习这本书的目的主要是了解“国语文”和“新思潮”。其第一卷第一类“文学”的选文并不是文学作品，而是讨论文学问题的文章，包括《什么是文学?》（罗家伦）、《建设的文学革命论》（胡适）、《文学改良刍议》（胡适）、《论短篇小说》（胡适）、《谈新诗》（胡适）、《近代文学上戏剧之位置》（知非）、《文学进化观念与戏剧改良》（胡适）、《文艺的进化》（厨川白村、朱希祖）、《人的文学》（周作人）、《白话文的价值》（朱希祖）、《“的”字的用法》（胡适）、《新式标点符号》（国语统一筹备会议案）。其中多处以《西游记》为例来说明白话文学问题。如胡适在《建设的文学革命论》中称，《西游记》是用“活文字”（白话）作的“活文学”的代表，又说：“试问我们今日居然能拿起笔来做几篇白话文章，居然能写得出好几百个白话的字，可是从什么白话教科书上学来的吗？可不是从《水浒传》《西游记》《红楼梦》《儒林外史》等书上学来的吗?”他又在《文学改良刍议》中宣称：“吾惟以施耐庵曹雪芹吴趼人为文学正宗。”不过，周作人在《人的文学》中将《封神传》《西游记》等列入“迷信的鬼神书类”，认为这类书虽然在研究民族心理乃至从艺术本身（“纯文学”）来看都有价值，但是在“主义”上“这类全是防碍人性的生长，破坏人类的平和的东西，统应该排斥”[1]。他在《儿童的文学》

1　朱毓魁选辑《国语文类选》，上海：中华书局，1920 年版第 1 册第 13、30、81、82 页。“防阻”今多写作“妨碍”。

中反对那种含有“过量的鼓动崇拜英雄的心思”和“助长粗暴残酷的行为”的传说，不过他又说：“中国小说里的《西游记》讲神怪的事，却与《封神传》不同，也算纯朴率真，有几节可以当童话用。”[1]可见，他没有一味地否定《西游记》中纯朴率真的部分及其具有童话的性质。这些从《新青年》《新潮》中选来的文章，讨论了价值、创作等诸多文学的问题。

二是主要作为学习白话文的材料（国语+文学）。无论是从国语还是文学建设的角度来看，古代的白话小说都是一个重要的资源，所以应将这些作品作为学习白话文写作的范例选入。《白话文范》和《古白话文选》均将《西游记》作为学习白话文的材料来使用。《白话文范》（1920）的编辑大意称，“编辑这一本书，是供研究白话文的人做范本用的，所以名为《白话文范》”，“所选的文合于中等学校的程度，中等学校教授白话文，可以用做教本”。同年，其编者之一何仲英在《白话文教授问题》中说：对于《西游记》《水浒传》《红楼梦》等传统白话小说，“删除那和现在不合式不通行的字眼，尽量用那现在能用的字眼，做我们创造新文学的工具，久久的试验下去，自然会有国语的文学，还怕标准国语不成么？”[2]《白话文范》的第2册共31篇课文，有翻译小说4篇和古近白话小说6篇，后者包括《孙悟空》（《西游记》节录）、《季遐年》和《荆元》（《儒林外史》节录）、《君子国》（《镜花缘》节录）、《桃花山》和《玉大人诬盗记》（《老残游记》节录）。何仲英在《白话文教授问题》中指出，“中国名家小说，虽多长篇，然而有高尚的思想，优美的结构，能自成段落，节录教授者，不妨酌选”，“《西游记》，选其理解高妙有兴趣者”。[3] 大概在他看来，之所以在《白话文范》中选入《孙悟空》，是因为《西游记》及其第一回符合这个标准。

《古白话文选》（1927）中的选文包括书信、语录、诗、词、曲、小说六大类，其中小说选择了包括选自《水浒》的《鲁智深》《智取生辰纲》《林冲》，选自《儒林外史》的《吴学究》《王冕》《周进和范进》《王太太》《余大先生》，选自《三国演义》的《赤壁之战》，选自《西游记》的《孙悟空》，选自《红楼梦》的《刘老老》《林黛玉》，选自《镜花缘》的《骆红蕖打虎》《两面国》《唐小山寻父》，选自《老残游记》的《大鼓》《诬盗记》《桃花山》。相对于“五四”新文学中创作的小说，它们都属于“古白话”“旧文学”的

1 周作人《儿童的文学》，《新青年》，1920年第八卷第四号第5页。

2 何仲英《白话文教授问题》，《教育杂志》，1920年第十二卷第二号第2页。

3 何仲英《白话文教授问题》，《教育杂志》，1920年第十二卷第二号第7页。

范畴。编者在“凡例”中称，这些章回体旧小说在节选时需要删节，删节时要注意首尾完整，节选的某一两回或某一两段本身“便成一篇短篇小说”；其次对于一些编者认为不重要或者不当的内容也删除了，例如他认为《林冲》中的棒打洪教头一节不重要，《火烧赤壁》写周瑜对付孔明，“竟把一个雅量高致的周郎，写成一个阴贼险狠的鄙夫”，所以都删掉了。该书和《白话文范》一样，都节选了《西游记》的第一回，均从“东胜神洲海外有一国土，名叫傲来国”起，到“好好好！自今就叫做孙悟空也”止。大概在编者看来，这一部分情节完整，内容有趣。

三是既作为讨论问题又作为学习白话文的材料(国语 + 思潮 + 文学)。

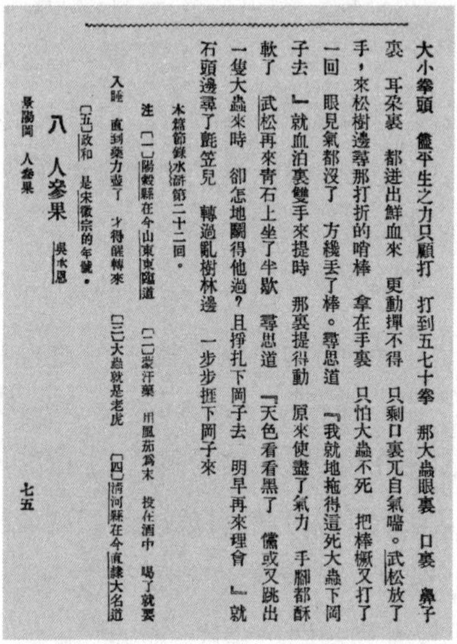

大小拳頭　儘平生之力只顧打　打到五七十拳　那大蟲眼裏　口裏　鼻子裏　耳朵裏　都迸出鮮血來　更動撣不得　只剩口裏兀自氣喘。武松放了手，來松樹邊尋那打折的哨棒　拿在手裏　只怕大蟲不死　把棒橛又打了一回　眼見氣都沒了　方纔丟了棒。尋思道　『我就地拖得這死大蟲下岡子去』就血泊裏雙手來提時　那裏提得動　原來使盡了氣力　手脚都酥軟了　武松再來靑石上坐了半歇　尋思道　『天色看看黑了　儻或又跳出一隻大蟲來時　卻怎地鬬得他過？且掙扎下岡子去　明早再來理會』就石頭邊尋了氈笠兒　轉過亂樹林邊　一步步挨下岡子來

本篇節錄水滸第二十二回。

注　〔一〕陽穀縣在今山東東臨道　〔二〕蒙汗藥　用風茄爲末　投在酒中　喝了就要入睡　直到藥力盡了　才得醒轉來　〔三〕大蟲就是老虎　〔四〕清河縣在今直隸大名道　〔五〕政和　是宋徽宗的年號。

八　人參果　吳承恩

景陽岡　人參果　七五

图 1 - 1　《新中学教科书初级国语读本》(1925)

《新中学教科书初级国语读本》(1925)的编辑大意称：“本书所载各文，除从旧说部采录一部分外，概是今人的作品”，这些作品要求文质兼美——“一、内容务求适切于现实的人生，二、文章务求富有艺术的价值”；其体裁以文学作品为主——“以记叙文、抒情文为主，参用议论文、说明文”；其编排不严格按体裁、题材组织单元，不以篇幅长短排列先后，而以学生接受心理为准，由易到难——“第一册都是今人浅显的作品，以期和小学衔接。第二册兼采旧说部，使学者略识国语文演进的历程。第三册兼采译作，并略注重于讨论问题研究学理之文，使学者益了然于国语文在现今实际上的应用”。全书首尾几课一般是讨论“国语”“文学”“问题”及其之间关系的文章，中间是文学作品，以做到经纬交织、互为印证，如其第 2 册开头的 3 课是《国语的文学——文学的国语》(胡适)、《古典》(玄同)和《通信教授古典》(玄同)，结束的 3 课是《艺术生活》(丏尊)、《美术与科学的关系》(蔡元培)和《科学精神与东西文化》(梁启超)。第 4—14 课为《中国文字的源流》(章太炎)、《李超传》(胡适)、《王冕外传》(吴敬梓)、《景阳冈》(施耐庵)、《人参果》(吴承恩)、《人类的将来》(朱执信)、《到湖州后的感想》(季陶)、《山东底一部分的农民状况大略记》(孟真)、《济南》(刘铁云)、《刘老老》(曹雪芹)、《十

五娘》（玄庐）。《人参果》被置于其中，应该是作为学习国语文学及讨论反抗压迫问题的材料来呈现的。

（二）《西游记》在小学国语教科书中因其内容与形式可能存在问题而未被选入

这一时期出版的20余套小学国语教科书，都没有节选《西游记》[1]，原因可能有三：第一个原因可能是语言和体式的问题。《西游记》夹杂着文言，是章回体小说，不适合小学儿童阅读，所以不能像中学教科书那样直接从原著中节选。不过，完全可以根据儿童的语言水平和知识结构对其进行改编。那为什么不选？1922年，周邦道在《儿童的文学之研究》中讨论文体时就提到，“小说——叙述一种假设的事实，或确有的事实，有首有尾，有情有致。这种材料，最容易引起儿童阅读之兴味。但诲盗诲淫，在所不取”[2]。所以，第二个原因可能是其诲淫诲盗的情节易对儿童产生不良的影响。《西游记》和其他旧小说一样难免有“诲盗诲淫”的情节，就像后来有人说的，“成人爱读《西游记》……儿童也耳熏目染，也学着读起来”，“但若以整个的成人读物，整个的供给儿童读，不特内容与儿童以不良影响，即文字方面，亦不能适于儿童。西游记里的‘盘丝洞’，水浒里的‘潘金莲’‘潘巧云’‘阎婆惜’，老残游记里的‘妓女’，红楼梦里的‘贾宝玉初试云雨情’……都足以引起儿童的性的早熟，妨碍其身心发展”[3]。针对旧小说诲淫诲盗的内容可采用节本的方式处理，多数人都持这种观点。如胡适就说：“把那些淫秽的地方删节去，专作‘学校用本’。”[4]也就是说，可以不选这些诲淫诲盗的内容。那为什么仍没选《西游记》呢？例如吴研因等编、商务印书馆1923年初版小学校初级用《新学制国语教科书》有《捞月亮》《猴子闯祸》等以猴子为题材的童话，有《仙人跳舞》《仙人之歌》《太阳》等神仙故事，为什么不选《西游记》呢？吴研因等编、商务印书馆1924年初版

1 闫苹、张雯主编的《民国时期小学语文教科书评介》（北京：语文出版社，2009年版第207页）中评介了胡怀琛等人编撰的初级小学用《新撰国文教科书》，在其所录第8册教科书篇目中，有《猴之故事》（一）（二）。目前没有见到该册教科书，不知该文是否与《西游记》相关。

2 周邦道《儿童的文学之研究》，《中华教育界》，1921年第十一卷第六期第6页。

3 迟受义《儿童读物研究》，《师大月刊》，1936年第二十四期第53页。

4 胡适《中学国文的教授》，《新青年》，1920年第八卷第一号第4页。

小学校高级用《新学制国语教科书》中出现了四大名著中的其他三大名著中的《武松打虎》《诸葛亮》《草船借箭》《空城计》《刘老老》等，为什么就是不选《西游记》呢？第三个原因可能是其神仙鬼怪的题材，易导致儿童产生迷信或恐惧心理。1923 年颁布的《新学制课程标准纲要小学国语课程纲要》规定，国语课程的目的是“练习运用通常的语言文字，引起读书趣味，养成发表能力，并涵养性情，启发想像力及思想力”[1]。如果要达到这个目的，《西游记》完全有入选的必要。为什么不选？周邦道在《儿童的文学之研究》中还提到，幼稚园学习“童话——神话及仙人故事多些，但神话不可过于离奇古怪，免至儿童恐怖”，小学初年级应学习“童话——神话，仙人故事，动植物及天然故事，等等；但想像和现实应比较接近些的”[2]。1922 年，吴研因在《国语文教学法概要》中认为，教科书可以用神话，但是要符合条件，就是“凡神话能够引起儿童恐惧心的，不可用，一定要取和平美善的”，至于养成迷信观念，不足为虑，儿童听了、看了，也就忘了[3]。1923 年，吴研因在《国语课程纲要草案说明书》中提到，教科书内容含“神话，仙人故事，妖怪故事等”，但是“这类故事，要不惹起惶恐，引起迷信，而且足以破绝妄念”[4]。20 世纪 20 年代关于神仙故事有过论争，有人提出“教科书中不宜采取神话”，很多人认为神仙故事如《西游记》等易让儿童生恐怖情绪，甚至求仙访道的心理。有人称：西方科学发达，不妨用神话做教材，“中国科学幼稚，用神话做教材，适足养成儿童的妄想；极其弊，孙悟空、庐山老母、柳树精……神仙鬼怪将复活于中国社会，小义和团将复见于国际”。吴研因认为这是不对的，导人向善、启人想像的神仙故事与让人恐惧、使人迷信的神怪故事是不同的。《西游记》等带有寓言性质，往往“以神仙代表善美，以妖怪代表恶丑”，和《封神传》以及底层民众信奉鬼神的迷信不同。“小学教材，虽有仙人妖怪，却无贿赂免祸，祈求得福的事实”，“在选择教材时，主张慎重选择，绝对不用地狱、狐鬼等旧式的迷信材料”。另外，教科书中的课文多是牛羊谈话、草

1 课程教材研究所编《20 世纪中国中小学课程标准·教学大纲汇编(语文卷)》，北京：人民教育出版社，2001 年版第 13 页。

2 周邦道《儿童的文学之研究》，《中华教育界》，1921 年第十一卷第六期第 7、8 页。

3 吴研因《国语文教学法概要》，《新教育》，1922 年第五卷第四期第 759 页。

4 吴研因《国语课程纲要草案说明书》，《初等教育》，1923 年第一卷第一期第 80 页。

木思虑之类的“神话”，课外读物中才常见仙人医治驼背、妖怪被人弄死之类的“神话”[1]。不过可能是为了避嫌，吴研因在自己编写的上述两套小学国语教科书中并没有选入《西游记》的内容。就像他在《神话教材的研究》中说的，“如不能同时多备各种的神话教材和非神话教材而只能采用一种正教科书，那么这种正教科书，神话故事，似乎以少为是”，不过，可以在图书馆备一些神仙故事读本。他还特意提到了《西游记》，“旧小说如《西游记》尚可采取外，《封神传》《济公传》一类的东西，图书馆中也不宜存放”[2]。也就是说，可让儿童在课外阅读《西游记》。

1917 年，胡适在与陈独秀、钱玄同等人讨论国语文学问题时说：不仅《水浒传》《红楼梦》等反映社会问题的白话小说值得阅读，就是那些“神怪不经之谈，在文学中自有一种位置。其功用在于启发读者之理想。如《西游记》一书，全属无中生有，读之使人忘倦。其妙处在于荒唐而有情思，诙谐而有庄意。其开卷八回记孙行者之历史，在世界神话小说中实为不可多得之作。全书皆以诙谐滑稽为宗旨。其写猪八戒，何其妙也！又如孙行者为某国王治病一节，尤谐谑可喜，似未可与《封神传》之类相提并论也”[3]。范祥善、吴研因等编辑，胡适、朱经农等校订，商务印书馆 1923 年初版初级中学用《新学制国语教科书》的编辑大意称：“本书的选辑，以具有真见解、真感情、真艺术，不违反现代精神，而又适合于学生的领受为标准。”[4]《西游记》完全是符合这个条件的。不过，在他们编写的这套教科书中同样没有出现节选自《西游记》的篇目，也可能是为了避嫌。

二 中小学课外阅读中的《西游记》

虽然在体现课程标准思想的小学、初中新学制国语教科书中没有出现《西游记》的篇目，但是受胡适等人的倡导，一些教师肯定会推荐、学生在课外也肯定会阅读的，如沈仲九说的，“近几年来……大多数的中学，虽然并不停教古文，但没有

1 吴研因《小学国语教学法概要》，《教育杂志》，1924 年第十六卷第一号第 4、5 页。

2 吴研因《神话教材的研究》，《新闻报》，1924 年 5 月 25 日。

3 胡适著、姜义华主编《胡适学术文集（新文学运动）》，北京：中华书局，1993 年版第 36 页。

4 范祥善、吴研因、周予同编辑，胡适、王岫庐、朱经农校订初级中学用《新学制国语教科书》，上海：商务印书馆，1923 年版第 1 册第 1 页。

不兼教点国语文的；虽然也有不以小说、戏曲等当做正功课教的，但完全禁止学生阅看的事，总是不至于的”[1]。如 1923 年卢冀野在《中学生对于文艺的兴趣及读物之统计》中说：“小说给人的暗示力极大，而一般人又最爱读小说。”在他列举的中学生喜欢阅读的小说中也有《西游记》[2]。

第三节
《西游记》与新标准前后的语文教育（1928—1937）

南京国民政府于 1927 年成立，1928 年便开始推行“党化教育”，主张依据“三民主义”施教。1929 年颁布新的课程标准，整个教育的形势因此发生了很大的变化。1928 年至 1937 年 7 月全民族抗战爆发前，有以下六套教科书中出现了《西游记》的节选。其小学和中学入选的原因或不选的原因都不尽相同。

一　中小学语文教科书的接受与阐释

表 1-2　中小学语文教科书

课文题目	教科书名称	编　者	出版社	时间及版次	学段及册次	节选或改编	《西游记》相关回目
孙悟空	高中国文	朱剑芒	世界书局	1930 年 7 月第三版	高中第二册	节选	第一回　灵根育孕源流出　心性修持大道生
猪八戒努力开荆棘	国语新读本	吴研因	世界书局	1933 年 9 月第二十九版	初小第七册	节选、改编	第六十四回　荆棘岭悟能努力　木仙庵三藏谈诗

1　沈仲九《中学国文教授的一个问题》，《教育杂志》，1924 年第十六卷第五号第 1 页。

2　卢冀野《中学生对于文艺的兴趣及读物之统计》，《教育与人生》，1923 年第九期第 7 页。

续　表

课文题目	教科书名称	编　者	出版社	时间及版次	学段及册次	节选或改编	《西游记》相关回目
孙猴子的故事	分部互用儿童教科书·儿童北部国语	陈鹤琴、陈剑恒	儿童书局	1934年7月第二十版	初小第一册	节选、改编	第六回　观音赴会问原因　小圣施威降大圣
“外婆讲故事”里的 1. 孙猴子变蝴蝶 2. 孙猴子变土地庙	分部互用儿童教科书·儿童中部国语	陈鹤琴	儿童书局	1934年7月第二十版	初小第五册	节选、改编	第六回　观音赴会问原因　小圣施威降大圣
美猴王不任弼马温	开明国文读本	王伯祥	开明书店	1933年4月初版	初中第五册	节选	第四回　官封弼马心何足　名注齐天意未宁
美猴王	开明国文讲义	夏丏尊、叶圣陶、宋云彬、陈望道	开明书店	1934年11月初版	初中第一册	节选（压缩）	第一回　灵根育孕源流出　心性修持大道生

（一）《西游记》在中学国文教科书中作为印证知识的材料及某一时代文学的有代表性的作品

一是追求语文学科的独立性，从形式入手选择课文。和新学制时期国语知识尚未建立而只好在课堂上讨论课文涉及的“问题”和“主义”不同，经过几年的努力，国语文法、修辞、作法类的专著大量出现，又因为语文教育者为了抵御政治对语文学科的干涉，追求学科的独立性，而认为只有从“形式”（知识）入手，才能将这一学科与历史、公民等学科区分开来，所以，当时出现了一批“知识＋选文”型的初中国文教科书。在这些教科书中，选文只是充当印证某个知识点的例子，所以选文本身的思想性并不重要，而其是否暗含了某个知识点变得更为重要。二是古代文学作品的功能发生了很大的变化，古代文学作品除了作为印证某个知识点的材料，还被认为是传统文化的重要载体。中学国文教科书会选择每个时代的有代表性的文学作品并按照一定的方式组织呈现。所以，被选入中学国文教科书中的

《西游记》选篇就主要是作为印证语文知识的材料和作为某一时代典型的文学样式的作品的形式出现的。

《高中国文》(1930)的编辑大意称:“以‘文体研究’、‘文学史’和‘文学概论’作为编辑的目标而分纳于各册之中。”选入《孙悟空》的第二册按文学史顺序编制,“所选作品,断自汉代以迄清末,凡于时代或派别上足称代表的作家,各选其一二作品”。显然,在编者看来,《西游记》是明清小说的代表。

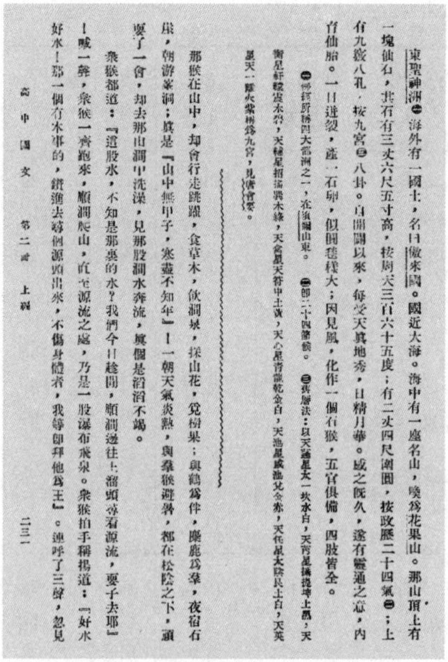
東勝神洲㊀海外有一國土，名曰傲來國。國近大海。海中有一座名山，喚爲花果山。那山頂上有一塊仙石，其石有三丈六尺五寸高，按周天三百六十五度；有二丈四尺圍圓，按政曆二十四氣㊁；上有九竅八孔，按九宮㊂八卦。自開闢以來，每受天真地秀，日精月華。感之既久，遂有靈通之意，內育仙胎。一日迸裂，產一石卵，似圓毬樣大；因見風，化作一個石猴，五官俱備，四肢皆全。

㊀佛經所稱四大部洲之一，在須彌山東。㊁即二十四節候。㊂舊曆法：以天蓬星太一坎水白，天芮星攝提坤土黑，天衝星軒轅震木碧，天輔星招搖巽木綠，天禽星天符中土黃，天心星青龍乾金白，天柱星咸池兌金赤，天任星太陰艮土白，天英星天一離火紫稱爲九宮，見唐會要。

那猴在山中，却會行走跳躍，食草木，飲澗泉，採山花，覓樹果；與鶴爲伴，麋鹿爲羣，夜宿石崖，朝游峯洞；眞是『山中無甲子，寒盡不知年』！一朝天氣炎熱，與羣猴避暑，都在松陰之下，頑耍了一會，却去那山澗中洗澡，見那股澗水奔流，眞個是滔滔不竭。

衆猴都道：『這股水，不知是那裏的水？我們今日趁閒，順澗邊往上溜頭尋看源流，耍子去耶』！喊一聲，衆猴一齊跑來，順澗爬山，直至源流之處，乃是一股瀑布飛泉。衆猴拍手稱揚道：『好水好水！那一個有本事的，鑽進去尋個源頭出來，不傷身體者，我等即拜他爲王』。連呼了三聲，忽見

高中國文　第二冊　上編　二三一

图 1-2 《高中国文》(1930)

《开明国文读本》(1933)第5册中的《美猴王不任弼马温》选自《西游记》第四回,所选文字从“那太白金星与美猴王同出了洞天深处”开始,到“自此以后,只称我为‘齐天大圣’,不许再称大王。亦可传与各洞妖王一体知悉”结束。其编辑大意称:第一、二册注重文章的体裁,使读者掌握叙事说理、表情达意的技能;第三、四册注重文章的组织及风格,使读者掌握整篇文章的写作技能、培养文学欣赏的兴趣;第五、六册在前四册的基础上“更进而及于历代名著之选读,俾读者得以了解我国过去典籍之一斑”。可见其所承担的是语文训练和文学欣赏的双重任务,尤其是第一种任务更多,如编辑大意又称,该书配有六册参考书供读者自习及教师参考之用:“除说明文章之内容、体裁,选集之来历,作者之生平及诠释疑难之字义、语句外,更特别注重于文法之词性、词位,造句、作文之方式,文言文与语体文之比较,修辞学上之组织法、藻饰法,文体之分类、比较及文学批评概略,文学史概略等,均就已读各文采取例证,详为指陈,兼多列习问以为实习之材料。更采取与本文有关系之他篇文字,择尤排比,以备参证。”第五册中的《美猴王不任弼马温》就是作为名著让学生了解,作为学习材料让学生掌握文法、修辞、作法、文学史知识的。

在《开明国文讲义》(1934)中,更加明确地将选文作为传授语文知识、训练语文技能的材料。其编辑例言称,“第一、二两册注重在文章的类别和写作的技术方面”,用文话、文法和练习落实“关于文章的写作、欣赏种种方面的项目”。第一册

中的《美猴王》同样是节选自《西游记》第一回，不过并没有像《白话文范》和《古白话文选》中的《孙悟空》那样从原著中截取一个情节完整的片段，而是从“东海神州海外有一国土”开始，接着只选取发现水帘洞经过的三小段文字，虽然每段的内容没有变化，但是每段文字并没有完全照录原著而是截取其中的词句重新组合而成的，课文的最后写道：“自此石猴高登王位，将‘石’字隐了，遂称‘美猴王’。”之所以如此，正如前文所述，选文的内容并不是他们首先要考虑的，能否印证某个知识点才是最重要的。如在课文后的文话中，《美猴王》被用于讲解叙述文和记叙文的区别（“记叙文是静的，单说东西在空间的情状，叙述文是动的，列叙事情经过时间逐渐进行的步骤”。《美猴王》是叙述文，是“一个要叫别人知道美猴王出世为王的事情”）以及“拟人的写作法”（“讲猴子的事情，却取了与讲人事同样的讲法”）。

正因为主要将作品作为印证某种语文知识的材料，所以选与不选《西游记》均可。如果说新文学初创时期，新创作的白话文学作品很少，借用古白话作为学习白话文写作的范例是迫不得已的话（《白话文范》的编辑大意称：“现在选白话文取材很不容易”[1]），那么在白话文创作渐趋成熟、白话作品大量出现时，如果不是作为明代文学的代表让学生了解、欣赏，而是作为学习白话文写作的范例，那《西游记》就根本没有必要被选入教科书。

（二）《西游记》在小学国语教科书中作为怡情和教化工具

1929年，吴研因拟的《小学课程暂行标准小学国语》颁布。其课程目标的第三条为“欣赏相当的儿童文学，以扩充想像，启发思想，涵养感情，并增长阅读儿童图书的兴趣”[2]。欣赏儿童文学第一次正式出现在课程目标中。课程标准又规定了六条教材选择标准：“（甲）不背本党主义，或足以奋兴民族精神，启发民权思想，养成民生观念的。（乙）积极前进，乐观解放，而非消极退缩，悲观束缚的。（丙）提倡合作、互助、勇敢、劳动、规律，而非自私自利、懒惰、浪漫的。（丁）是有曲折、有含蓄而且含有优美、壮美、滑稽美等的儿童文学，但不取可怕而无寓意的纯粹神

1 洪北平、何仲英编纂《白话文范》，上海：商务印书馆，1920年版第1册第1页。

2 课程教材研究所编《20世纪中国中小学课程标准·教学大纲汇编（语文卷）》，北京：人民教育出版社，2001年版第16页。

话。(戊)是流利的国语的语体文。(己)合于儿童学习心理,并便于教学的。"[1]对照这些条件,完全可以节选并改编《西游记》作为小学国语教科书中的课文。有人称:"旧小说里的故事,亦有合于儿童心理者。如:《西游记》里的孙悟空大战杨二郎,《水浒》里的武松打虎,《儒林外史》里的王冕放牛,……摘录出来,加以改编,共(供)儿童阅读,未始不可。"[2]关于神话故事要不要选入教科书虽然有论争,但是一般认为不应被禁绝。1931—1934年,吴研因就同尚仲衣、柳诒征、汪懋祖、任鸿隽等人围绕儿童读物和小学国语教科书的选文中涉及的"鸟言兽语""神怪故事"等进行过论争,其中也涉及《西游记》的选编问题。柳诒征称:"小学教科书中的神话容易让儿童产生崇拜或恐惧的心理。"吴研因说:"小学儿童往往喜欢读《西游记》说部,问他们'孙行者一个筋斗翻十万八千里路'有其人有其事否?他们往往回答为'没有',问他们既然没有,何必看它,他们往往答为'好玩呀'。《西游记》中的神话,还不能迷乱现在的小学儿童,'后羿射日''嫦娥奔月'……怎能引起儿童的迷信呢?"[3]汪懋祖称:"吴先生是赞成《西游记》一类的书籍的,差不多编辑教科书要模仿的笔意。我们要请吴先生留意选择引起想像的各种暗示。"所谓"暗示"就是消极影响,他举的例子就是有小孩模仿戏曲《杀子报》里的情节杀人,还有可能因读武侠小说而要到昆仑山去修道[4]。吴研因说,这不能怪罪小学国语教科书,国语教科书里面没有杀子、杀弟和修道的课文,"我编的《小学国语》中,却有说明《西游记》是不可信的神怪小说,并指导小学生勿信剑侠等的专课"[5]。他指的就是上表所列《国语新读本》第7册中的《猪八戒努力开荆棘》和第8册中的《王襄仁冒险深山》。

可以用神话做课文的主张当时被普遍接受。另外,不少人也主张教科书选文不能选用纯美的儿童文学,课文要含有一定的"教训"的意味,也要含有一点实用

1 课程教材研究所编《20世纪中国中小学课程标准·教学大纲汇编(语文卷)》,北京:人民教育出版社,2001年版第19页。

2 迟受义《儿童读物研究》,《师大月刊》,1936年第二十四期第53页。

3 吴研因《关于〈小学国语教材的疑问〉之检讨》,《时代公论》,1934年第一三〇期第18页。

4 汪懋祖《关于小学国语教材疑问之进一步的探讨》,《时代公论》,1934年第一三六期第25页。

5 吴研因《读汪懋祖先生关于小学国语教材疑问之进一步的探讨书后》,《时代公论》,1934年第一三六期第27页。

的“知识”，既要让孩子获得欣赏狗弹琴、鸡跳舞的乐趣，也要让他们懂得狗守夜、鸡司晨的知识，不能一味地读那些超自然、超现实的神话故事[1]。这一点当时人已有清醒的认识，尤其是在党化教育的环境中追求纯粹的趣味已经不大可能，兼顾教育的训育功能是应有之义。下面，我们看选入上述两套小学国语教科书中的《西游记》选篇的内容及编者的阐释。

《国语新读本》(1933)的编辑概要称，其内容选择方面“具有理想目的”“切合儿童生活”“注重文学趣味”等。在阐述“具有理想目的”时，吴研因发问：“在现时的中国，应给儿童以怎样的观念和理想？准备造就如何的国民？”明确地将教科书的选文与国民心理的建构联系起来。其第7册第29课《猪八戒努力开荆棘》是根据《西游记》的第六十四回“荆棘岭悟能努力 木仙庵三藏谈诗”改编的，编写时用的是纯白话，目的是使其符合儿童的水平。教科书并没有选编后半回“木仙庵三藏谈诗”，是因为后半回写道：“在荆棘岭半路上唐僧被十八公(松)、孤直公(柏)、凌空子(桧)、拂云叟(竹)、赤身鬼(枫)、杏仙(杏)六个妖怪掳去木仙庵，几个妖怪诱导唐僧和杏仙成婚。”大概妖怪捉人、诱婚易让儿童产生恐惧或其他不良心理。文末只有一句“八戒上前努力，师徒们人不住手，马不停蹄，穿荆度棘，又行了两夜一日，才过了八百里荆棘岭，上得大路，一齐西行”，把后半回的内容都省略掉了，好像根本就没遇到过这些妖怪。课文中只出现了两句显示神力的话(“将身一纵，跳在半空”；“好呆子说着把腰躬一躬，叫‘长！’就长了有二十多丈的身躯；把钉钯摆一摆，叫‘变！’就变了三十丈长的钉钯柄”)，其他部分

好獃子說著把腰躬一躬，叫「長！」
就長了有二十多丈的身軀；把釘鈀
擺一擺，叫「變！」就變了三十丈長
的釘鈀柄；放開腳步，雙手使鈀，將荊
棘左右披開；「請師父跟我來呀！」
三藏見了甚喜，就趕著馬，緊隨在後。
沙僧挑著行李，行者也用鐵棒去撥。
這一日，未曾住手，行有百十里路程。
將近天晚，見一空闊處，有一塊石碑，
上有三個大字，乃「荊棘嶺」；下有
兩行十四個小字，乃「荊棘蓬攀八
百里，古來有路少人行。」八戒見了
83冊七

图1-3 《国语新读本》(1933)

1 1928年，商务印书馆在《教育杂志》上刊登了新出的《新时代初小国语》和《新时代高小国语》的广告，在对前者的介绍中提到，“注意革命化及社会化，能适应时代潮流。低年级读本，颇能以具体的设譬，儿童的口吻，写革命化之材料及群居之生活”(《教育杂志》，1928年第二十卷第七号广告)。可见，“新时代”教科书课文编选的两个重要标准是“革命化”和“社会化”。

都是在写猪八戒为了让师父及师兄师弟过荆棘岭而披荆斩棘、排除险阻，孙悟空也用铁棒去拨，唐僧赶着马，沙僧挑着行李。课文体现的是上述课程标准中所说的“积极前进，乐观解放”精神，猪八戒是“提倡合作、互助、勇敢、劳动、规律，而非自私自利、懒惰浪漫的”，《猪八戒努力开荆棘》这一故事并非“可怕而无寓意的纯粹神话”。为了凸显它的教育意义，提醒不能迷信，编者特意在故事前加了一段文字：“隔壁黄三哥最喜欢讲《西游记》，甚么闹天宫，游地府……讲得非常有趣。可是仙、佛、鬼、怪，胡说乱道，全是没有的事。今天，他讲的是《猪八戒努力开荆棘》，倒觉得有些意思，我且摘记下来。”接着写所见荆棘岭的情形，师徒四人商量过岭，八戒前方开道，终于翻过山岭。课后的“想”是：“世界上有许多无形的荆棘是甚么？我们怎样去开它?”除了用其来励志，还用来激趣。课后的“标点”练习要求将这段文字加标点：“我喜欢读《水浒传》《西游记》因为这两部书我看得懂觉得很有趣我不欢喜读《三字经》因为这书我看不懂黄老师把‘人之初，性本善。性相近，习相远’讲给我听我也觉得没有趣味。”显然是让孩子借此进行语文训练，并接受暗示：《西游记》语言通俗、内容有趣。

与之配套的《初小国语教学法》在介绍《西游记》时，称其为“滑稽神怪小说”。所确定的《猪八戒努力开荆棘》教学目的有三：“(一) 欣赏本课的故事。(二) 培养儿童排除困难的精神。(三) 认识本课的生字新词。”除了进行语文训练，还突出其怡情和教化双重功能。尤其是突出了教化功能，如称其“要旨”为“人生谁不遭荆棘，只要耐苦任劳，便有打开荆棘，走上大道的一日。教学本课时，应培养儿童耐苦任劳，努力排除困难的精神”。其“课文分析”称：选文“实质有关公民教训”。所提供的上述课后“想”的答案是“世界上有许多无形的荆棘，就是艰难危险。我们应该用奋斗的精神，真实的本领来打开难关，以使达到成功之路”。作文要求是写“一个不怕困难的儿童”[1]。如果联系前述编辑大意、此课前后课文以及联络教材，就会发现编者还有更宏大高远的考量。从国防的角度来说，既要守护、开发边疆，又要研究边疆。如国立编译馆的编辑吴鼎在 1936 年就指出，国语科阅读材料应与国防相关，包括守边名人的传记、守土抗敌的故事、描写边塞的诗歌、计划国防

1 金润青等编辑、施仁夫等校订《初小国语教学法》，上海：世界书局，1933 年版第 7 册第 236、238 页。

的言论、防外事实的剧本[1]。《初小国语教学法》提及《西游记》“记唐玄奘赴西域取佛经的故事”，并要求学习《猪八戒努力开荆棘》时联络常识教材“西域的研究”[2]。《猪八戒努力开荆棘》的前三课是宣传研究科学、破除迷信的《四个小孩谈天说地》《我们的老师达尔文》《四时景物(一)》，之后的三篇课文是有关边疆风情的《跳月斧》(藏族)、《看玩马》(回族)和《白雪歌》(边疆)。这种编排的意图十分明显，即暗示儿童要相信科学，破除迷信，自力更生，排除险阻，团结一致(五族共和)，保卫国家(戍边、屯边)。

《分部互用儿童教科书》(1934)共分北部、中部、南部三套，分别适用于黑龙江流域、长江流域和珠江流域三地的儿童。其编写旨趣就是要让教科书的内容符合各地儿童的经验，所以北部国语中有骆驼、沙漠、下雪，而南部国语中有凤梨、青蟹、插秧等事物。此外课文中还出现诸如“国光”之类带有政治寓意的虚拟人名。虽然三套教科书的课文均强调传授“实用”知识，渗透着“思想”教育，但是并没有摒弃让儿童获得审美愉悦的宗旨，因为有趣的儿童文学仍是教科书的主体。北部和中部国语中都出现了改编自《西游记》的课文，南部国语中只有第 4 册中出现了《猴子戏》《三只小猪》等课文，没有发现与《西游记》相关的篇目。

图 1－4　《分部互用儿童教科书·儿童北部国语》(1934)

《分部互用儿童教科书·儿童北部国语》(1934)第 1 册共有 12 课，分别为《大家来玩!》《老师来了》《猜猜看》《我的生日》《庆祝国庆》《财主变狗》《老鼠六月六》《有趣的骆

1　吴鼎《小学国防教育之实施》，《教与学》，1936 年第一卷第七期第 207 页。

2　金润青等编辑、施仁夫等校订《初小国语教学法》，上海：世界书局，1933 年版第 7 册第 238 页。《白话文范参考书》在介绍《西游记》的作者时，提到了多种说法，其中提到《长春真人西游记》、《元史》中的《丘处机传》，并称：“此丘真人西游故事。记中所载，多及西域地理。”洪北平、何仲英编《白话文范参考书》，上海：商务印书馆，1921 年版第 2 册第 47 页。

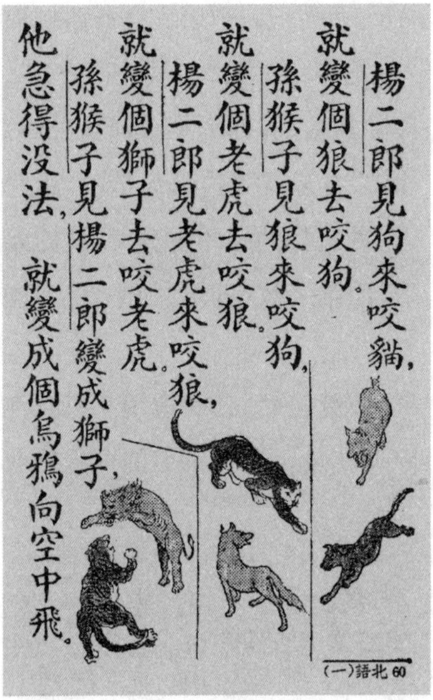
楊二郎見狗來咬貓，
就變個狼去咬狗。
孫猴子見狼來咬狗，
就變個老虎去咬狼。
楊二郎見老虎來咬狼，
就變個獅子去咬老虎。
孫猴子見楊二郎變成獅子，
他急得沒法，就變成個烏鴉向空中飛。
(一)語北 60

图 1 - 5 《分部互用儿童教科书·儿童北部国语》(1934)

驼》《菊花会》《冬日的卫生》《堆雪人》《孙猴子的故事》。《孙猴子的故事》以讲故事的形式呈现了改编自第六回“观音赴会问原因 小圣施威降大圣”中孙悟空大战二郎神时变各种东西的故事。故事开头写了一家四个兄弟姐妹的对话：

哥哥：弟弟，你看！爸爸送我的好礼物。

弟弟：呵！好玩的假面具。一个孙猴子，一个杨二郎。来！来！来！我们来演杨二郎逮孙猴子。

姐姐：怎样演呢？请你先讲给我们听。

接着呈现孙悟空变老鼠、二郎神变猫，孙悟空变狗、二郎神变狼，孙悟空变老虎、二郎神变狮子，孙悟空变乌鸦、二郎神变猫头鹰，孙悟空变老鹰、二郎神变猎人，最后孙悟空变苍蝇飞走了。(原著中孙悟空变麻雀，二郎神便变饿鹰；孙悟空变大鹚老，二郎神便变大海鹤；孙悟空变小鱼，二郎神便变鱼鹰；孙悟空变水蛇，二郎神便变灰鹤；孙悟空变花鸨，二郎神便变现身用弹弓打花鸨。)书前的“第一册教材目次”明确标明这课的“内容”是“文艺”(文学)，不像其他课是自然、公民、党义等。从课文的内容也可以看出，对于刚入学的儿童，编者这样设置的最主要的目的是让其在做游戏、听故事中获得一种愉悦的感受。不过，在所配的插图里面，不仅有孙悟空和二郎神两个神话人物，还出现了现实中的面具和课文中提到的各种动物，课后练习“讲讲看，这是什么”中也画有插图让学生判断是什么动物。尤其是课文在改变时将原著中不常见的动物换成儿童常见的动物，大概既是为了符合儿童的经验，便于儿童理解，也是为了让儿童“识物名”，积累一些常识。

《分部互用儿童教科书·儿童北部国语教学法》(以下简称《教学法》)确定的《孙猴子的故事》的要旨为“(1) 使儿童欣赏一个故事。(2) 利用故事使儿童认识几种动物”。为了便于老师讲故事给儿童听，《教学法》用白话编了一个孙悟空的故事，从“孙猴子没有母亲，他是从一块石头里生出来的”开始讲起，写他访仙求道，写他大闹龙宫，获封“齐天大圣”，写他大闹蟠桃会，于是玉皇大帝派遣杨二郎去捉拿他。此外，还将课文分成四段让学生表演。要求准备“教科书插图放大图”“猫头鹰老鹰的标本或挂图”，第一段教学要求联络“常识”：“研究虎、狼、狮和猫头鹰的个性与形态。”大概是担心儿童产生迷信等思想，《教学法》还以问答的形式提醒儿童孙悟空和二郎神都是虚构的人物：“孙猴子和杨二郎都是普通人吗？（不是普通人，是书上假造出的仙人，但叫人看着特别有趣。）”[1]

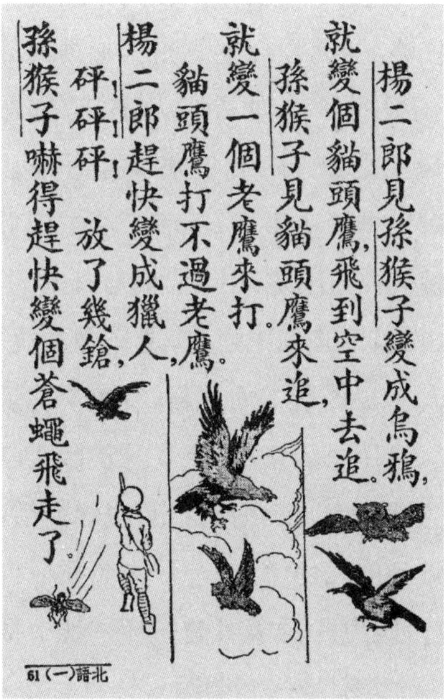
楊二郎見孫猴子變成烏鴉，就變個貓頭鷹，飛到空中去追。孫猴子見貓頭鷹來追，就變一個老鷹來打。貓頭鷹打不過老鷹，楊二郎趕快變成獵人，砰！砰！砰！放了幾鎗，孫猴子嚇得趕快變個蒼蠅飛走了。

北語(一)61

图 1－6 《分部互用儿童教科书・儿童北部国语》(1934)

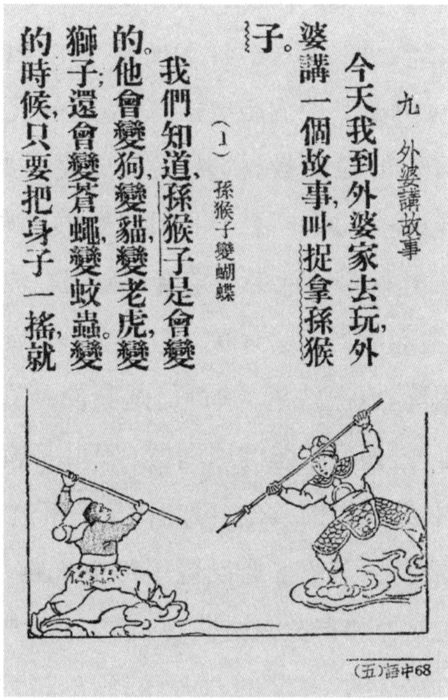
九 外婆講故事

今天我到外婆家去玩，外婆講一個故事，叫捉拿孫猴子。

(1) 孫猴子變蝴蝶

我們知道，孫猴子是會變的。他會變狗，變貓，變老虎，變獅子；還會變蒼蠅，變蚊蟲。變的時候，只要把身子一搖，就

中語(五)68

图 1－7 《分部互用儿童教科书・儿童中部国语》(1934)

《分部互用儿童教科书・儿童中部国语》(1934)的第 5 册第 9 课以《外婆讲故事》为题呈现的也是改编自第六回“观音赴会问原因 小圣施威降大圣”的两个片段《孙猴子变蝴蝶》《孙猴子变土地庙》。故事想落天外，情节曲折紧张，文字描述生动，趣味横生。不过，课文并不是单纯在讲故事，而是像《孙猴子的故事》那样将原著中的动物替换成了儿童生活中或读物里常见的动物。《外婆讲故事》的课后练

1 周刚甫编著《分部互用儿童教科书・儿童北部国语教学法》，上海：儿童书局，1934 年版第 1 册第 226、228—231、232、240、242 页。

习要求改正一组结构为“……比……更利害”的句子中的错字。其前一课《字是怎样造的》介绍汉字的造字方式，其后一课《同乐会》中的两个剧本《买药》和《海水上天》分别介绍了声音产生以及海水蒸发变云、雪的科学原理。在教科书中附录的“第五册教材目次”中，这三课的“内容”分别标明为“历史”“文艺”和“自然”。

1928—1936 年，我国出版过 40 余套小学国语教科书。为什么多数不选《西游记》？这可能还与当时的政治形势直接相关。有人提出：“鸟言犬吠的教材，无关国家社会，徒使儿童迷惑，应加禁止。”[1] 在 1931 年“九·一八”事变和 1932 年“一·二八”事变爆发，日本加剧对中国的侵略后，课程标准就主张加强民族主义教育，尤其是其中的历史教育，不过一直强调根据事实，如 1932 年颁布的《小学国语课程标准》强调教材选择的历史故事要“合于史实”，1936 年颁布的《小学国语课程标准》提醒，即便是针对国耻国难也要“以根据历史事实，不流于感情叫嚣者为限”[2]。这两份课标的拟定者吴研因在《小学教育与国防》中说：面对日本的侵略，“现在我们应当咬紧牙关，埋头苦干。所以我们不必无中生有，造作种种故事，供儿童阅读，以图快意一时；但是我们翻阅历史，根据事实而立言，谁也不能说我们肆意排外，违反亲善的原则罢！”[3] 叶圣陶编、开明书店 1934 年 6 月初版小学高级学生用《开明国语读本》可能就是基于这种考虑，所以书中没有出现从《西游记》中节选的课文，其第 3 册设置了历史人物岳飞（《岳飞（一）（二）》）、诸葛亮（《出师未捷身先死》）和玄奘（《玄奘的西游（一）（二）》）作为儿童学习的榜样。其中根据历史资料编选的《玄奘的西游（二）》的最后一段文字是：“玄奘写过一部《大唐西域记》，是他的旅行记。小说中间有一部《西游记》，写的是玄奘西游的故事，读起来虽然很有趣味，但是和实在的事情差得很远。”[4] 不选《西游记》这类的小说，而选《玄奘的西游》这类的历史故事，可能是编者认为史实虽然往往不如小说具有娱乐功能，但是更具教育意义。与之配套的《开明国语课本教学法》认为这篇课文一是赞扬了玄奘不畏艰险西游取经所体现的“艰苦卓绝的精神”“至死不回的精神”“百

1 吴研因《儿童年与儿童教育》，《教与学》，1935 年第一卷第三期第 25 页。

2 课程教材研究所编《20 世纪中国中小学课程标准·教学大纲汇编（语文卷）》，北京：人民教育出版社，2001 年版第 25、34 页。

3 吴研因《小学教育与国防》，《教与学》，1936 年第一卷第七期第 167 页。

4 刘国正主编《叶圣陶教育文集（4）》，北京：人民教育出版社，1994 年版第 556 页。

折不回的精神”，一是赞扬他翻译佛经引介印度文化而对中国文化建设的贡献——“一国文化要免除单调、保守的弊病需要怎样?”就像生物界的“接木法”使树木枝繁叶茂、硕果累累一样，文化也要用此法。玄奘把印度文化介绍到中国，“何况他不仅仅是介绍印度文化，并且对印度文化也有他自己的新发明”，这样就“把单调的保守的变为能够吸收外来文化的进取的新文化”。“他的西游是求学”，在留学运动中，“玄奘是最有成绩的一个，不但在当时，就是到现在为止，也没有一个留学生能够比得上他”，他不仅将外国的先进文化引进中国，还写了《大唐西域记》，更是“造就了许多继续他的志愿而努力的大弟子”[1]。其现实的教育意义不言而喻。

为了凸显《玄奘的西游》是真实历史而非虚构的神话，《开明国语课本教学法》多次将其与《西游记》比较，其在“概说”开头写道：“我们大都知道《西游记》这部小说，从《西游记》里，我们得到了关于唐僧玄奘的故事。但我们要知道：《西游记》写得和事实相去太远了，我们从那里几乎认不清楚玄奘的真面目；至于玄奘的崇高的人格，不可磨灭的精神和对于我国文化上的伟大贡献，当然更无从使我们认识了。我们明白了这一点，再来读本课，就不致因了《西游记》中记述玄奘的故事而怀疑本课的真实，并且可以从本课中认识一些玄奘的真面目。”又在课文分析中提问：“本课和《西游记》的叙述几乎完全不同，到底那一说来得合乎事实?”在名词解释中专列《西游记》并称：《西游记》中的故事“大都根据佛教、道教中的神话，再加以猜测和敷会”[2]。

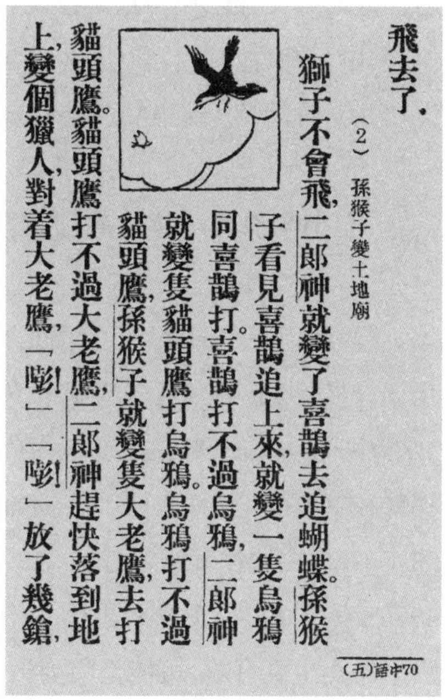
飛去了,

(2) 孫猴子變土地廟

獅子不會飛,二郎神就變了喜鵲去追蝴蝶。孫猴子看見喜鵲追上來,就變一隻烏鴉同喜鵲打。喜鵲打不過烏鴉,二郎神就變隻貓頭鷹打烏鴉。烏鴉打不過貓頭鷹,孫猴子就變隻大老鷹去打貓頭鷹。貓頭鷹打不過大老鷹,二郎神趕快落到地上,變個獵人,對着大老鷹,「嘭!」「嘭!」放了幾鎗,

(五)語中70

图 1-8 《分部互用儿童教科书·儿童中部国语》(1934)

也有教科书提及《西游记》，但是没有展

1 卢芷芬编著《开明国语课本教学法》，上海：开明书店，1934 年版第 3 册第 204、210、214、215、218、220、221 页。

2 卢芷芬编著《开明国语课本教学法》，上海：开明书店，1934 年版第 3 册第 203、209、215 页。

开介绍或评述。如1933年7月出版的小学高级用《复兴国语教科书》(丁瞉音、赵欲仁编著,商务印书馆,1933年版)的第2册最后7课节录的是冰心的小说《寂寞》,其中写到两个小孩编故事,就提及《西游记》:

一连下了几天的雨,不能出去,小小和妹妹只坐在廊上,看雨又说故事,小小将听过的故事都说完了,自己只得编了一段,想好了,便说:"有一个老太太,有两个儿子,小的名叫猪八戒,大的名叫土行孙……"妹妹笑道:"不对了,猪八戒没有母亲,他的哥哥不叫什么土行孙,是孙行者;你当我没有听过《西游记》吗?"小小也笑道:"我说的这是另一个猪八戒,不是《西游记》上的猪八戒。"妹妹摇头笑道:"不用说谎了,我知道你是胡编的。"

这段文字说明《西游记》里的故事是儿童们耳熟能详、了然于胸的。冰心回忆自己的儿童文学创作历程时曾说:"到了能够看书以后,我看了不少写给大人看的书,其中只有《西游记》和《聊斋志异》中的某些故事,我认为是加工了以后,还是可以给儿童看的。"[1]这篇《寂寞》就试图借一儿童的编造来"加工"一番。

二 中小学课外阅读中的《西游记》

《西游记》在"旧小说"中仍是小学儿童最喜欢的读物,如1936年迟受义的一项调查显示,排在三至六年级儿童阅读的前十位的依次是《西游记》《三国演义》《水浒》《说岳》《封神演义》《老残游记》《儿女英雄传》《啼笑因缘》《儒林外史》和《红楼梦》。《西游记》《三国演义》《水浒》和《红楼梦》的阅读人数依次是248、190、168和47人。在阅读《西游记》的248人中,三年级男生34人、女生10人,四年级男生49人、女生20人,五年级男生45人、女生24人,六年级男生41人、女生25人[2]。男生比女生更喜欢,可能是因为男生更爱冒险和荒唐的故事。就像傅东华和陈望道编、商务印书馆1931年出版的《基本教科书国文》的编辑大意说的,"高小时代的儿童,读《西游记》的兴味必比读《儒林外史》大些,读《封神传》的兴味必比读《红楼梦》大些,而《儒林外史》和《红楼梦》的文字未必比《西游记》和《封神传》艰深"。

---

1 冰心《我是怎样被推进儿童文学作家队伍里去的》,《冰心全集(第7卷)》,福州:海峡文艺出版社,1994年版第117—118页。

2 迟受义《儿童读物研究》,《师大月刊》,1936年第二十四期第79页。

1936 年，浙江省图书馆儿童阅览室等发起一项“你最爱看的是什么书”的调查，发现排在前十位的是《水浒》《三国演义》《岳传》《爱的教育》《中山故事》《苦儿努力记》《西游记》《稻草人》《老残游记》《古今奇观》。不过，统计者认为，排在前二十位中的作品中有九种是中国的旧小说，主要是因为儿童无现代作品可读，其实“《西游记》《红楼梦》和《古今奇观》，实在极不是儿童或少年所宜阅读的刊物”，“对于一切反时代，反科学，有害德行思想，有妨国家民族今后之发展者（如神怪及淫靡小说等），一律予以取缔”[1]。

一些中学教科书的编辑将《西游记》作为阅读书目推荐，如孙俍工编、神州国光社 1932 年出版初级中学用《国文教科书》的第 2 册中的“初级中学一年级二学期略读书目”中就有《水浒》《西游记》和《老残游记》三部“古白话”小说。朱剑芒编写、世界书局 1934 年出版的《朱氏初中国文》的第 5 册“本学期略读书目表”中开列的“旧小说”是《西游记》和《红楼梦》。1930 年，阮真将《西游记》列为中学“可读的书”的第四位，并标明“可略读全书”[2]。不过，中学生读《西游记》的兴趣肯定没有小学高。同年的一项关于中学生的阅读调查共列出了学生喜欢阅读的《红楼梦》《水浒传》等 13 种“旧的文学”，没有出现《西游记》[3]。

第四节
《西游记》与全民族抗战及内战时期的语文教育（1937—1949）

全民族抗战及内战期间，《西游记》再也没有出现在中小学教科书中。为了配合形势需要，激发民众的斗志，1938 年教育部发布了《编辑儿童读物纲要》。关于选文标准，规定其能“发挥牺牲、团结、奋发、抗敌、图强等民族精神”；关于选材范围，提到除了反映儿童现实生活、介绍科学知识的故事，应有“合于史实的记人记事以及民族兴衰，抗敌图强，创导国民革命救国雪耻等历史故事”，“超自然的假设

---

1 李絜非《儿童读物研究：三种重要统计二点重要意见》，《进修半月刊》，1936 年第五卷第十期第 4、6 页。

2 阮真《中学生国文课外读书籍选目及研究计划》，《中华教育界》，1930 年第十八卷第二期第 3 页。

3 陈表《中学生读书问题之实际探讨》，《中华教育界》，1930 年第十八卷第十一期第 81 页。

及物语等童话故事”[1]。《开明国文讲义》(1934)第3册中“文学史话”之“小说的起源与发展”就明确提到《西游记》的创作和传播与明代日本海盗滋扰我国沿海地区有关:“明代嘉靖以后,倭寇为患,国势不振,一般人便妄想具有神仙法术者出来斩除妖孽,征服外寇。因此《西游记》及《三宝太监西洋记》等神魔小说遂先后盛行。”[2]因此,无论是从现实需要还是历史所指来看,《西游记》都是应该选入的,为什么不选？这应该与战时教科书的选材标准有关。

一 中小学语文教科书的接受与阐释

《西游记》在全民族抗战及内战期间从中小学国语、国文教科书中落选,与以下当时的两条教科书选文标准直接相关。选文标准的确定,又与战争形势的需要直接相关。

一是强调课文的思想先进。全民族抗战爆发之后,中小学国语课程进行了改革,儿童文学从课程目标中消失。因为在战争年代教育的主要目的是培养意志坚强、体格健壮的战士,所以儿童不再被视为与成人有别的独立的个体,而是“小国民”,即集体中的一员,儿童应担负起拯救民族、建设国家的重任。相应地,儿童的心理需要、作品的艺术性就不是首先要考虑的问题了。如当时就有人说,战时的国语教材应该是“激烈”的作品而不应该有“大狗叫,小狗跳”之类的课文。有人说《新丰折臂翁》之类的作品虽然艺术性很高,但是老翁为逃兵役而自残显然不利于抗战宣传。《初小国语教科书》(1940)、《高级小学国语》(1946)等国定本小学国语教科书中的课文虽然仍以儿童文学为主,但是其题材和主旨都发生了很大的变化,主要是以歌颂英雄、伟人为主,宣扬一种团结互助、不屈不挠的精神。国定本中学国文教科书《初级中学国文甲编》(1946)更是以思想性为第一、艺术性为第二,按邓广铭的说法,“初中国文课本中所选录的近代和现代的作品,很明显的是以尽量选取国民党中达官贵人的文章为原则的,因此,有很多在现代文坛上极有

1 《编辑儿童读物》,《教育通讯》,1938年6月11日第十二期“教育消息”栏第9页。

2 夏丏尊、叶圣陶、宋云彬、陈望道合编《开明国文讲义》,上海:开明书店,1934年版第3册第844页。

声誉的作家，其作品全都未被收进，而收进了的，却是自主席院长，以及某部某会的首长，以至于张治中、张发奎、翁照垣诸将军的文札文(公)告和某种纪念节日的讲演词或纪念论文之类"[1]。连第一流的近现代的作品都没有，更不要说会出现像《西游记》这样的古代作品。所以，如果艺术性不被考虑，那么仅从思想性来看，《西游记》中的主要人物孙悟空动辄反抗统治束缚而大闹天宫，宣扬"个人英雄主义"而脱离组织，这些言行显然不利于战争。

另外，相对于随意可移山倒海、动辄就呼风唤雨的孙悟空，年老志坚、移山不止的愚公及遵从命令、互助协作的子子孙孙，更符合现实需要，更易仿效，更具励志作用。所以，无论是国民政府的《修正初小国语教科书》(1939 年编印)，还是人民政府的《高小国语》(东北政委会编审委员会编，东北光明书店 1947 年版)，都宁愿选结尾处稍带神话色彩的《愚公移山》，也不节选《西游记》。不过，人民政府的《高小国语》提到了《西游记》，其第 1 册第 5 课《毛主席少年时代(二)》的开头写道：

毛主席在私塾读书的时候，非常爱看旧小说。三国演义啦，西游记啦，他看了一本又一本，看了一部又一部。当时的先生们还禁止看这些书，说这是"闲书"，毛主席只得偷着看。先生来了，他就把小说压在经书底下，先生走了，翻开又看。

课文提到毛主席爱看老师反对的《西游记》等闲书，只是用来说明他的革命精神；文中又提到毛主席发现，"旧小说里所赞扬的人物，找不到一个种田的乡下人，他们赞扬的大半是些大人物"。这是用来说明他让农民翻身的思想的来源之一。课文的最后写道："他自小就同情穷人，对旧社会抱着反抗心理，他后来的伟大革命理想，就是从那时候种下种子的。"

二是强调课文的史实依据。1939 年，有人在谈中学国文教科书的选材时指出，"诗文之中可以养成伟大壮阔的胸襟，而同时不至流于荒唐誇诞的，则更应多选"[2]。显然，玄奘西天取经有"历史事实"的根据，孙悟空护送玄奘西行则"流于荒唐誇诞"。鲁迅在《中国人失掉自信力了吗》(1934 年 10 月 20 日)一文中说，中国人之所以没有失去自信力，是因为"我们从古以来，就有埋头苦干的人，有拼命硬干的人，

1 邓恭三《荒谬绝伦的国定本教科书》，《时代文摘》，1947 年第一卷第七期第 23 页。

2 索太《选择高中国文教材标准的理论(上)》，《教育通讯》，1939 年 6 月 3 日第二卷第二十二期第 15 页。

有为民请命的人，有舍身求法的人”，他们是“中国的脊梁”[1]。玄奘显然是舍身求法的杰出代表。所以，这一时期不仅在国定本教科书中没有《西游记》的踪影，就是在开明书店以教学参考书的名义发行的系列民间编写的教科书中也没有出现《西游记》。

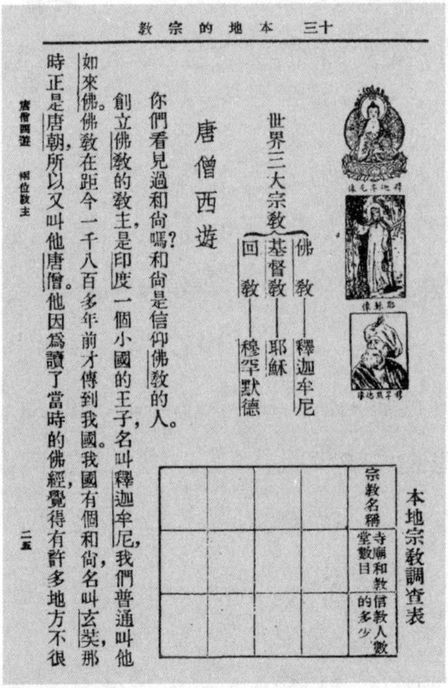

十三 本地的宗教

世界三大宗教：佛教——釋迦牟尼；基督教——耶穌；回教——穆罕默德

本地宗教調查表

宗教名稱				
寺廟和教堂數目				
信教人數的多少				

唐僧西遊

你們看見過和尚嗎？和尚是信仰佛教的人。

創立佛教的教主，是印度一個小國的王子，名叫釋迦牟尼，我們普通叫他如來佛。佛教在距今一千八百多年前才傳到我國。我國有個和尚，名叫玄奘，那時正是唐朝，所以又叫他唐僧。他因爲讀了當時的佛經，覺得有許多地方不很

唐僧西遊 兩位教主 二五

图 1－9 《初级小学国语常识课本》(1946)

国立编译馆主编、国定中小学教科书七家联合供应处 1946 年 6 月出版的国定本教科书《初级小学国语常识课本》第 8 册第 13 课的常识是《本地的宗教》、国语是《唐僧西游》和《两位教主》。教科书认为佛教、基督教、回教是三大宗教，这两篇国语课文主要介绍三大宗教中的代表性人物——过西域到印度取经的玄奘，基督教的创始人耶稣，回教的创始人穆罕默德。与介绍后两者主要是写他们创立教派不同，写玄奘时重点写他不畏路途遥远、艰难险阻，终于取得了真经，并把自己的经历写成了《大唐西域记》。

1947 年，叶圣陶将上述 1934 年 6 月初版小学高级学生用《开明国语课本》以《高级小学用少年国语读本》的书名出版，后者保留了前者中的大部分篇目。1947 年 7 月出版的第 3 册将前者由 36 课删减为 28 课。其中《岳飞》和《玄奘的西游》的课文没有变化，其编写旨意也没有变化。叶圣陶等人合编、开明书店 1948 年出版的《开明新编国文读本(乙种)》第 3 册选入了文言体《记大同武州石窟寺》(陈垣)、《大同云冈石窟佛像记》(袁希涛)、《玄奘之西行》(孙毓修)、《玄奘之西行(续)》(孙毓修)、《法显》(孙毓修)等。其编辑旨趣在《开明新编国文读本(甲种)》中已说得很明确：“就积极方面说，足以表现现代精神的，与现代青年生活有关涉的，为现代青年所能了解、所能接受的，那些文篇才入选。”[2]玄

1 鲁迅《鲁迅全集(第六卷)》，北京：人民文学出版社，2005 年版第 122 页。

2 叶圣陶、周予同、郭绍虞、覃必陶合编《开明新编国文读本(甲种)》，上海：开明书店，1946 年版第 1 册第 1 页。

奘不畏艰险西行取经以拯救苍生能反映现代精神、关涉现代青年生活吗?《开明新编国文读本(乙种)》中《玄奘之西行》的课后问题提到了《西游记》,不过是有意将其和《西游记》区分,提出其非虚构性:"'玄奘'就是《西游记》故事中的'唐僧'。这篇传记是根据他的《大唐西域记》和慧立的《三藏法师传》写作的,所记当然很可靠,和故事中传说的绝不相同。"同时,突出他的精神和学习此文的目的:"玄奘(　　)[1]为中国所传的佛经,都是以前人翻译过来的;他恐怕内中有错误,所以要亲自到印度去,学习梵文,以求佛教的真义。他的精神和学习态度是值得后人敬佩的";"玄奘出了高昌国,还经过许多地方,才到印度。一路虽然有人保护,比较的安稳,(可)是艰险还是有的";"玄奘在印度研究佛学,结果非常圆满,他的学问几乎没有人及得上。他后来要回国,那边许多国王都苦苦地留住他。但他决意要回来,于是在贞观十九年带了六百多部佛经回到长安"。其后的课文《法显》是写比玄奘更早去印度取经的和尚法显的事迹,该课后问题之一是"读了法显和玄奘的传记,有什么感想没有? 他们有这样的毅力,因素是什么?"[2]可能是借此激励年轻人到西方去游学,不畏艰难,获取真经,不受挽留,报效祖国。

二　中小学课外阅读中的《西游记》

1940 年,心理学家龚启昌进行过一项"我国中学生的一般阅读兴趣"的调查,他调查了重庆、成都和贵阳三地的初高中 807 名学生的课外阅读倾向,在初高中生爱读的书的前十位中出现了《红楼梦》《水浒传》《三国演义》,不过没有《西游记》[3]。1944 年春天,李之朴在陕西、甘肃、四川等 7 省 26 所中学的 319 名男女学生中进行过一项关于阅读兴趣的调查,在其开列的 46 种初高中生课外读物的书目中同样没有《西游记》[4]。1945 年的一项中学生阅读兴趣调查中同样没有出现

1　此字模糊不清,疑为"因"或"以"。

2　叶圣陶、徐调孚、郭绍虞、覃必陶合编《开明新编国文读本(乙种)》,上海:开明书店,1948 年版第 3 册第 37、38、40—41、43 页。

3　龚启昌《中学生的阅读兴趣》,《教育通讯》,1940 年 11 月 30 日第三卷第四十六期第 6—7 页。

4　李之朴《中学生课外阅读的分析》,《中华教育界》,1947 年复刊第十一期第 19—20 页。

《西游记》,学生喜欢的神怪类作品是《聊斋》和《天方夜谭》[1]。1946年上半年,陈志君在成都市调查了35所中等学校的1816名学生的课外阅读情况。结果显示,高中男生和女生喜欢的神怪小说均为《天方夜谭》《西游记》和《聊斋》,初中男生喜欢的是《天方夜谭》和《西游记》,初中女生喜欢的是《天方夜谭》《聊斋》和《伊索寓言》[2]。1947年,龚启昌在《中文阅读心理研究之现阶段》中说,调查显示小学五年级学生喜欢阅读《西游记》等,还有《水浒》《岳传》,这三种旧小说"在社会上原来占着很大的势力"[3]。1948年,张存拙调查了上海一所中学高一、高二学生的课外阅读情况,发现高二学生喜欢阅读的书的前十位是《水浒》《西游记》《三国演义》《老残游记》《聊斋志异》《红楼梦》《且介亭杂文集》《秋夜》《风萧萧》《子夜》[4]。从总体上看,小学高年级学生喜欢阅读《西游记》,中学生则一般不太喜欢。

1 徐坚《中学生课外读物之研究》,《锻炼》,1945年第二期第13、14页。
2 陈志君《中学生课外阅读兴趣的研究》,《教育半月刊》,1948年复刊第七期第19—23页。
3 龚启昌《中文阅读心理研究之现阶段》,《教育杂志》,1947年第三十二卷第三号第44页。
4 张存拙《中学国文教材的改进和社会本位文化》,《国文月刊》,1948年第七十四期第4页。

第二章

《西游记》与新中国语文教育（1949—1966）

在1949年10月1日中华人民共和国成立至1966年5月16日“文化大革命”爆发这“十七年”的语文教育发展中，《西游记》很少被选作中小学语文教科书中的课文，节选自《西游记》的课文主要是《大闹天宫》《齐天大圣》等宣扬充满反抗精神的部分，遵循“以政治标准放在第一位，以艺术标准放在第二位”的选文标准。不过，一些课文在提及《西游记》时，是将其作为非常吸引人的名著呈现的；另外，《西游记》也成为学生在课外常读的作品。

第一节 《西游记》与语文立名时期的语文教育（1949—1955）

语文学科立名之初，我国正处于由新民主主义向社会主义过渡的时期。在社会主义改造的过程中，语文学科特别强调思想政治教育以及无产阶级文学教育。同时，语文教科书的编者有些来自解放区，有些来自国统区，他们有着不同的编辑理念和经验。这些必然会引发编者、师生对包括《西游记》在内的古典文学遗产的不同认识和处理方式。

一 中小学语文教科书的接受与阐释

这一时期的小学国语（语文）教科书，主要选择“四大名著”中的《三国演义》和《水浒传》，很少选《西游记》，不选《红楼梦》，大概是因为在编者看来，《三国演义》和《水浒传》以战争为题材，宣扬了反抗压迫的精神，而《西游记》写了许多妖魔鬼怪,《红楼梦》写了宝黛爱情,都不利于青少年成长。

吴研因在批评刘御等人编的《小学课本语文》的课文中缺少儿童文学时专门将《西游记》作为"旧小说"的代表并肯定其价值,进而区分了童话(神话)与迷信的区别。他写道[1]:

我们认为童话、寓言之类对儿童来说,是小生命中不可缺少的精神食粮,其文轻松生动,富有美感,教师容易教,儿童也乐于接受,尤其在语文课本中断断缺少不得。这正和古文中不能缺少《愚公移山》《鹬蚌相争》之类,旧小说中不能缺少《西游记》之类,电影中不能缺少《渔夫和金鱼的故事》《宝盒仙笛》《蟒魔王》之类一样。要是缺少了,就是一种大缺陷、大遗憾。《政治经济学批判》导言中,马克思指出神话在今天的社会"对于我们仍然成为一种美感享受的源泉,并且在某些方面还作为不可企及的标准与模范流行着"。童话是近乎神话的儿童故事,有时候还比神话"现实"些。因此,我们可以肯定地说:童话和迷信有本质上的区别;对还没有科学知识、不瞭解自然现象的儿童给予童话式的文艺性的教育,不但不妨碍科学,还可以使儿童的思想从自然束缚中解放出来,而创造出许多美丽的憧憬来,以富丰他们的想像,愉快他们的精神生活,真所谓是一种"美感的享受"。

在争论《背影》是否该选入中学语文教科书及如何教学时,有人就认为可选,因为它是"新文学运动以来的作品",如果将"基本上并不反动,只是在内容方面有某些缺陷的作品"都排除在外,那么"编选人对我国的文学遗产将无法处理","像以林妹妹宝哥哥为主角的《红楼梦》,以妖魔鬼怪变化多端为表现形式的《西游记》是否应束之高阁,和世人隔绝?"如果真要这样,那么像《老残游记》之类的"早就应该从国文课本中洗刷出来",更不要说《论语》了[2]。对此,《人民教育》编辑部认为,包括《红楼梦》在内的旧小说,可"从中摘取其具有代表性,又与现在的政治要求不相违背的片断章节作为教材"[3]。照此看来,这些旧小说[4]自然是不宜整本阅读

1 吴研因《各地区对小学试用课本语文第一册的批评建议》,《人民教育》,1953 年十一月号第 58 页。

2 闵耀汉《有了问题要和大家商量》,《人民教育》,1951 年第三卷第六期第 51 页。

3 《人民教育》编者《对〈背影〉的意见》,《人民教育》,1951 年第三卷第六期第 45 页。

4 可以从时间上区分:"'五四'运动以前的小说称为旧小说,'五四'运动以后的小说称为新小说。"也可从内容上区分:有些即使是"五四"运动以后产生的小说,如果其思想内容很多是"消极的,颓废的,没有革命的积极作用的",也算是"旧小说",以便和"五四"运动以后"在共产主义的文化思想指导和影响下所产生的具有革命性战斗性的新小说"区别开来。《问题解答》,《人民教育》,1952 年七月号第 55 页。

的，即使可读也只能读节本。

在1950—1955年人民教育出版社出版的中学语文教科书中，无论是初中还是高中语文教科书，在“四大名著”中多节选《水浒传》、只节选了一次《三国演义》作为课文，而不选其他两部。只有新中国成立后出版的第一套新编的中学语文教科书——宋云彬等编，1950年6月新华书店原版、1950年10月第一次修订原版、1950年12月人民教育出版社北京初版《初级中学语文课本》的第1册第20课《玄奘的西游》歌颂了玄奘不怕困难的精神。这篇课文和叶圣陶编、开明书店1934年6月初版小学高级学生用《开明国语读本》中的《玄奘的西游》内容几乎一样，最后一段也只提到了《西游记》：“玄奘写过一部《大唐西域记》，是他的旅行记。小说中间有一部《西游记》，写的是玄奘西游的故事，读起来虽然很有趣味，但是跟实在的情形差得很远。”课后的注解称：《西游记》是“明朝吴承恩写的一部神怪小说”。

二 中小学课外阅读中的《西游记》

1952年，广东、浙江有人致信《人民教育》，询问“中小学生可不可以阅读旧小说”，如《红楼梦》《西游记》《三国演义》《水浒传》《儒林外史》《官场现形记》之类，还有《茶花女》《安娜·卡列尼娜》等翻译小说。《人民教育》的编者认为，旧小说可以读一些，但是应该限制数量（“只是占较少的分量”），因为“新小说，尤其是在毛泽东文艺路线下所产生的作品，在现在教育年青一代的事业中，是占有着更重要更现实的地位和起着更大的作用的”，“应该多读在毛泽东文艺路线下所产生的新小说和俄国十月革命后的新小说”。读的范围也应该加以限制，因为“中国的旧小说，虽然是宝贵的遗产，但绝大部分基本上是渗透了封建意识的，就是表现农民斗争的最好的小说——《水浒》，也存在着某些封建意识的残骨”，所以要“选择那些暴露封建社会的黑暗和丑恶的旧小说，以及表现人民反对封建社会的旧小说给他们看。如《儒林外史》《官场现形记》《水浒传》之类……《红楼梦》和《西厢记》之类的小说，似乎只有高中学生才可以阅读，但也必须加强教师的课外阅读指导”，不能只顾“文笔很好”，不能用“旧思想旧文学观点”，不能放任自流，要“加强指导”，“帮助学生分析批判某本小说的内容和写作方法”，指导学生“用新眼光去阅读”[1]。

1 《问题解答》，《人民教育》，1952年七月号第55、56页。

1955 年秋季学期的一项调查显示，《西游记》出现在苏州高中学生阅读次数最多的书中，排在《水浒传》之后、《三国演义》和《红楼梦》之前[1]。

第二节
《西游记》与汉语、文学分科时期的语文教育（1956—1958）

受苏联的语言和文学分科教育的影响，新中国成立之初在国家领导人的指示下就启动了汉语、文学的分科准备工作，并于 1955 年秋季开始实验、1956 年秋季全面实施。又因中苏关系开始交恶的影响以及分科教材、教学等方面存在很多问题，1958 年 3 月国务院宣布终止汉语、文学分科教育。

1955 年，参照苏联小学教学大纲、以 1954 年公布的《改进小学语文教学的初步意见》为基础而拟定的《小学语文教学大纲草案（初稿）》颁布，1956 年又在此基础上颁布了全国正式使用的《小学语文教学大纲（草案）》。1955 年，供几个省、市的部分小学在秋季试教的蒋仲仁主编的《初级小学课本语文》的第 1 册开始试用，并于 1956 年开始陆续正式出版。1955 年秋季，张毕来主编的初级中学课本《文学》的第 1 册出版，1956 年《初级中学文学教学大纲（草案）》和《高级中学文学教学大纲（草案）》颁布，《初级中学课本文学》和《高级中学课本文学》陆续出版。这些语文、文学课程文件提及了《西游记》。在此后出版的中小学语文、文学教科书中也出现了节选自《西游记》的课文。

一　中小学语文教科书的接受与阐释

前文提及，蒋仲仁主编，人民教育出版社 1956 年第一版、1958 年 4 月第三版第一次印刷《初级小学课本语文》第 3 册中有一篇课文是《毛主席小时候怎样学习》。与之配套的蒋仲仁主编的《初级小学课本语文第三册教学参考书第一分册》，有意将课文中提到的毛主席读的书引向古典小说，尤其是限定为“四大名著”

1　河北省教育厅印发《中学汉语文学分科教学参考资料汇编（内部参考）》，石家庄：河北省教育厅，约 1956 年版第 41 页。

中除《红楼梦》之外的三部[1]：

“经书”指那时候孩子们念的诗经、大学、论语、孟子这些书，不要把书名告诉学生，只能告诉学生经书都是古书，是用古人的话写出来的，都是小学生不能懂的书。《西游记》《水浒传》《三国演义》都是我国有名的小说，里头的故事很有趣。如果学生看过有关的图画故事（如武松打虎、火焰山等）或听过这些故事，就可以说明“就是这些书”。可以把这些书找来给学生看看，或利用课外时间讲讲这些故事。

蒋仲仁主编，人民教育出版社1957年11月第一版第一次印刷《高级小学课本语文》第2册第11课《日记四则》中的第一则结尾写道：“晚饭后，又拿出《西游记》来在院子里看。正看得出神，妈妈又说我了：‘快别看了！光线这么弱，会伤眼睛的。’这本书太吸引人了，一看就放不下，连妈妈的话也忘了。经她一提醒，我立刻放下这本书，可是心里还老是想，‘不知下文如何？’”最后一则的开头写道：“图书室到了许多书，徐老师正忙着登记、编号。我和李鸣、吴小玲、郭丽四个人帮助徐老师把这些书的封面用纸包起来，准备星期一就出借。有几本书，同学们盼了好久了。”结尾写道：“《西游记》看完了，整整看了一个月了。这样的故事要是能拍成电影多好哇！”课后的问题一是“从这四则日记里，可以看出那个小朋友的学校生活大致是怎么样的？”既然课文写《西游记》如此引人入胜、让人着迷，既然课文中的“我”（“小朋友”）爱读课外书，那么学生们肯定也会在课外急切地借《西游记》来读。不过，并没有出现节选自《西游记》中的课文。

然而，1955—1958年，在张毕来等主编、人民教育出版社出版的6册《初级中学课本文学》和《高级中学课本》中都出现了节选自《西游记》中的课文。

表2-1　中学语文教科书

课文题目	教科书名称	编　者	出版社	时间及版次	学段及册次	节选或改编	《西游记》相关回目
尸魔三戏唐三藏　圣僧恨逐美猴王	初级中学课本文学	张毕来、王微、蔡超尘	人民教育出版社	1957年7月第一版第一次印刷	初中第五册	节选	第二十七回　尸魔三戏唐三藏　圣僧恨逐美猴王

1　蒋仲仁主编，陈伯吹、陆静山、钟华、刘永让编《初级小学课本语文第三册教学参考书（第一分册）》，北京：人民教育出版社，1956年3月第一版、1956年8月第一版第一次印刷第41页。

续　表

课文题目	教科书名称	编　者	出版社	时间及版次	学段及册次	节选或改编	《西游记》相关回目
大闹天宫	高级中学课本文学	张毕来、王微、蔡超尘	人民教育出版社	1957 年第一版、1957 年 7 月第一版第一次印刷	高中第三册	节选	第五回　乱蟠桃大圣偷丹 反天宫诸神捉怪 第六回　观音赴会问原因 小圣施威降大圣

这一时期文学教科书中选文的教学功能，以培养文学阅读能力为主，以思想政治教育为辅。《初级中学课本文学》中的作品编排，一年级根据主题、题材组织单元，二年级根据文学史的顺序组织单元，三年级根据体裁组织单元，并附有介绍各种文学常识的短文。三年级用的第 5 册共分为诗歌、散文、小说和剧本四个单元。小说单元是第 17—22 课，选的是中外小说和介绍小说知识的短文：《祝福》(鲁迅)、《项炼[1]》(莫泊桑)、《尸魔三戏唐三藏 圣僧恨逐美猴王》(吴承恩)、《周大勇和他的连队》(杜鹏程)、《保尔·柯察金》(奥斯特洛夫斯基)、《小说的一般特点》(文学常识一七)。《尸魔三戏唐三藏 圣僧恨逐美猴王》(从"却说三藏师徒，次日天明，收拾前进"，到"毕竟不知此去反复何如，且听下回分解")，完整地节选了《西游记》的第二十七回，呈现的是"孙悟空三打白骨精"及孙悟空被唐僧驱逐的全过程。课后练习有两题："一、根据这篇课文的主要内容，分析孙悟空、唐僧、猪八戒的性格。二、作品里怎样描写尸魔的阴险狡诈的伎俩?"课后练习并没有从阶级的立场去设题，而是将其当成文学作品来让学生欣赏。不仅如此，课文标题下面的注释中对作家、作品及节选部分的介绍也是如此：

吴承恩——(约 1500—约 1582)明代淮安府山阴县(现在江苏省淮安县)人。他的作品《西游记》是一部著名的长篇小说，全书共一百回，描述孙悟空大闹天宫和保护唐僧去西天取经的神话故事。故事的主要内容可以分成三个部分。第一部分从第一回到第七回，主要描述孙悟空得道成仙，大闹天宫，终被如来佛降伏在五行山

1　现写作"项链"。

下。第二部分从第八回到第十二回，主要描述释迦造经，玄奘出世，魏征斩龙，唐太宗入冥，以及玄奘应诏出发取经。第三部分从第十三回到第一百回，主要描述孙悟空保护唐僧前往西天取经，途中战胜八十一难，终于达到目的。"尸魔三戏唐三藏 圣僧恨逐美猴王"是《西游记》第二十七回(这篇课文根据商务印书馆出版的《西游记》，并参考作家出版社出版的本子作了一些补充)。尸魔，僵尸变成的妖魔。唐三藏，就是唐僧。《西游记》里说，唐僧本来姓陈，名江流，做了和尚以后，法名玄奘。唐太宗赐他姓唐，名三藏，所以叫"唐三藏"。圣僧，指唐三藏。僧，念 seng(ㄙㄥ)，和尚。美猴王，指孙悟空。《西游记》里说，孙悟空曾经带领一群猴子，住在花果山水帘洞，自称"美猴王"。

文学常识短文《小说的一般特点》认为，小说是通过典型化的人物塑造和完整的故事情节的建构来反映现实生活的。不过，短文只是用这一单元的其他课文为例来说明，并未提及《西游记》及"尸魔三戏唐三藏 圣僧恨逐美猴王"。与教科书配套的《初级中学课本文学第五册教学参考书》在"课文分析"中对其内容与形式做了分析。如在分析其内容时开头写道："通过尸魔三戏唐三藏的故事的描述，赞扬孙悟空的一片忠心和他除恶务尽的精神，批判唐僧不辨贤愚和他对妖魔不知警惕。"在分析孙悟空三打白骨精及其被唐僧驱逐的过程中，还专门分析了孙悟空的"明智、正直、勇敢"，以及"唐僧是个昏庸软弱的和尚"，"猪八戒对隐蔽的妖魔也是不知警惕的"，"尸魔是异常阴险狡诈的"。教学参考书最后写道："讲授这篇课文，目的在使学生认识孙悟空的一片忠心和他除恶务尽的精神，认识唐僧的不辨贤愚和对妖魔不知警惕，认识猪八戒的愚蠢、自私和破坏团结的害处。"关于其艺术特点，主要有两方面的特点：一是"这篇小说借神话故事讽刺世态人情，故事里的人物和事件都富有神话色彩"。如孙悟空是猴子却能腾云驾雾，又如在现实中没有的神仙和妖魔却有着人的思想感情且他们之间会发生人类社会中的矛盾冲突。二是章回体小说的特点。分章回叙事，故事完整，多用对偶句拟写标题，开头、结尾用"却说"("且说")、"且听下回分解"之类，中间经常插入一些与故事内容相关的诗句，如文中在写白骨精变成女子、老婆婆和老公公时插入了三首诗来描述他们三人的外貌，更好地表现了白骨精的阴险狡诈[1]。

---

1 人民教育出版社编《初级中学课本文学第五册教学参考书》，北京：人民教育出版社，1957 年 7 月第一版第一次印刷第 114—121 页。

《高级中学课本文学》的前两学年四学期按照中国文学史的分期学习每个时代的文学：秦代以前的文学和两汉魏晋南北朝的文学；唐代和宋代文学；元代至“五四”时期的文学；“五四”以来的文学。第3册收录的是元明清时期代表性的文学作品，第1—15课为《法场》（关汉卿）、《秋思》（马致远）、《林冲发配》（施耐庵）、《失街亭》（罗贯中）、《项脊轩志》（归有光）、《大闹天宫》（吴承恩）、《杜十娘怒沉百宝箱》（冯梦龙）、《原君》（黄宗羲）、《哀江南》（孔尚任）、《狱中杂记》（方苞）、《严贡生和严监生》（吴敬梓）、《诉肺腑》（曹雪芹）、《登泰山记》（姚鼐）、《草木皆兵》（吴沃尧）、《谭嗣同传》（梁启超）。选自《西游记》的《大闹天宫》，从“一日，玉帝早朝”起至“把那美猴王围绕不提”，内容涉及第五、六两回。编者在注释中对吴承恩和《西游记》做了简介：

吴承恩——（约1500—约1582）字汝忠，号射阳山人，明代淮安府山阳县人。诗文集有“射阳先生存稿”四卷。他还写了几种志怪小说，其中以《西游记》为最著名。《西游记》全书共一百回，主要描述孙悟空得道成仙，大闹天宫，后来皈依佛教，保护唐僧到西天取经，一路战胜许多妖魔，冲破八十一难，成功而回；着意写出孙悟空的刚强、正直、神通广大和排除万难不屈不挠的精神。

图2-1 《高级中学课本文学》（1957）

针对课文《大闹天宫》，注释只是交代了其前后的情节，并未评述其本身。课后的“练习”有三题：“一、‘大闹天宫’这一段，表现孙悟空怎样的性格？二、作者怎样刻画玉帝和老君的形象？三、从这段故事里可以看出作者怎样的思想？”《高级中学课本文学第三册教学参考书》称：教学时要引导学生关注“‘大闹天宫’主人公齐天大圣（孙悟空），对一切传统的礼法、制度的蔑视，对最高统治者的反抗，他的非凡的智慧和力量，他的顽强不屈的斗争精神。玉帝、老君等在斗争中的狼狈相”，同时还要注意齐天大圣的性格描写[1]。

1 人民教育出版社编《高级中学课本文学第三册教学参考书》，北京：人民教育出版社，1957年版第6页。

1945年，毛泽东赴重庆谈判时曾对陈立夫说道："我们上山打游击，当'土匪'，还不是你们剿共逼出来的！是逼上梁山！就像孙悟空大闹天宫，玉皇大帝封他做了弼马温，孙悟空不服气，自己鉴定是齐天大圣，可是你们却连弼马温也不给我们做，我们只好扛枪上山了。在这次国共和谈中，请你们要认清人心所向，不要重蹈覆辙。"[1]不过，针对新中国成立之初很多人将语文课上成政治课，动辄从阶级立场去分析作品中的人物的不当做法（如称林冲是"小资产阶级出身"之类[2]），《高级中学课本文学第三册教学参考书》特意指出，"对'西游记'里的神魔，不要简单地替他们划分阶级或作勉强的比附"[3]。

二 中小学课外阅读中的《西游记》

1956年，教育部和团中央联合公布了《少年儿童图书目录》，其中出现了《西游记》的相关内容。在其开列的低年级阅读适用的"童话、民间故事"中，与《西游记》相关的有少年儿童出版社出版的叶超改写、阿黑和河山绘的《孙悟空大闹水晶宫》以及叶超改写、董天野绘的《芭蕉扇》[4]。

《初级中学文学教学大纲（草案）》将通俗读物出版社出版、从吴承恩原著《西游记》中节选的《高老庄》列入初中二年级课外阅读参考书中[5]。《高级中学文学教学大纲（草案）》将《西游记（二册）》（吴承恩，作家出版社）列入高中二年级课外阅读参考书中[6]。因为文学教科书中的课文主要是古典文学作品，这也引发了学生在课外阅读古典文学名著的兴趣，甚至在浙江省宁波市出现了"赵

---

1 邓立群主编《政治战略家毛泽东》，北京：中央民族大学出版社，2003年版第1279页。

2 福建教师进修学院编《高中语文总复习纲要（一九五八年毕业生用）》，福州：福建人民出版社，1958年4月第一版、1958年4月第一次印刷第22页。

3 人民教育出版社编《高级中学课本文学第三册教学参考书》，北京：人民教育出版社，1957年版第66页。

4 广东省教育厅编《怎样教口述课和阅读指导课》，广州：广东人民出版社，1957年1月第一版第一次印刷第70页。

5 课程教材研究所编《20世纪中国中小学课程标准·教学大纲汇编（语文卷）》，北京：人民教育出版社，2001年版第366页。

6 课程教材研究所编《20世纪中国中小学课程标准·教学大纲汇编（语文卷）》，北京：人民教育出版社，2001年版第403页。

树理的《三里湾》很少有人看，而《西游记》则有一个班全班学生都看过”的现象[1]。

第三节

《西游记》与语文复名时期的语文教育（1958—1966）

1958年3月国务院取消汉语、文学分科并恢复为语文学科之后，直到1963年5月教育部颁布《全日制小学语文教学大纲（草案）》和《全日制中学语文教学大纲（草案）》之前，并无新的全国通用的中小学语文课程标准颁布，其间1960年上海市出台了《关于全日制中小学语文课程革新的建议（草案）》，并据此制定了《全日制中小学语文教学分年要求表（草案）》，1962年浙江省出台了《浙江省中、小学和中等师范学校语文教学情况及今后提高语文教学质量的意见》，并据此制定了《浙江省全日制普通中、小学语文教学纲要（草案）》，作为这些省、市语文教材的编写和语文教学的基本依据。在这些语文课程文件中有些出现了《西游记》以及从中节选的课文。人民教育出版社和各地方出版机构编写、出版的语文教科书中也出现了《西游记》以及从中节选的课文。

一　中小学语文教科书的接受与阐释

1963年5月，教育部正式颁布的《全日制小学语文教学大纲（草案）》在介绍各年级的“教学内容”时，呈现了拟编写的初小四个年级和高小两个年级共12册小学语文教科书的选文目录。其中与《西游记》有关的有高小第1册第5课《玄奘的西游》（第6课是《黄道婆》）[2]。人民教育出版社根据《全日制小学语文教学大纲（草案）》编辑、出版的《初级小学课本语文》的8册（1963—1965年11月出版了前6

1　语文教研组《关于中学语文科的教学质量及教学改革的一些问题》，浙江省教师进修学院编《中小学教学研究资料汇编之三：教学改革续编》，杭州：浙江省教师进修学院，1958年7月版第11页。

2　课程教材研究所编《20世纪中国中小学课程标准·教学大纲汇编（语文卷）》，北京：人民教育出版社，2001年版第171页。

册试用本，第 7、8 册只有征求意见本，没有正式出版）中并没有从《西游记》中节选的课文。

不过，在人民教育出版社编辑出版，1956 年第一版、1963 年 10 月第八版第一次印刷《初级小学课本语文》第 4 册的第 22—24 课用以介绍实用写作和生活常识的《一封信》《小脏手》《漱口刷牙》中出现了《西游记》。《一封信》以给去北京出差的爸爸写信的形式介绍了自己以克制想看《孙悟空三打白骨精》的心情作为自己意志坚强的证明。信中写道：

爸爸，您在家的时候，不是常说我不能克制自己吗？您离家的那个晚上，我就想，我一定把这个毛病改掉。真巧，第二天妈妈给我借来一本《孙悟空三打白骨精》。我早就想看这本书了，巴不得一口气就把它读完。可是还有大字没写，怎么办呢？我想，这正是一个考验。吃过晚饭，我先把桌子擦干净，坐下来磨墨。尽管《孙悟空三打白骨精》就放在旁边，彩色的封面那么吸引人，我一眼也不去看。墨磨好了，我打开字帖，铺好纸，一笔一笔地写起来。时间一分一秒地过去，我的字一个一个地写下去。写完了一张纸，我看了看，觉得比哪一天都写得好。我一边收拾笔墨，一边想，克制自己原来会带来很大的愉快呢。我收拾好笔墨，才拿起《孙悟空三打白骨精》来看。

我把这种愉快的心情告诉妈妈，妈妈说："这很好，写封信告诉你爸爸吧。"爸爸，你知道这个消息，心里一定很高兴。

又如人民教育出版社编辑出版，1958 年第一版、1961 年 6 月第四版第三次印刷《高级小学课本语文》第 3 册的第 1—3 课是有关学习的文章《要珍惜幸福的学习生活》《学徒生活回忆》《鲁班学艺》。其中《学徒生活回忆》的作者回忆其 12 岁在"太成堂"书铺当学徒时，白天认真学习印刷，晚上背着老板读书。作者写道：

我就这样不间断地看了许多旧小说，象《水浒》《三国演义》《西游记》《洪秀全传》等等。我从这些书里找到了知识的源泉，越看兴趣越浓厚。每天晚上，我几乎都贪婪地读到深夜。我那时看书的技术是很高明的，看过的书就和没人翻过的一样新。因此，老板没有发现我看书的事。

我从书里得到了许多启发，了解到中国的社会历史，懂得了贫富不均的社会生活。我最爱书中那些反抗强暴反对剥削阶级的英雄人物。我想，我们的社会也非要来一个改变不可。

语文教科书对旧小说的节选以及课文内容对阅读旧小说的暗示倡导，都会引发儿童阅读这些名著的兴趣，并在课外找来阅读。

以节选《西游记》作为课文的形式出现的是人民教育出版社编辑出版，1961 年第一版、1964 年第二版《十年制学校小学课本（试用本）语文》第 8 册的第 24 课《齐天大圣》（第 4 课是提及《西游记》的《学徒生活回忆》）。

表 2－2　小学语文教科书

课文题目	教科书名称	编　者	出版社	时间及版次	学段及册次	节选或改编	《西游记》相关回目
齐天大圣	十年制学校课本（试用本）语文第八册教学参考书	人民教育出版社	人民教育出版社	1961 年第一版、1964 年第二版、1964 年 11 月第二版第一次印刷	初小第八册	节选、改编	第四回　官封弼马心何足　名注齐天意未宁

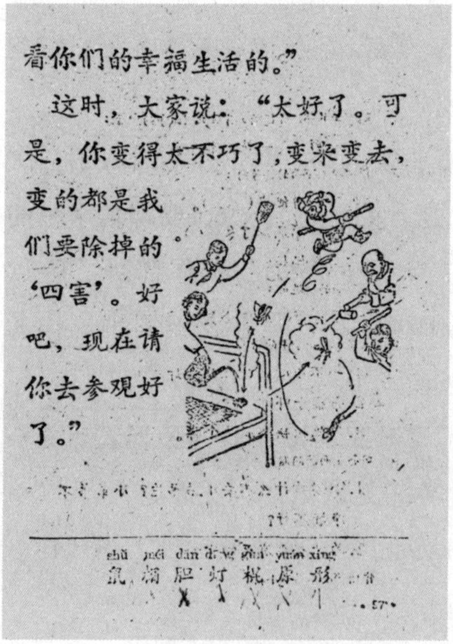
看你们的幸福生活的。"

这时，大家说："太好了。可是，你变得太不巧了，变来变去，变的都是我们要除掉的'四害'。好吧，现在请你去参观好了。"

图 2－2　全日制五年制小学课本《语文》（试用本）（1961）

目前没有见到《十年制学校小学课本（试用本）语文》的第 8 册，从与其配套的《十年制学校课本（试用本）语文第八册教学参考书》（1961、1964）来看，《齐天大圣》节选自《西游记》的第四回"官封弼马心何足 名注齐天意未宁"，写玉皇大帝派李天王和哪吒带着众神去花果山捉拿孙悟空，孙悟空向他们发出威胁：玉皇大帝如果不封自己为"齐天大圣"，他就打到凌霄殿。孙悟空把前来挑战的哪吒打败，急得李天王向玉皇大帝讨要救兵。《十年制学校课本（试用本）语文第八册教学参考书》所确定的本篇课文的教学要求为"要学生知道孙悟空那种连玉皇大帝也不放在眼里的反抗精神。理解本课里某些文言词语的意义，启发学生阅读古典文学作品的兴趣”[1]。此外教学参考书还附录了一则“参考资料”来交代此前几回的内容：“据《西游记》所写，孙悟空原来是东胜神洲傲来国花果山（作者假设的地名）的一个石猴。他很聪明、勇敢，由于发现了水帘洞，别的猴都推他作美猴王。后来他出外寻师求道，学会了觔斗云和七十二般变化，神通广大。回来后曾到东海龙王那里索取到武器‘如意金箍棒’；又到阴间从生死簿上销去了名字。龙王和阎王告到玉皇大帝那里，玉皇大帝本来要派兵去捉他，后来采用太白金星的意见，宣猴王到天上，封他作个‘弼马温’，想借此驯服他。不久，孙悟空识破了玉皇大帝的奸计，反出天宫。”[2]

江西省中小学幼儿园教材编审委员会编，江西人民出版社1961年2月第一版第一次印刷《语文》第2册第21、22课《孙悟空的故事》（一）和（二）采用故事新编的形式将孙悟空会七十二变、能降妖除魔与当时的歌颂“人民公社”和开展“除‘四害’”的运动联系起来。

《孙悟空的故事》（一）

你听爷爷讲过“孙猴子”的故事吗？他会变，想变什么就变什么。

孙猴子住在花果山。他是最喜欢活动的。有一天，他想到各处去看看。他把脸一抹，说声：“变。”变成一只小苍蝇，“嗡嗡嗡”地哼着，飞呵，飞呵，飞到了人民公社的食堂里。

“苍蝇！苍蝇！快快打死它！”他听到很多人在喊，连忙逃了出来，飞到人家房间里去，心里想：好险！好险！

到了房里，孙猴子想：还是变得更小一些，有什么危险容易躲藏。于是他又摇身一变，变成一只小臭虫，在床缝里躲起来休息休息。渐渐地，他睡着了。忽然他听到砰砰的声音。是谁在拆床呀？又听得有人在说：“水烧开了，可以拿去烫了。这下子臭虫可要没命啦！”孙猴子一听又要挨烫，心里一急，只好变成一只蚊子飞走了。

《孙悟空的故事》（二）

孙猴子变成一只蚊子飞走，一不小心，就撞到电灯泡上。

---

1 人民教育出版社编《十年制学校课本（试用本）语文第八册教学参考书》，北京：人民教育出版社，1961年第一版、1964年第二版、1964年11月第二版第一次印刷第63—64页。

2 人民教育出版社编《十年制学校课本（试用本）语文第八册教学参考书》，北京：人民教育出版社，1961年第一版、1964年第二版、1964年11月第二版第一次印刷第65—66页。

"快！蚊子……"

孙猴子被吓破了胆，他想：今天怎么这样倒楣[1]！他急急忙忙地飞出窗外，又变成一只难看的老鼠，夹着尾巴逃到马路上。这下子可不得了啦，满街的人，个个喊打，有的人手里还拿着棍子。孙猴子一看不妙，立刻显了原形，忙说："我是孙猴子，是特地来看你们的幸福生活的。"

这时，大家说："太好了。可是，你变得太不巧了，变来变去，变的都是我们要除掉的'四害'。好吧，现在请你去参观好了。"

江西教育出版社编的初级中学语文补充教材《应用文》(1963、1965)的第7课《日记》介绍了日记的写法和要求并以《雷锋日记选读》为实例。其中有一则雷锋于1962年2月写的日记，日记是用阶级分析的方法写的《孙悟空三打白骨精》的观后感[2]：

今天我看了《孙悟空三打白骨精》的电影后，受到了一次深刻的政治教育。我认为影片中的孙悟空，是一个英雄好汉，他的立场鲜明，斗志坚强。他能通过事物的表面现象，看清事物的本质，识破妖魔的阴谋。他爱憎分明，对敌人不抱任何幻想，坚决斗争到底，直至最后把敌人消灭。

唐僧这个人软弱无能，敌我不分，对敌人抱着幻想，把好人当坏人，结果落入敌人之手，要不是孙悟空来搭救，他就完蛋了。

猪八戒此人和平麻痹思想极为严重，分不清是非，有个人主义思想，差点断送了自己的生命。

沙和尚这人表现一般，不上不下，站在中间，因他分不清是非，结果也上了敌人的当。

总的看来，这部影片很好，现实教育意义大，特别是对那些对帝国主义抱有幻想的人是一个极大的教训，对现代修正主义者是一个打击。看过这部影片，我们应该懂得，敌人是不会发出善心的，是不肯放下屠刀的，直至他们灭亡。我们还要知道，要消灭敌人取得胜利，首先要在大风大浪中分清是非，斗争到底，加强内部的团结，统一思想，一齐行动，这样才能有力量，战无不胜。我觉得，一个革命者要不迷失前进的方向，正确地分清是非，取得革命的胜利，就得努力学习马克思列宁

1 今写作"倒霉"。

2 江西教育出版社编初级中学语文补充教材《应用文》，南昌：江西教育出版社，1963年9月第一版、1965年7月第一版第三次印刷第57—58页。

主义和毛泽东思想，掌握了这个思想武器，并用于实际，就可以取得革命的胜利。

我要学习孙悟空坚定不移的立场，学习他分辨是非的能力，学习他顽强的斗争精神，学习他对敌人憎恨、对自己人无限忠诚的特性，学习他不消灭敌人决不罢休的精神。我决心永远忠于党，听党和毛主席的话，练好军事技术，不消灭敌人，不解放台湾，我决不罢休。

既然党中央和毛主席号召“向雷锋同志学习”，那么中学生读完这则日记，也应该会设法去观看《孙悟空三打白骨精》，阅读《西游记》。

表 2 - 3　中学语文教科书

课文题目	教科书名称	编　者	出版社	时间及版次	学段及册次	节选或改编	《西游记》相关回目
大闹天宫	高级中学课本语文（试用本）	浙江省中小学教材编辑委员会	浙江人民出版社	1959 年 7 月第一版、第一次印刷	高中第一册	节选	第五回　乱蟠桃大圣偷丹 反天宫诸神捉怪 第六回　观音赴会问原因 小圣施威降大圣

浙江省中小学教材编辑委员会编《高级中学课本语文（试用本）》（1959）第 1 册中的《大闹天宫》与张毕来、王微、蔡超尘主编的《高级中学课本文学》（1957）第 3 册中的《大闹天宫》的课文和注释几乎相同，只是课后“练习”不同：

一、从“大闹天宫”这一段中可以看出孙悟空怎样的性格？表现在哪些地方？

二、在作者的笔下，天上的统治者玉帝、老君以及众神仙是怎样的一些人物？“大闹天宫”这故事在旧社会有怎样的现实意义？

三、什么叫“神话”？它与迷信有何不同？

四、《西游记》在文学史上的地位怎样？

二　中小学课外阅读中的《西游记》

1960 年 3 月，北京景山学校推行教学改革试验，在各年级都开展了课外阅读活动，在高年级“提倡广泛阅读文学、历史、科学书籍”，其中就包括了“四大名著”中的几部。如景山学校大力提倡阅读“特别是启发智慧的书籍，如《三国演义》《东周列国志》《西游记》等等”，还指导学生“读革命小说和优秀的文学作品(包括戏剧、诗歌)。如优秀的革命回忆录，《红旗谱》《暴风骤雨》《创业史》《青春之歌》《铁流》《钢铁是怎样炼成的》《水浒》等文艺作品，作为学生的课外必读书”[1]。

1962 年第七期《人民教育》刊登了人民教育出版社的《征求关于〈中小学课外阅读书目(草稿)〉的意见》。其中小学中年级的阅读书目中有《孙悟空》(马奔改写)、《西游记故事》(若谷节选)。小学高年级的阅读书目中有《水浒》(节本上、下册，宋云彬节编)，初中推荐阅读的“旧小说”中有《水浒》《三国演义》《西游记》《官场现形记》，高中推荐阅读的“旧小说”中有《儒林外史》《红楼梦》《聊斋志异选》[2]。

1962 年初，有文章在讨论十年制语文教科书的使用情况时提到希望有关部门“编一套与各年级语文课文相配合的课外阅读书目，以便指导学生阅读”[3]。可能是意识到课外阅读很重要但是在此时已被中小学忽视或者轻视了，所以同年第七期《人民教育》刊登了人民教育出版社的《征求关于〈中小学课外阅读书目(草稿)〉的意见》和河南省漯河师范学校张时轮的一篇简短的经验介绍《对语文课外阅读指导的几点体会》。《中小学课外阅读书目(草稿)》中的小学中年级 30 种课外阅读书目中有《孙悟空》(已出二册，马奔改写，少年儿童出版社)、《西游记故事》(若谷节选，少年儿童出版社)，初中推荐阅读的“旧小说”中有作家出版社出版的吴承恩原著《西游记》等[4]。

学生会在课外阅读《水浒传》《西游记》等，家长也会给学生讲其中的故事片

---

1 贺鸿琛、方玄初《关于教学改革试验的几个问题》，《人民教育》，1961 年第十二期第 9、11 页。

2 人民教育出版社《征求关于〈中小学课外阅读书目(草稿)〉的意见》，《人民教育》，1962 年第七期第 25—28 页。

3 《上海市第五十一中学教师对十年制试用教材的反映》，《人民教育》，1962 年第一期第 18 页。

4 人民教育出版社《征求关于〈中小学课外阅读书目(草稿)〉的意见》，《人民教育》，1962 年第七期第 25、26 页。

段，如山东省一位小学六年级的学生在作文《我的爷爷》中写道[1]：

爷爷非常疼爱我，每逢星期六回家的时候，我总是和爷爷坐一会儿。他给我讲故事，讲过去的英雄人物，象《水浒传》里的宋江、武松，讲孙悟空闹天宫、鲤鱼翻海……什么都讲。

1 山东人民出版社编《小学生文选（第二辑）》，济南：山东人民出版社，1959 年 7 月第一版、1959 年 9 月第二次印刷第 17 页。

第三章

《西游记》与“文化大革命”及其结束之初的语文教育（1966—1978）

在尊崇革命、不断斗争的时代氛围中，天不怕地不怕，动辄游地府、闯龙宫、闹天宫的孙悟空成了“敢于斗争”与“善于斗争”的代表。孙悟空这个光辉形象，不仅体现在他敢于反抗，还体现在他有能力、有智慧。他有一双火眼金睛，能识破一切妖魔鬼怪的诡计，这恰恰是在“分清敌我”时所需要的本领。他还会七十二变，对待妖怪更是毫不怜悯，必置之于死地，这也是当时认为对待敌人所应有的态度。这些集中体现在《孙悟空三打白骨精》《孙悟空三借芭蕉扇》等故事中。因此，在持续的政治运动中，为了满足揭露与批判国内的阶级敌人以及国外的敌对势力（“帝、修、反”）的现实需要，《西游记》多次进入了中小学语文教科书，而且这段时间的语文教科书的编者大多选择的是其中的“孙悟空三打白骨精”的片段或者围绕此而作的诗文。即使是“文化大革命”结束之初，因为受“左”的思想的影响，这种情况也没有发生明显的变化。

第一节
《西游记》与“文化大革命”时期的语文教育（1966—1976）

“文化大革命”期间，因为受极“左”思潮的影响，语文教科书中的课文成为阶级斗争的工具，选择课文时以其是否有利于阶级斗争、是否符合思想政治教育的需要为取舍标准，阐释课文时从无产阶级的立场出发来分析、评判其中的人物及事件。这些都直接影响了《西游记》的接受与阐释。

一　中小学语文教科书的接受与阐释

“文化大革命”中后期，尤其是林彪在蒙古国摔亡的“九·一三”事件爆发后，语文教科书中出现了一些古典文学作品。如北京市中小学教材编写组 1972 年制订的《北京市五年制中学语文教学意见（初稿）》在“教材编选原则”上所确定的选材范围有六大方面：“马列主义著作和毛主席著作（包括诗词）”“革命样板戏”“报刊重要文章，工农兵的作品和歌颂工农的作品”“鲁迅先生的作品”“适量的中国古典文学作品”“一些外国进步文学作品”。“对于教材中选入的少量古典文学作品，在教学时要坚持批判地继承的原则，执行‘古为今用’的方针，引导学生学习毛主席关于如何对待古代化的一系列教导，提高分析、鉴别、批判的水平，培养初步阅读文言文的能力”，“对待古典文学作品，我们既反对不加分析地全盘继承的错误认识，也不同意不加分析地全盘否定的民族虚无主义态度，而是‘批判地吸收其中一切有益的东西’”。因此，包括《西游记》在内的一些古典文学作品被选入中小学语文教科书。

表 3 - 1　中学语文教科书

课文题目	教科书名称	编者、出版社	时间及版次	学段及册次	节选或改编	《西游记》相关回目
孙行者对付铁扇公主	吉林省中学试用课本《语文》	吉林省中、小学教材编写组，吉林省人民出版社	1972 年 2 月第四版第一次印刷	第一册	节选	第五十九回 唐三藏路阻火焰山 孙行者一调芭蕉扇
孙悟空三打白骨精	四川省高中试用课本《语文》	四川省教育局中小学教材编写组、四川人民出版社	1972 年 8 月第一版第一次印刷	第四册	节选	第二十七回 尸魔三戏唐三藏 圣僧恨逐美猴王
孙悟空三打白骨精	广西壮族自治区中学试用课本《语文》	广西壮族自治区中小学教材编写组、广西人民出版社	1972 年 10 月第一版第一次印刷	高中第二册	节选	第二十七回 尸魔三戏唐三藏 圣僧恨逐美猴王

续 表

课文题目	教科书名称	编者、出版社	时间及版次	学段及册次	节选或改编	《西游记》相关回目
孙悟空三打白骨精	江西省初级中学课本《语文(过渡教材)》	江西省中小学教材编写组、江西省新华书店	1972年12月第一版、1973年1月第一次印刷	一年级	节选	第二十七回 尸魔三戏唐三藏 圣僧恨逐美猴王
孙悟空三打白骨精	江苏省中学试用课本《语文》	江苏省中学教材编写组	1973年6月第一版第一次印刷	初中第四册	节选	第二十七回 尸魔三戏唐三藏 圣僧恨逐美猴王
孙悟空三打白骨精	江西省初级中学试用课本《语文》	江西省中小学教材编写组、江西人民出版社	1973年7月第一版、1973年12月第一次印刷	第二册	节选、改编	第二十七回 尸魔三戏唐三藏 圣僧恨逐美猴王
孙悟空三打白骨精	浙江省高中试用课本《语文》	浙江省中小学教材编写组、浙江人民出版社	1971年1月第一版、1973年8月第三版第一次印刷	第三册	节选	第二十七回 尸魔三戏唐三藏 圣僧恨逐美猴王
孙悟空三打白骨精	安徽省高级中学试用课本《语文》	安徽省教育局中小学教材编写组、安徽人民出版社	1973年9月第一版第四次印刷	第三册	节选	第二十七回 尸魔三戏唐三藏 圣僧恨逐美猴王
孙悟空三打白骨精	福建省中学补充教材《语文》	福建省中小学教材编写组、福建人民出版社	1973年12月第一版第一次印刷	高中一、二年级	节选	第二十七回 尸魔三戏唐三藏 圣僧恨逐美猴王
孙悟空三打白骨精	内蒙古自治区中学试用课本《语文》	内蒙古教育出版社	1974年6月第一版、1976年4月第三次印刷	高中第一册	节选	第二十七回 尸魔三戏唐三藏 圣僧恨逐美猴王
借扇	四川省中学试用课本《语文》	四川省教育局教材处、四川人民出版社	1975年9月第一版、1975年11月成都第一次印刷	第二册	节选	第五十九回 唐三藏路阻火焰山 孙行者一调芭蕉扇

续 表

课文题目	教科书名称	编者、出版社	时间及版次	学段及册次	节选或改编	《西游记》相关回目
孙悟空三打白骨精(一)(二)	山西省小学课本《语文》	山西省中小学教材编审室、山西人民出版社	1976年3月第一版、1976年4月第一次印刷	第八册	节选、改编	第二十七回 尸魔三戏唐三藏 圣僧恨逐美猴王

表3-2 小学语文教科书

课文题目	教科书名称	编者、出版社	时间及版次	学段及册次	节选或改编	《西游记》相关回目
孙悟空三打白骨精(一)(二)	浙江省小学试用课本《语文》	浙江省中小学教材编写组、浙江人民出版社	1970年7月第一版、1973年7月第四版第一次印刷	第九册	节选、改编	第二十七回 尸魔三戏唐三藏 圣僧恨逐美猴王
孙悟空三打白骨精	湖北省小学试用课本《语文》	湖北省中小学教学教材研究室、湖北人民出版社	1976年1月第一版第一次印刷	第十册	节选、改编	第二十七回 尸魔三戏唐三藏 圣僧恨逐美猴王
孙悟空三打白骨精(一)(二)	山西省小学课本《语文》	山西省中小学教材编审室、山西人民出版社	1976年3月第一版、1976年4月第一次印刷	第8册	节选、改编	第二十七回 尸魔三戏唐三藏 圣僧恨逐美猴王
孙悟空三打白骨精	江西省小学试用课本《语文》	江西省上饶地区中小学语文教材编写组、江西省中小学教材编写组，江西人民出版社	1976年11月第一版、1976年12月第一次印刷	第10册	节选、改编	第二十七回 尸魔三戏唐三藏 圣僧恨逐美猴王

(一) 对《西游记》的总体评介

浙江省中小学教材编写组编，浙江人民出版社1971年1月第一版、1973年8月第三版第一次印刷浙江省高中试用课本《语文》第3册第18课《孙悟空三打白骨精》的题下注释对《西游记》作了较全面的介绍：

《西游记》是一部神话小说，是作者在民间文学的基础上再创作的。马克思说：**“任何神话都是用想象和借助想象以征服自然力，支配自然力，把自然力加以形象化。”**《西游记》通过唐代僧人玄奘（zàng 音葬）“取经”的故事，以神猴孙悟空为主角，反映了劳动人民蔑视神权、反抗压迫、坚决斗争的精神，同时揭露了封建社会的一些丑恶现象。

江苏省中学教材编写组编写、出版，1973 年 6 月第一版第一次印刷江苏省中学试用课本《语文》初中第 4 册第 20 课《孙悟空三打白骨精》的“题解”称：

《西游记》是公元十六世纪中国的一部神话小说。作者吴承恩（约一五〇〇—一五八二年），字汝忠，号射阳山人，淮安府山阳县（今江苏省淮安县）人。这部小说通过孙悟空保护唐僧“取经”的故事，反映了中国劳动人民蔑视神权、反抗压迫、坚决向一切灾害困难和邪恶势力作斗争的精神品质，同时也讽刺、揭露了当时封建社会的丑恶现象。……由于作者历史的阶级的局限，当时他还不能认清宗教的欺骗本质，以致“佛法无边”的观念，劝“善”的说教和其他封建迷信思想，揉杂在书中，我们阅读时应注意批判和剔除。

福建省中小学教材编写组编、福建人民出版社 1973 年 12 月第一版第一次印刷福建省中学补充教材《语文》（高中一、二年级）第 16 课《孙悟空三打白骨精》的题下注释对《西游记》作了总的评价：

《西游记》是公元十六世纪中国的一部神话小说。这部小说通过孙悟空保护唐僧“取经”的故事，广泛地揭露和批判了黑暗的封建社会，歌颂了对天官、地狱统治者的反抗斗争，也反映了古代人民征服自然力的理想愿望。

由于作者历史的和阶级的局限，当时他还不能认清宗教的欺骗本质，以致“佛法无边”的观念、劝“善”的说教和维护封建制度的传统儒家思想，揉杂在书中，阅读时应注意批判。

编者从正反两方面评价了《西游记》，批评其缺点时能从作者所处的时代出发，所以显得较为全面和客观。

内蒙古教育出版社编辑出版，1974 年 6 月第一版、1976 年 4 月第三次印刷内蒙古自治区中学试用课本《语文》高中第 1 册第 7 课《孙悟空三打白骨精》的题下注释对《西游记》作了全面的介绍：

《西游记》是在民间传说和前人作品的基础上加工创作的一部神话小说。马克思说:“**任何神话都是用想象和借助想象以征服自然力,支配自然力,把自然力加以形象化**。”神话的作者把现实生活中错综复杂的矛盾斗争及其相互转化,以丰富的想象和主观的幻想将其曲折地反映出来,借以表达他的政治愿望、理想要求和思想感情。神话中的矛盾斗争,说到底仍是人类社会的各种矛盾斗争的反映。《西游记》主要叙述神猴孙悟空大闹天宫和护送唐僧取经的故事,热情歌颂了孙悟空敢于斗争的精神,反映了劳动人民蔑视神权、反抗压迫、坚决斗争的精神;小说较深刻地揭露、批判了封建社会的丑恶黑暗和当时封建统治者的昏庸残暴,反映出作者对当时统治阶级的不满。但吴承恩所反对的,并不是封建制度本身,而只是希望当时的统治者能施行儒家的所谓“王道”“仁政”,以巩固其统治而已。对于这一点必须有足够的认识。此外小说中还存在着不少宗教说教和封建迷信的东西,对这些封建糟粕必须批判剔除。

四川省教育局教材处编,四川人民出版社1975年9月第一版、1975年11月成都第一次印刷四川省中学试用课本《语文》第2册第20课《借扇》的“教学参考”还提到其反映了劳动人民征服大自然的愿望:

《西游记》是一部长篇幻想神话小说。它主要是写孙悟空一路上降伏妖魔,扫除障碍,护送唐僧去西天取经的故事。作者以丰富的想象、奇妙的故事,塑造了人民所喜爱的理想化的英雄形象——孙悟空。反映了我国劳动人民克服困难、勇敢前进的精神和蔑视神权、反抗压迫、摧毁社会上一切邪恶势力以及征服大自然的愿望和信心。

《西游记》也存在着明显的时代局限和阶级局限,存在着许多封建性的糟粕。主要表现在它对封建社会作了某些揭露的同时,追求和歌颂了为巩固封建统治服务的孔孟的“王道”政治理想,鼓吹和宣扬了因果报应、宿命论等宗教迷信思想。这些都必须注意批判。

(二) 对《西游记》节选的取向

首先是选《七律·和郭沫若同志》《孙行者对付铁扇公主》《孙悟空三打白骨精》《借扇》以反“帝、修、反”,批刘少奇、林彪。

1966年6月13日,中共中央、国务院批示并转发了教育部党组的《关于一九六六—一九六七学年度中学政治、语文、历史教材处理意见的请示报告》。批示对当时的教材提出了批评,认为这些教材“没有以毛泽东思想挂帅,没有突出无产阶级政治，违背了毛主席关于阶级和阶级斗争的学说，违背了党的教育方针”，并决定停用。中小学语文教材要重新审查，删除不好的内容，初小各年级要学习毛主席语录，高小各年级要学习“老三篇”（毛泽东的《愚公移山》《纪念白求恩》《为人民服务》）以及其他合适的文章。中学“政治和语文合开，以毛主席著作为基本教材，选读‘文化大革命’的好文章和革命作品”[1]。

1966 年 12 月，国家主席刘少奇被打倒，1969 年 11 月含冤去世。他在当时被认为是“中国的赫鲁晓夫”，主张走修正主义道路。1971 年 9 月 13 日，中共中央副主席林彪在蒙古国摔亡之后，其由一人之下万人之上的接班人一下子变成了叛党叛国之徒，让国人非常迷惑。同时，当时的国际形势是美国对中国虎视眈眈、苏联与中国已经交恶。于是，《西游记》再次进入中小学语文教科书，毛泽东主席围绕“孙悟空三打白骨精”而写的《七律・和郭沫若同志》，以及《西游记》中的“孙行者对付铁扇公主”“孙悟空三打白骨精”等片段，尤其是“孙悟空三打白骨精”多次被选作课文，以激励学生要像孙悟空那样敢于斗争、善于斗争。

1961 年 10 月 18 日，郭沫若在北京观看完浙江省绍剧团演出的绍剧《孙悟空三打白骨精》后，于 25 日写了一首七律《看〈孙悟空三打白骨精〉》，并呈送毛泽东主席阅览。郭诗是从批评唐僧不识人妖、颠倒是非来立意的：“人妖颠倒是非淆，对敌慈悲对友刁。咒念金箍闻万遍，精逃白骨累三遭。千刀当剐唐僧肉，一拔何亏大圣毛。教育及时堪赞赏，猪犹智慧胜愚曹。”11 月 17 日，毛泽东写了一首和诗《七律・和郭沫若同志》：“一从大地起风雷，便有精生白骨堆。僧是愚氓犹可训，妖为鬼蜮必成灾。金猴奋起千钧棒，玉宇澄清万里埃。今日欢呼孙大圣，只缘妖雾又重来。”他在诗中认为，对于《孙悟空三打白骨精》中的唐僧犯糊涂固然要批评教育，而妖魔成灾更应重视，所以要时时像孙悟空那样降妖魔鬼怪，去妖雾瘴气。这里的妖魔就是美帝和苏修。1962 年 1 月 6 日，郭沫若在广州看了毛泽东的诗后又写了一首和诗：“赖有睛空霹雳雷，不教白骨聚成堆。九天四海澄迷雾，八十一番弭大灾。僧受折磨知悔恨，猪期振奋报涓埃。金睛火眼无容赦，哪怕妖精亿度来。”[2]

1　中央教育科学研究所编《中华人民共和国教育大事记（1949—1982）》，北京：教育科学出版社，1984 年版第 401 页。

2　乌鲁木齐市教师进修学校教学参考资料编写组编《中学语文第五册课本教学参考资料》，乌鲁木齐：乌鲁木齐市教师进修学校，1973 年 1 月版第 3—4 页。

广西壮族自治区革命委员会政治工作组编写、出版，1969 年 8 月第一版第一次印刷广西壮族自治区中学试用课本《语文》初中第 2 册最后几课（第 16—19 课）是《支持刚果（利）人民反对美国侵略的声明》（毛泽东）、《毛主席诗词》（《渔家傲·反第一次大"围剿"》《七律·和郭沫若同志》）、《人民战争胜利万岁（节选）》（林彪）、《高举毛泽东思想伟大红旗，同苏修斗争到底——记一不怕苦、二不怕死的共产主义战士侯明法》。单元"学与用（五）"的第一题点明了如此选编的目的："学了《支持刚果（利）人民反对美国侵略的声明》等几篇课文后，你对美帝、苏修的反动本质认识怎样？结合当前形势，写一篇反对美帝、苏修的文章。"

江西省中小学教材编写组编、江西省新华书店发行，1970 年 1 月第一版第一次印刷江西省中学试用课本《语文》第 2 册（初稿）第 13 课是《毛主席诗词》（《七律·和郭沫若同志》）并附《郭沫若原诗 看〈孙悟空三打白骨精〉》。紧随其后的第 14 课是节选自林彪的《在中国共产党第九次全国代表大会上的报告》中的《关于"无产阶级文化大革命"的过程》，节选部分的重点是批判刘少奇，其中提到毛泽东主持的发起"文化大革命"的"五·一六通知"，宣称该通知"号召全党和全国人民把斗争的矛头指向混进党内的资产阶级代表人物，要特别注意揭发'现正睡在我们的身旁'的'赫鲁晓夫那样的人物'"，又号召注意"潜伏在群众中"的敌对势力。江西省中小学教材编写组编，江西省新华书店 1972 年 12 月第一版、1973 年 1 月第一次印刷江西省高级中学课本《语文（过渡教材）》二年级用第 13 课《认真改进文风》中就多次出现过"刘少奇一类骗子"的措辞。

河北省中小学教材编写组编，河北人民出版社 1970 年 8 月第一版、1971 年 6 月第二版第一次印刷河北省初中试用课本《语文》第 3 册第 3 单元的 3 篇课文（第 6—8 课）是《毛主席诗词》（《七律·和郭沫若同志》，附《郭沫若原诗 看〈孙悟空三打白骨精〉》）、《一不怕苦、二不怕死，是保卫祖国、埋葬帝修反的强大精神力量》、《向珍宝岛反击战的英雄学习》，单元后附的"阅读教材"是《血泪的控诉 愤怒的声讨——控诉日本法西斯在潘家峪惨绝人寰的大屠杀》。这三篇课文的内容涉及抗击美、日、苏等国的侵略或压迫。不过，因为刚刚爆发了中苏珍宝岛之战，所以这里针对的重点应该是苏联。如单元"学和用"的第一、二题的设题指向就清楚地表明了这一点："背诵毛主席《七律·和郭沫若同志》，并谈谈这首诗对于继续批判以苏修为中心的现代修正主义，把这个斗争进行到底的伟大指导意义"；"我们应以什么实际行动向珍宝岛反击战的英雄们学习？背诵战斗英雄孙玉国、周登国、于庆阳的豪言壮语”。

内蒙古自治区教材编写组编写、出版，1971 年 12 月第一版内蒙古自治区中学试用课本《语文》第 5 册最后 4 课（第 17—20 课）是《毛主席诗词》（《七律 · 和郭沫若同志》《满江红 · 和郭沫若同志》）、《“丧家的”“资本家的乏走狗”》（鲁迅）、《狼》、《武松打虎》。虽然教科书中的《七律 · 和郭沫若同志》（附：郭沫若原诗《看〈孙悟空三打白骨精〉》）没有注释和提示、练习等，但是其对于各种反动的（“害人虫”“乏走狗”）、狡猾的（白骨精、狼）敌人的旨意非常明确，要像孙悟空那样识别多变的白骨精，像屠夫那样识别狼的狡诈，像鲁迅所说的鉴别出“资本家的走狗”，像孙悟空三打白骨精、鲁迅痛打落水狗、屠夫杀狼、武松打虎那样不能手软。

上海市中小学教材编写组编写、出版，1972 年 1 月第一版第一次印刷上海市小学课本《语文》五年级第二学期用第 1 单元第 1—3 课是《毛主席诗词》（《七律 · 和郭沫若同志》《七律 · 冬云》）、《井冈翠竹》、《南京长江大桥胜利建成》。《毛主席诗词》的课后练习为“一、联系反帝反修斗争，领会毛主席这两首诗的主要意思。二、默写这两首诗”。《七律 · 和郭沫若同志》附录了郭沫若的原诗《看〈孙悟空三打白骨精〉》。目前所见到的这首诗的旁边有教师用红笔写的背诵检查记录“2/25 背”和学生用铅笔做的关于这首诗的主题思想的笔记：“毛主席高度形象地概括了当时的形势，明确地指出了对待各派政治力量的正确态度，充满信心地为我们指出了革命的光明前景，热情地鼓励我们为捍卫马列主义而英勇斗争。”

湖北省中小学教学教材研究室编、湖北人民出版社 1972 年 1 月第一版第一次印刷湖北省初中试用课本《语文》第 1 册第 11—14 课是《毛主席诗词》（《七律 · 和郭沫若同志》）、《伟大的领袖毛主席电贺阮友寿主席》、《不屈的土地 坚强的人民——记波罗芬高原人民的英雄事迹》、《螺号声声》。《毛主席诗词》（《七律 · 和郭沫若同志》，附郭沫若原诗《看〈孙悟空三打白骨精〉》）的课后练习有三题：“一 结合国内外激烈的阶级斗争，深刻理解《七律 · 和郭沫若同志》这首诗所体现的敢于斗争、善于斗争的无产阶级彻底革命精神和斗争策略。二 学了这首诗，你怎样遵照毛主席的伟大教导，以实际行动打击帝修反，支援世界人民的革命斗争？三 背诵、默写这首诗。”

吉林省中、小学教材编写组编，吉林省人民出版社 1972 年 2 月第四版、1972

年2月第一次印刷吉林省中学试用课本《语文》第1册第6单元第17—19课是《毛主席诗词》(《沁园春·雪》)、《长白山纪行》、《革命英雄日记三则》,第7单元也是最后一单元的第20、21课是《武松打虎》和《三元里抗英》,附录的阅读课文是《孙行者对付铁扇公主》(从"行者辞了灵吉,驾筋斗云,径返翠云山",到"小的们连忙开了门,放他出洞")。《武松打虎》课后的"教学建议"要求深刻领会毛主席关于"我们要学景阳冈上的武松"并与"帝国主义、现代修正主义及一切反动派"("帝、修、反")作斗争的论述。《三元里抗英》的"教学建议"要求根据毛主席的"我们中华民族有同自己的敌人血战到底的气概"和"帝国主义和一切反动派都是纸老虎"的教导,"为在世界上彻底埋葬帝修反、实现共产主义而奋斗"。《孙行者对付铁扇公主》因为是让学生自己阅读的课文而没有教学建议,不过与《武松打虎》和《三元里抗英》一样,其标题上方用黑体呈现了一段"毛主席语录",这段语录出自1942年9月7日毛泽东给《解放日报》写的社论《一个极其重要的政策》:

若说:何以对付敌人的庞大机构呢?那就有孙行者对付铁扇公主为例。铁扇公主虽然是一个厉害的妖精,孙行者却化为一个小虫钻进铁扇公主的心脏里去把她战败了。柳宗元描写过的"黔驴之技",也是一个很好的教训。一个庞然大物的驴子跑进贵州去了,贵州的小老虎见了很有些害怕。但到后来,大驴子还是被小老虎吃掉了。我们八路军新四军是孙行者和小老虎,是很有办法对付这个日本妖精或日本驴子的。

山西省中小学教材编写组编、陕西人民出版社1972年7月第一版第一次印刷山西省初中试用课本《语文》第4册第1课是《毛主席诗词》(《七律·和郭沫若同志》《七律·冬云》)。课后的"学和用"有三题:"一、深刻领会毛主席这两首诗的光辉思想,及其对当前反对帝、修、反斗争的伟大指导意义。二、从《七律·冬云》这首诗里,举例分析运用象征方法对表达思想感情的作用。三、背诵、默写这两首诗。"

四川省教育局中小学教材编写组编、四川人民出版社1972年8月第一版第一次印刷四川省高中试用课本《语文》第4册第3、4课是毛泽东的《毛主席诗词二首》(《七律·和郭沫若同志》《满江红·和郭沫若同志》)、《丢掉幻想,准备斗争》。最后两课(第14、15课)是《三打白骨精》《护官符》。《三打白骨精》(从"却说三藏师徒,次日天明,收拾前进",到"他那脊梁上有一行字,叫做'白骨夫人'")的课后练习有两题："1. 以毛主席《七律·和郭沫若同志》一诗的光辉思想作指导，结合形势，谈谈你对孙悟空、唐僧、白骨精的认识。2. 课文是怎样描写孙悟空、唐僧、猪八戒、白骨精的？试作分析。"

陕西省中小学教材编辑组编、陕西人民出版社1972年9月第四版第一次印刷陕西省高中试用课本《语文》第3册第1、2课是《庐山颂》、《毛主席诗词二首》(《七律·和郭沫若同志》《满江红·和郭沫若同志》)。课后的练习一是"结合当前革命人反帝反修斗争的大好形势，领会这两首诗词的伟大意义"。

广西壮族自治区中小学教材编写组编、广西人民出版社1972年10月第一版第一次印刷广西壮族自治区中学试用课本《语文》高中第2册第4—6课是《毛主席诗词二首》(《七律·和郭沫若同志》《满江红·和郭沫若同志》)、《庐山颂》、《孙悟空三打白骨精》。《孙悟空三打白骨精》(从"却说三藏师徒，次日天明，收拾前进"，到"毕竟不知此去反复何如，且听下回分解")后的"教学提示"很长，对课文的思想内容和艺术形式作了全面的分析：

伟大导师马克思说：**"任何神话都是用想象和借助想象以征服自然力，支配自然力，把自然力加以形象化。"**作者笔下的孙悟空，神通广大。这种"神通"，实际包含着劳动人民在生活斗争中对自身力量的增长所抱的理想和幻想，对征服自然、人定胜天所抱的信心和自豪。孙悟空不但敢闯敢做、敢于造各种鬼神权威的反，而且善于观察思辨，能够识破各种妖怪的狡猾万状的伪装，并且巧妙地运用各种办法，克敌制胜。孙悟空是一个充满积极浪漫主义精神的艺术形象。

这篇课文，赞美了孙悟空善于识别妖魔鬼怪的火眼金睛和积极斗争的精神，批判了唐僧在变化多端的妖怪面前，人妖颠倒，是非不分的胡涂思想，揭露了白骨精阴险、狡猾的吃人本质。这是有积极意义的。

列宁指出：**"马克思主义在理论上的胜利，逼得它的敌人装扮成马克思主义者，历史的辩证法就是如此。"**毛主席也说：**"反革命分子怎样要两面派手法呢？他们怎样以假象欺骗我们，而在暗里却干着我们意料不到的事情呢？这一切，成千成万的善良人是不知道的。……我们的人眼睛不亮，不善于辨别好人和坏人。我们善于辨别在正常情况之下从事活动的好人和坏人，但是我们不善于辨别在特殊情况下从事活动的某些人们。"**在无产阶级专政条件下的今天，狡猾的敌人往往要两面派手法，打着"红旗"反红旗，这是阶级斗争的新特点。我们必须**"认真看书学**

习，弄通马克思主义”，提高我们识别真假马列主义的能力，善于识别一切伪装的敌人，把无产阶级革命进行到底。今天，学习《孙悟空三打白骨精》这篇课文，是有一定的现实意义的。

从写作上看，这篇课文故事曲折、动人，人物形象鲜明、突出，语言活泼，有不少口语化的句子。在刻划人物形象方面，主要是通过人物的富有性格特征的语言和行动，以及一些肖象描写，来表现人物的性格。这是中国古典小说的优良传统，表现了中国文艺作品的民族风格。

但是，本文也表现了作者的思想局限性，如文中揉杂着“佛法无边”的观念。作者虽然把孙悟空写成英雄，敢于斗争，神通广大，但是却逃不出金箍咒的控制。这是有损孙悟空的形象的。

课后的“思考与练习”有三题：

一、以毛主席的光辉诗篇《七律·和郭沫若同志》为思想武器，谈谈这个故事有什么教育意义。

二、本文是怎样描写孙悟空、唐僧的性格的？试联系课文，具体说明。

三、这篇课文有哪些封建性糟粕？试举出来进行分析、批判。

江西省中小学教材编写组编，江西省新华书店 1972 年 12 月第一版、1973 年 1 月第一次印刷江西省初级中学课本《语文(过渡教材)》一年级用第 1 课是《毛主席词二首》(《清平乐·蒋桂战争》《浣溪沙·和柳亚子先生》)，最后一课(第 18 课)是《孙悟空三打白骨精》，其题下注释称：“本文中的孙悟空是一个充满积极浪漫主义精神的艺术形象。他不但具有种种令人惊叹的广大神通，而且善于观察思辨，能够识破白骨精狡猾万状的伪装。他不顾唐僧的阻挠和刁难，毫不妥协地三次奋起铁棒痛打妖精，最后克敌制胜，使妖精现出了原形。毛主席曾在《七律·和郭沫若同志》一诗中运用这个故事，揭示了阶级斗争的客观规律。”课后的练习一是“你读了孙悟空三打白骨精的故事受到什么启发？联系阶级斗争和路线斗争的实际谈谈自己的体会”。练习的题干并没有明确的所指。此前，1969 年 11 月 12 日，刘少奇在开封被迫害逝世。1971 年 9 月 13 日，林彪乘飞机外逃叛国摔亡。

江苏省中学教材编写组编写、出版，1973 年 6 月第一版第一次印刷江苏省中学试用课本《语文》初中第 4 册最后两课(第 19、20 课)是《古诗二首》(《石壕吏》《卖炭翁》)、《孙悟空三打白骨精》。《孙悟空三打白骨精》(从“却说三藏师徒，次日天明，收拾前进”，到“唐僧闻说，倒也信了”）的“题解”称：

本文写的是孙悟空三打白骨精的故事，表现了孙悟空善于识破妖魔的各种伪装，具有敏锐的洞察能力；颂扬了孙悟空爱憎分明、机智勇敢和顽强不屈的斗争精神。

毛主席曾把这个神话故事与现实的阶级斗争结合起来，写出了光辉的诗篇《七律·和郭沫若同志》，这是古为今用的光辉范例。

本文运用丰富的想象，在矛盾冲突中突出孙悟空的形象，情节曲折，引人入胜，同时，运用了当时大量的民间口语，鲜明、生动，表现力强。这是值得借鉴的。

其课后练习有三题：

一、这篇文章表现了孙悟空的什么精神？遵照毛主席关于**“古为今用”**的教导，谈谈你读了本文后所受到的启示。

二、孙悟空是本文中正面人物的典型。作者通过故事情节的发展，在矛盾冲突中来刻画孙悟空的形象。文中不仅写了孙悟空与白骨精的矛盾，也写了孙悟空与唐僧的矛盾，并对这两种矛盾作了恰当的处理，因而使孙悟空的形象鲜明突出，栩栩如生。试作具体分析。

三、复述故事。

浙江省中小学教材编写组编，浙江人民出版社 1970 年 7 月第一版、1973 年 7 月第四版第一次印刷浙江省小学试用课本《语文》第 9 册第 4 单元第 11—14 课是《毛主席诗词》（《七律·和郭沫若同志》）、《方志敏同志二三事》、《英雄黄继光》、《警告新沙皇》[附：《孙悟空三打白骨精（一）》《孙悟空三打白骨精（二）》]。这样编排的寓意很明显，就是要遵照领袖的教导、继承先辈遗志同国内的反动势力和国外的敌对势力斗争。《孙悟空三打白骨精（一）》《孙悟空三打白骨精（二）》（从“一天，唐僧带着他的徒弟孙悟空、猪八戒和沙僧来到一座高山前”，到“悟空口吐神火，把白骨精活活烧死”）的课后练习就要求“联系实际斗争，说说学习本课后受到的启发”。单元练习的第一题是“搜集世界各国人民反帝反修的故事，开一个故事会”。

浙江省中小学教材编写组编，浙江人民出版社 1971 年 1 月第一版、1973 年 8 月第三版第一次印刷浙江省高中试用课本《语文》第 3 册最后一单元第 18—20 课是《孙悟空三打白骨精》《赤壁之战》《三峡》。《孙悟空三打白骨精》（从“却说三藏师徒，次日天明，收拾前进”，到“他那脊梁上有一行字，叫做‘白骨夫人’”）的课后“提示”写道：

小说写孙悟空用火眼金睛识破了阴险、狡猾的白骨精的吃人本质，冲破了人妖颠倒、是非不辨的唐僧的层层阻挠，连续三打，终于消灭白骨精的故事，赞扬孙悟空善于观察、辨识的能力和积极斗争的精神。这对于我们今天开展对敌斗争有积极的现实教育意义。但在小说中掺杂着封建意识和“佛法无边”的宗教观念，应加以批判。

小说运用神话的形式反映生活，充满着神奇的色彩，故事曲折动人，描写细腻，人物形象鲜明、突出。

课后练习有三题：

一、用毛主席《七律·和郭沫若同志》一诗的光辉思想作指导，谈谈读了这篇小说后的体会。

二、课文是怎样描写白骨精阴险、狡诈的手段的？

三、对下列封建性的糟粕加以批判：

吉人自有天报！

父母在，不远游；……

扫地恐伤蝼蚁命，爱惜飞蛾纱罩灯。

知恩不报非君子，……

安徽省教育局中小学教材编写组编，安徽人民出版社 1973 年 9 月第一版、1973 年 9 月第四次印刷安徽省高级中学试用课本《语文》第 3 册第 4、5 课《〈修养〉的要害是背叛无产阶级专政》、《批判刘少奇一伙的先验论与英雄史观》（丁学雷）是批判刘少奇的，第 15 课《在现代中国的孔夫子》[附：《鲁迅：中国文化革命的先驱》（周建人）]是批判孔子的。第 5 单元有两课：第 8 课是体现对待事物要“深思而慎取”的《游褒禅山记》，第 9 课便是《孙悟空三打白骨精》（从“师徒上路，早见一座高山”到“你看他忍气别了师傅，纵筋斗云，径回花果山水帘洞去了”）。其课后的注释称：

本文描述的是白骨精为了吃唐僧肉，耍尽阴谋诡计，始而变做美丽的少妇，既而变做衰老的老太婆，最后变做慈祥的老公公；唐僧被其假象所迷惑，险遭毒手；孙悟空凭一双火眼金睛，三次识破白骨精的伪装，三次奋起千钧棒，最后终于打杀了白骨精，使它原形毕露。这只是一则神话故事。但是，在我们现实生活中，确实存在着一种“白骨精”，如混进我们党内的一小撮资产阶级野心家、阴谋家、叛徒、特务，他们为了达到篡党夺权的罪恶目的，总是要尽花招，把自己伪装成“马克思主义者”“天才的理论家”，妄图叫我们受骗上当。因此，这则神话故事在今天对我们仍有某种启发教育作用。“今日欢呼孙大圣，只缘妖雾又重来。”对待现实生活中的“白骨精”，我们要象孙悟空那样，敢于斗争，善于斗争。

四川省教育局中小学教材编写处编，四川人民出版社 1973 年 9 月第一版、1973 年 10 月成都第一次印刷《初中三年级上学期语文教学参考资料(征求意见稿)》中的第 1、2 课是《毛主席诗二首》(《七律·和郭沫若同志》《七律·冬云》)和《全世界人民团结起来，打败美国侵略者及其一切走狗！》。参考书介绍了这两首诗的写作背景：“一九六〇年到一九六二年，由于连续几年的严重自然灾害和苏修叛徒集团的破坏，我国国民经济遇到了暂时的困难”，国内外的形势变得异常严峻。然后，参考书交代了郭沫若同志与毛泽东主席反复唱和的经过，并称：“这首诗，形象而深刻地概括了国际共产主义运动中两条路线斗争的客观规律。通过对孙大圣的热情歌颂，为我们树立了反对修正主义的光辉榜样，激励我们把反对现代修正主义的斗争进行到底。同时，谆谆告诫我们在斗争中必须认真执行正确区分敌、我、友的无产阶级政策。”接着逐一解说诗句。如指出诗歌的第一句用了《孙悟空三打白骨精》的故事，“白骨堆，这里指修正主义产生的社会基础和阶级根源”。在解说第二句时提出要提高对机会主义分子的“鬼蜮伎俩”的识别能力。在解说第三句时写道：“《西游记》称孙悟空为金公。这里比喻马列主义战士。千钧棒，古是三十斤为一钧，千钧极言其重。传说孙悟空使用的金箍棒重一万三千五百斤。这里比喻威力无比的马克思列宁主义。埃，尘埃，比喻修正主义和一切黑暗势力。两句大意是：孙悟空奋力抡起千钧重棒，澄清了世界万里尘埃。毛主席为我们树立了一个反修战士的光辉形象。”在解说第四句时称：针对“以苏修叛徒集团为代表的现代修正主义思潮又泛滥了”的现实，要与“以苏修为中心的现代修正主义及其喽啰们”斗争到底。最后总结道：“《七律·和郭沫若同志》这首诗，正是艺术地体现了这条马克思列宁主义路线的基本思想。我们要以党的基本路线为纲，以毛主席这首反修的战斗诗篇为强大思想武器，把反修斗争进行到底，把世界革命进行到底”；“这首诗，借《孙悟空三打白骨精》这出戏的人物情节加以引申发挥，利用孙悟空、唐僧和白骨精三个神话形象，围绕反修斗争这一中心意思，采用比喻的手法，赋予一个神话故事以深刻的现实战斗意义，表现严肃的政治内容，生动具体，发人深思”[1]。

陕西省中小学教材编辑组编，陕西人民出版社1970年7月第一版、1973年10月第四版第四次印刷陕西省高中试用课本《语文》第3册第1、2课是《毛主席诗词二首》(《七律·和郭沫若同志》《满江红·和郭沫若同志》，附：郭沫若的原诗《看〈孙悟空三打白骨精〉》)、《庐山颂》。课后的练习一是“结合当前革命人反帝反修斗争的大好形势，领会这两首诗词的伟大意义”。

从福建省中小学教材编写组编、福建人民出版社1973年12月第一版第一次印刷福建省中学补充教材《语文》(高中一、二年级)的出版时间可以看出，该书是在林彪摔亡之后配合“批林批孔”运动而编写的。教科书扉页摘录了三则“毛主席语录”，其中第二则是“在现在世界上，一切文化或文学艺术都是属于一定的阶级，属于一定的政治路线的”。从《西游记》中选取“三打白骨精”片段当然与当时的政治路线直接相关。书中的18篇课文绝大部分部都与这个主题相关：《毛主席诗一首》(《七律·答友人》)、《回延安》、《应当重视电影〈武训传〉的讨论》(毛泽东)、《关于红楼梦研究问题的信》(毛泽东)、《在现代中国的孔夫子》(鲁迅，附：《孔子顽固地维护奴隶制的政治立场》)、《学习鲁迅反尊孔斗争的历史经验》、《林彪贩卖孔孟哲学“天才论”的反动实质》、《“超级间谍”的垮台和新沙皇的悲鸣》、《谈反潮流》、《一份发人深省的答卷》、《戈壁红柳——记天津下乡知识青年田毅》、《韶山来的一把土——野鸡坪散记》、《三访张秋菊》、《竞选州长》、《护官符》、《孙悟空三打白骨精》、《天论》、《复台》。其中《孙悟空三打白骨精》的选篇文字从“却说三藏师徒，次日天明，收拾前进，早见一座高山”起，至“唐僧闻说，倒也信了”止。选《竞选州长》《护官符》《孙悟空三打白骨精》这三篇小说有何寓意？《竞选州长》的课后“思考与练习”称其揭露了“资本主义国家的‘民主’‘自由’和竞选制度的虚伪性和反动性”。《护官符》的课后“思考与练习”称其揭露了“封建社会黑暗政治的本质”。那么《孙悟空三打白骨精》揭露了什么？为什么要选《西游记》中的这一回而不是其

1　四川省教育局中小学教材编写处编《初中三年级上学期语文教学参考资料(征求意见稿)》，成都：四川人民出版社，1973年9月第一版、1973年10月成都第一次印刷第1—7页。

他的呢？其课后的“思考与练习”并没有像前面两课那样给出明确的答案：“1. 这篇文章表现了孙悟空的什么精神？遵照毛主席关于‘**古为今用**’的教导，谈谈你读了本文后所受到的启示。2. 这篇文章是怎样在矛盾冲突中来刻画孙悟空的形象的？试加说明。”从“古为今用”这四个字被加粗来看，编者是强调要将此文的内容（古）与当时的形势（今）联系起来，以古鉴今。那么到底如何做到“古为今用”呢？课文标题下的注释对其内容与形式作了交代：“本文写的是孙悟空三打白骨精的故事，表现了孙悟空善于识破妖魔的各种伪装，具有敏锐的洞察能力，颂扬了孙悟空爱憎分明和顽强不屈的斗争精神”；“本文运用丰富的想象，在斗争中突出孙悟空的形象，情节曲折、引人入胜；同时，运用了当时大量的民间口语，鲜明、生动，表现力强”。可见，其重点是告诉人们要像孙悟空具有敏锐的洞察力而善于识破妖魔的各种伪装那样，识别出隐藏在革命队伍中的阶级敌人。虽然没有明确说指的就是差一点成为“接班人”的林彪，但可谓不言而喻。如云南省教育局教材编审室编、云南人民出版社 1974 年 5 月第二版云南省高中试用课本《语文》的第 3 册第 3 课《在中国共产党第十次全国代表大会上的报告（节选）》（周恩来）是 1973 年 8 月 24 日的报告。课文节录了其中“关于粉碎林彪反党集团的胜利”的五段话，文中就提到“林彪及其一小撮死党是一个‘语录不离手，万岁不离口，当面说好话，背后下毒手’的反革命阴谋集团”。我所收藏的“文化大革命”期间的福建省中学试用课本《语文》中夹有八连四排坐号 39 的学生陈娟用“福州市第九中学语文作业纸”写成的 3 页作文。作文的开头抄录了“毛主席语录”：“我们在思想战线上的一种重要的任务，就是要开展对修正主义的批判。”然后是作文题《林彪是一贯反对毛主席，还是一贯紧跟毛主席》。作文的开头写道：“在国内一片大好的形势下，通过这场运动的开展，我认识到在整个社会主义历史阶段中，两个阶级斗争的核心仍然是政权的内斗。在强大的无产阶级专政下，阶级敌人开始在革命的队伍内部寻找他们的代理人，采取各种隐蔽狡猾的手段。我们的伟大领袖毛主席关于‘无产阶级条件下革命的主要对象，是混入无产阶级专政机构内部的资产阶级的代表人物，是党内一小撮走资本主义道路的当权派，及要提高警惕出修正主义’的教导的极其伟大的意义……”文中称林彪是“个人野心家和阴谋家”。最后写道：“革命的同学们，让我们拿起自己手中的笔杆子，对林陈反党叛国的罪行进行彻底的批判，发扬战斗员冲锋陷阵的好品质，用毛泽东思想武装自己的头脑，坚持在一切工作中用毛泽东思想挂帅，誓死捍卫毛主席无产阶级革命路线，做一个无产阶级专政下继续革命的先锋战士。”作文没有标明具体的写作时间。文中的“这场运动”应该指批判林彪叛国行为的运动，“林陈”指林彪和陈伯达。

江西省中小学教材编写组编，江西人民出版社 1973 年 7 月第一版、1973 年 12 月第一次印刷江西省初级中学试用课本《语文》第 2 册第 7 单元第 13 课鲁迅的《难答的问题》说的是如何正确认识“武训精神”。第 14 课是选自 1972 年 9 月 10 日《人民日报》上刊登的《在阶级斗争中识别“白骨精”——看连环画〈孙悟空三打白骨精〉有感》。后附连环画《孙悟空三打白骨精》的长篇文字说明。连环画《孙悟空三打白骨精》由上海市新闻出版系统“五·七”干校《孙悟空三打白骨精》创作组编绘，由上海人民出版社出版。《在阶级斗争中识别“白骨精”——看连环画〈孙悟空三打白骨精〉有感》称：《西游记》中的孙悟空大闹天宫地府反映了人民群众打破封建秩序的要求。在“三打白骨精”中，孙悟空凭借火眼金睛一下子就识别出妖怪，体现了他很强的辨识力；他屡遭唐僧责备、阻拦也不放弃，体现了他一往无前的斗争精神。文中写道：

连环画《孙悟空三打白骨精》的出版，是有现实意义的。从白骨精这个形象，我们可以联想到许多伪装的两面派的鬼花招。你看，白骨精明明是一堆腐烂不堪的朽骨，却一会儿变成花枝招展的少女，一会儿变成老态龙钟的老婆子，一会儿又变成白发慈祥的老公公，竭力用各种伪装来掩盖自己狰狞面目。这种花招，不也正是机会主义者的一个重要特点吗？无论是考茨基、托洛茨基，还是赫鲁晓夫、勃列日涅夫、刘少奇、林彪一类骗子，他们都是把自己装扮成是马克思的“学生”，竭力对马克思主义表示“忠诚”，吹嘘自己“志壮坚信马列”，是“正统的马克思主义者”，但实际上，却是以最漂亮的词句掩饰自己的机会主义者。从这个意义上说，他们正是现实生活中的一伙道道地地的白骨精！妖怪千变万化，是为了吃人；机会主义者搞阴谋，则是为了推行修正主义路线，复辟资本主义。

接着引用了毛泽东《七律·和郭沫若同志》中的“妖为鬼蜮必成灾”“一从大地起风雷，便有精生白骨堆”来说明吃人的本性使妖怪自我暴露，同时也要对妖怪保持高度的警惕性：“我们头脑里只有绷紧阶级斗争的弦，才能及时发现‘妖雾’‘乌云’这些斗争的新动向，掌握斗争的主动权。孙悟空遇到妖怪，总是用鼻子一嗅，闻出一股妖气。我们对于刘少奇、林彪一类骗子，也必须用马克思主义、列宁主义、毛泽东思想的武器辨一辨，透过假象看本质，认清他们的真面目。”又引用了毛泽东《满江红·和郭沫若同志》中的结句收尾：“当前，我们在批林整风中，正需要发扬一往无前的斗争精神。只要天下的‘白骨精’一天不消灭，无产阶级就一天不能离开战场，要有孙悟空的见妖必除的彻底革命精神，**‘要扫除一切害人虫，全无敌’**。”练习一为“连环画《孙悟空三打白骨精》的出版有什么现实意义？联系阶级斗争、路线斗争的实际谈谈自己的体会”。

北京市教育局教材编写组编，北京人民出版社 1972 年 1 月第一版、1974 年 1 月第三版第一次印刷北京市中学课本《语文》第 5 册第 1—4 课是《毛主席诗二首》(《七律·和郭沫若同志》《七律·冬云》)、《全世界人民团结起来，打败美国侵略者及其一切走狗！》、《北村战斗》、《敢于斗争，敢于胜利》。《毛主席诗二首》(《七律·和郭沫若同志》《七律·冬云》)的注释中附录了郭沫若的原诗《看〈孙悟空三打白骨精〉》。其课后练习一是：“《七律·和郭沫若同志》和《七律·冬云》这两首诗表达了怎样的思想感情？结合当前国际形势，分析下列两组诗句的深刻含义：金猴奋起千钧棒，玉宇澄清万里埃。独有英雄驱虎豹，更无豪杰怕熊罴。”

江西省中小学教材编写组编、江西人民出版社 1974 年 6 月第一版第一次印刷江西省初级中学试用课本《语文》的第 3 册第 1 课是《毛主席诗二首》(《七律·登庐山》《七律·和郭沫若同志》)。《七律·和郭沫若同志》的后面有“附：郭沫若原诗”《看〈孙悟空三打白骨精〉》。其课后练习一为“《七律·登庐山》和《七律·和郭沫若同志》这两首诗表达了怎样的思想感情？结合当前国际、国内的大好形势，体会下列两组诗句的深刻含义：(1) 冷眼向洋看世界，热风吹雨洒江天。(2) 金猴奋起千钧棒，玉宇澄清万里埃”。江西省中小学教材编写组编、江西人民出版社 1975 年 7 月第一版第一次印刷江西省初级中学试用课本《语文》的第 3 册第 1 课也是《毛主席诗二首》(《七律·登庐山》《七律·和郭沫若同志》)。在《七律·和郭沫若同志》后面有“附：郭沫若原诗”《看〈孙悟空三打白骨精〉》。其课后练习一为“《七律·登庐山》和《七律·和郭沫若同志》这两首诗表达了怎样的思想感情？结合当前国际、国内的大好形势，体会这两首诗的深刻含义”。结合这册教科书出版的时间正处于“批儒评法”运动中以及这两册书的最后两课(1974 年版第 14、15 课，1975 年版第 13、14 课)《〈论衡〉两则》(《孔子不能先知》《人死不能为鬼》)和《陈玉成》可以看出，编者希望学生能批判儒家的“天命说”，继续革命斗争，防止像陈玉成那样“被叛徒出卖”。

内蒙古教育出版社编辑出版，1974年6月第一版、1976年4月第三次印刷内蒙古自治区中学试用课本《语文》高中第1册第2单元第3—7课是《毛主席诗词二首》(《七律·和郭沫若同志》《满江红·和郭沫若同志》)、《林彪与孔孟之道(节选)》、《孔夫子在莫斯科》、《〈论语〉、〈孟子〉批注选》、《孙悟空三打白骨精》。如此编排显然是为了"批林批孔"，同时将林彪比喻成善于伪装的白骨精。《孙悟空三打白骨精》(从"却说三藏师徒，次日天明，收拾前进"，到"他那脊梁上有一行字，叫做'白骨夫人'")的课后"提示"联系当时的形势、结合本单元的另外几篇课文对节选部分作了全面的阐释：

本文通过孙悟空用"火眼金睛"三次识破白骨精的假象，冲破唐僧的阻挠，三次狠打白骨精，终于使其原形毕露、彻底灭亡的故事，赞扬了孙悟空目光敏锐、积极斗争的精神。这一则神话，对我们今天仍有着借鉴意义。在现实的阶级斗争和路线斗争中，也存在一小撮"白骨精"，这就是披着马列主义外衣的反革命修正主义分子、资产阶级野心家、阴谋家、两面派。他们总是拉大旗做虎皮，装扮起来，妄图以假象迷惑人民。我们必须认真看书学习，掌握马列主义、毛泽东思想，并运用这一武器，在阶级斗争和路线斗争中及时识破他们的真象，象孙悟空打白骨精一样，坚决粉碎他们的一切复辟阴谋。

阅读本文应以毛主席《七律·和郭沫若同志》一诗的光辉思想为指导，深入领会其积极意义。

由于阶级和时代的局限，文中存在着不少消极的东西，比如，"吉人自有天报""父母在，不远游……""知恩不报非君子""妇道"等等。对这些封建糟粕必须注意批判。

小说围绕着孙悟空同白骨精的斗争展开故事，中心明确，主线突出。在这一主要矛盾不断解决的过程中，作者又很自然地穿插进了孙悟空同唐僧的矛盾，丰富、深化了小说的思想内容，突出了孙悟空的形象。作者不仅通过孙悟空识破白骨精的几次变化，最后战胜这个凶残狡猾的吃人妖精，以表现他心明眼亮、勇于斗争的精神，而且以昏聩软弱的唐僧同孙悟空的矛盾斗争，从另一侧面衬托出孙悟空嫉恶如仇、坚持斗争的品质。

本文充满神奇色彩，故事曲折动人；描写细致，人物形象鲜明生动，阅读时要注意分析。

建议在教师的指导下阅读《西游记》。要遵照毛主席关于“**剔除其封建性的糟粕，吸取其民主性的精华**”的教导，注意分析，注意批判。

新疆教育出版社1974年7月第一版第一次印刷中学课本《语文》的第5册第1—4课是《毛主席诗二首》(《七律·和郭沫若同志》《七律·冬云》)、《全世界人民团结起来，打败美国侵略者及其一切走狗!》(毛泽东)、《北村战斗》、《敢于斗争，敢于胜利》。第11、12课是批判刘少奇的《从“学而优则仕”到“读书做官论”》《杜家山上的新成员——记北京知识青年蔡立坚到农村落户》，第13、14课是批判“苏修”的《在中国共产党第十次全国代表大会上的报告(节选)》(周恩来)、《苏修的“两不”和“一要”》。将《七律·和郭沫若同志》和《七律·冬云》放在一起，其指向主要是国内的阶级敌人和国际的敌对势力，尤其是“美帝国主义”和“苏修社会帝国主义”。《毛主席诗二首》的课后练习有三题：“1.《七律·和郭沫若同志》和《七律·冬云》这两首诗表达了怎样的思想感情？结合当前国际形势，分析下列两组诗句的深刻含义：① **金猴奋起千钧棒，玉宇澄清万里埃**。② **独有英雄驱虎豹，更无豪杰怕熊罴**。2. 从《七律·冬云》这首诗里，举例分析运用象征方法对表达思想感情的作用。3. 背诵、默写这两首诗。”

广西壮族自治区中小学教材编写组编，广西人民出版社1974年11月第一版、1975年9月第二次印刷广西壮族自治区中学试用课本《语文》第8册第5—7课是《毛主席诗二首》(《七律·和郭沫若同志》《七律·冬云》)、《更法》、《答司马谏议书》，提示人们不能死守教条，不要相信权威，要敢于斗争，坚持变法。课后“提示”称：“《七律·和郭沫若同志》是一篇声讨赫鲁晓夫现代修正主义的檄文，它无比深刻地揭露了赫鲁晓夫现代修正主义的反革命面目，号召全世界马列主义战士奋起反击赫鲁晓夫现代修正主义的猖狂挑战，勇敢地担负起这个‘降魔伏妖’的任务，捍卫马列主义，推进世界革命。这首诗通过‘孙悟空三打白骨精’的神话故事，高度概括和总结了国际共产主义运动中的阶级斗争规律，指明了反修斗争的伟大策略思想。”

北京市教育局教材编写组编、北京人民出版社1975年1月第一版第一次印刷北京市中学课本《语文教学参考资料》第5册称：在《七律·和郭沫若同志》中，“毛主席把古代神话故事和现实斗争巧妙结合，古为今用，推陈出新”。而其所谓的“现实斗争”就是用“战无不胜的马列主义思想武器”去“揭穿敌人的反动本质”，打击国内外“修正主义”势力。[1] 顺义县城关二中语文组在“学习体会”中运用阶级斗争的立场、观点和方法联系现实逐句解读[2]：

一从大地起风雷，便有精生白骨堆。

这两句诗的意思是：自从世界上掀起了无产阶级的斗争风暴，在革命阵营内部就必然地产生代表反动腐朽势力的形形色色的敌人，来和革命较量。

大地：世界。风雷：比喻气势浩大而猛烈的无产阶级革命风暴。精：妖精，这里指修正主义者。白骨堆：指腐朽、反动势力。“一从……便有……”表明了“大地起风雷”和“精生白骨堆”之间的必然联系。国际共产主义运动的历史就是马列主义同修正主义不断斗争不断取得胜利的历史。所以，继考茨基、布哈林、托洛茨基之后，在国际共产主义运动蓬勃发展的今天，又出现了苏修以及形形色色的反革命修正主义分子，是完全符合阶级斗争的客观规律的，我们只要认识和掌握了这个规律，以大无畏的反潮流精神，敢于斗争，就一定会取得胜利。

僧是愚氓犹可训，妖为鬼域必成灾。

这两句的意思是：唐僧是个不明是非的糊涂人，但还是可以教育的，妖怪却是作恶害人，酿成灾难的精灵。

这里，毛主席用阶级分析方法，严格区别了两类不同性质的矛盾。对于象唐僧这种不善明辨是非，但终于可能悔悟的糊涂人，应耐心说服教育，视之为友。对披着画皮为非作歹，暗中作恶的妖怪，就必须剥去伪装，揭穿其实质，坚决给以无情打击。

这种马列主义的阶级分析的方法，是我们在复杂的阶级斗争、路线斗争中，必须掌握的思想武器。

金猴奋起千钧棒，玉宇澄清万里埃。

金猴，即孙悟空。用“金”字作修饰，有赞美的意思，并与下句的“玉”字对仗。千钧棒：传说中孙悟空的一万三千五百斤的金箍棒，这里指威力无穷的马克思列宁主义思想武器。玉宇：古代神话中天上的宫殿，引申为天空，这里代指全世界。

---

1 北京市教育局教材编写组编北京市中学课本《语文教学参考资料》（第 5 册），北京：北京人民出版社，1975 年 1 月第一版第一次印刷第 1 页。

2 北京市教育局教材编写组编北京市中学课本《语文教学参考资料》（第 5 册），北京：北京人民出版社，1975 年 1 月第一版第一次印刷第 3—5 页。

“玉”字有光洁的意思。澄清：这里是扫清的意思。

这两句的意思是：孙悟空挺身高举千钧棒，打杀了白骨精，扫清了天空中的万里尘埃。寓意是：真正的马列主义者是无所畏惧的，是勇于与敌人斗争到底并取得胜利的。这里毛主席教育我们要有马列主义必胜、修正主义必败的坚强信念。

今日欢呼孙大圣，只缘妖雾又重来。

孙大圣即孙悟空。这里代指马列主义者。用“齐天大圣”这一传说中的尊称，表示赞美的意思。妖雾：指现代修正主义者和各国反动派所掀起的反华反共浪潮。“雾”字形象地表明了一时迷漫天空，带来暂时黑暗，但毕竟是没有实在力量的不能久存的东西，终究要被驱散的。这里表明了伟大领袖毛主席对一切反动派的藐视。“又重来”的“重”字，表明国际共产主义运动一百多年来经历了与修正主义的一系列斗争之后，今天苏修又掀起的修正主义浪潮，不过是老修们的“重”来罢了。毛主席深刻地指出了阶级斗争、路线斗争的长期性。**“共产党的哲学就是斗争哲学”**，我们就是要在和形形色色的敌人一次又一次的斗争中发展壮大，直到彻底消灭敌人，取得胜利。

这两句的意思是：今天我们欢呼孙大圣，只因为妖怪又卷土重来，兴风作浪了。指出了在国际共产主义运动中出现“妖雾”的时候，我们更应高举马列主义大旗，以马列主义为锐利武器，去彻底战胜修正主义。

其“教学建议”要求将这首诗的教学与“批林批孔”斗争结合起来[1]：

学习讲解这首诗，可以结合体会毛主席一贯倡导的反潮流精神。毛主席亲自发动和领导了伟大的批林批孔斗争，率领我们向上层建筑领域中的修正主义思想进行坚决的斗争，向几千年的孔孟之道的影响和旧传统势力进行坚决的斗争，把被历代统治阶级颠倒了的历史重新颠倒过来。我们要认真体会**“共产党的哲学就是斗争哲学”**的真理，发扬反潮流的革命精神。

学习毛主席的诗词，也和学习其他毛主席著作一样，主要是认真领会、理解毛主席分析问题和解决问题的马克思主义的立场、观点、方法。

四川省教育局教材处编，四川人民出版社 1975 年 9 月第一版、1975 年 11 月

1 北京市教育局教材编写组编北京市中学课本《语文教学参考资料》(第 5 册)，北京：北京人民出版社，1975 年 1 月第一版第一次印刷第 5 页。

成都第一次印刷四川省中学试用课本《语文》第2册最后两课(第19、20课)是《散曲二首》(《醉太平·夺泥燕口》《朝天子·咏喇叭》)、《借扇》。《散曲二首》讽刺了封建统治者剥削劳动人民。《借扇》(从“行者辞了灵吉,驾筋斗云,径返翠云山”,到“小的们连忙开了门,放他出洞”)中的故事毛泽东在其论著中引述过,且是分析如何战胜敌人的。其课后“教学参考”对此作了引申:

《借扇》这一段,写的是孙悟空如何巧妙地化作一个小虫儿钻进铁扇公主(即罗刹)的心脏,从而打败铁扇公主,借得芭蕉扇的故事(后来用芭蕉扇捣灭火焰,保得唐僧通过火焰山)。毛主席在《一个极其重要的政策》的光辉著作中,在阐述如何对付日本侵略者的庞大机构时,曾引用这个故事。毛主席说:**“何以对付敌人的庞大机构呢?那就有孙行者对付铁扇公主为例。铁扇公主虽然是一个厉害的妖精,孙行者却化为一个小虫钻进铁扇公主的心脏里去把她战败了……我们八路军新四军是孙行者和小老虎,是很有办法对付这个日本妖精或日本驴子的。**”今天重温毛主席的教导,联系现实阶级斗争,使人受到很大启示。路线斗争没有调和的余地,对付阶级敌人决不能讲中庸之道,而要象孙悟空那样,巧妙地战胜敌人。同时又要有**“一副清醒的头脑去对付对方采用孙行者钻进铁扇公主肚子里兴妖作怪的政策”**,防止象林彪那样的阶级敌人从内部篡党、篡军、篡政。我们要更加紧密地团结在以毛主席为首的党中央周围,加强理论学习,反修防修,为巩固无产阶级专政而奋斗。重温毛主席在《一个极其重要的政策》一文中的教导,说说孙行者战胜铁扇公主的故事对我们有什么启发。

此外,“教学建议”还对节选部分的艺术形式作了分析:“本文主要通过对话和行动描写来表现孙行者机智勇敢的性格,用笔简练,语言流利明快,生动诙谐。试从课文里举例说明。”

吉林省中小学教材编写组、吉林人民出版社1976年1月第一版第一次印刷吉林省中学试用课本《语文》第8册第1单元第1—5课是《毛主席诗词》(《七律·和郭沫若同志》《七律·冬云》)、《无产阶级专政时代的经济和政治(节选)》(列宁,附:《继续进行阶级斗争》)、《论人民民主专政(节选)》(毛泽东,附:《加强无产阶级专政,粉碎林彪的复辟纲领》)、《中国共产党章程》(总纲)、《赫鲁晓夫—勃列日涅夫叛徒集团的反革命政变(节选)》。教科书所确定的这一单元的“目的要求”一是“进一步理解社会主义时期阶级和阶级斗争的新特点以及加强无产阶级专政的必要性和重要性，进行反修防修的教育，提高阶级斗争、路线斗争和无产阶级专政下继续革命的觉悟”。

山西省中小学教材编审室编，山西人民出版社 1976 年 3 月第一版、1976 年 4 月第一次印刷山西省小学课本《语文》第 8 册中的阅读材料为《忘我的人》、《台湾人民在战斗》、《友谊之航》、《孙悟空三打白骨精》(一)(二)、《西门豹的故事》。《孙悟空三打白骨精》(一)(二)的开头写道：“一天，唐僧带着他的徒弟孙悟空、猪八戒和沙和尚来到一座高山前，但见峭壁千丈，山势险恶。在这山上有一个叫做白骨精的妖怪，它善于变化，诡计多端，专门残害百姓。”最后写道：“白骨精正想逃跑，只见悟空晃动身躯，一晃一个，变出十几个孙悟空，把白骨精团团围住。这时，白骨精犹似瓮中之鳖，无路可逃。悟空口吐神火，把白骨精活活烧死。”

湖北省中小学教学教材研究室编、湖北人民出版社 1976 年 1 月第一版第一次印刷湖北省小学试用课本《语文》第 10 册第 1—4 课是《伟大的榜样》、《赞歌献给毛主席》(附：《党的恩情比天高》)、《毛主席诗一首》(《七律·和郭沫若同志》，附：《孙悟空三打白骨精》)、《飞舟强渡大渡河》。《毛主席诗一首》(《七律·和郭沫若同志》)后附有郭沫若原诗《看〈孙悟空三打白骨精〉》。其课后“提示”内容较多：

图 3-1　湖北省小学试用课本《语文》(1976)

1. 一九六一年十月举行的苏共第二十二次代表大会，是苏修叛徒集团反对马克思主义，分裂社会主义阵营和国际共产主义运动的一个新的高峰。中国共产党坚决反对苏共二十二大的修正主义纲领和路线，同苏修叛徒集团进行了坚决的斗争。一个月后，伟大领袖毛主席写下这首光辉的诗篇。

毛主席的这首诗是和郭沫若同志的。郭沫若同志看了绍剧团演出的《孙悟空三打白骨精》后写了一首诗，诗中把唐僧比做现代修正主义是不恰当的。毛主席在和诗中纠正了他的错误，把唐僧看作可以争取的中间派，而把现代修正主义者比做白骨精，教导我们既要敢于斗争，又要善于斗争，正确区分两类不同性质的矛盾，团结大多数，最大限度地孤立敌人。号召我们要继续奋起马列主义、毛泽东思想的"千钧棒"，痛打一切"白骨精"，把反对现代修正主义的斗争进行到底！

2. 毛主席利用神话小说《西游记》中孙悟空、唐僧、白骨精这三个形象，针对反修斗争的现实，采用比喻的手法，阐明了丰富而深刻的思想内容。

3. 背诵、默写这首诗。

4. 说说这首诗的主要意思。

作为附录的《孙悟空三打白骨精》（从"一天，唐僧带着他的徒弟孙悟空和猪八戒等来到一座高山前"，到"悟空口吐神火，把白骨精活活烧死"）的主要作用是了解《七律・和郭沫若同志》和《看〈孙悟空三打白骨精〉》所涉及的《孙悟空三打白骨精》的内容。其单元练习二的第二题要求将其与现实联系起来："唐僧说：'人以慈悲为本，就是妖怪也要劝它弃恶从善，不准杀害它。'这句话错在哪里？孙悟空是怎样揭穿白骨精的妖术，使唐僧觉醒过来的？试联系现实阶级斗争，说说学习《孙悟空三打白骨精》这课后受到的启发。"

青海省中小学教材编写组编、1976 年 5 月印刷《小学语文教学参考资料》五年级上册的第 11、12 课是《毛主席诗一首》（《七律・和郭沫若同志》）和《为毛主席的革命路线站岗》。《毛主席诗一首》（《七律・和郭沫若同志》）的教学建议中提到，"教学过程中要紧密联系现实的阶级斗争，以阶级斗争为纲，批判资产阶级，批判修正主义"[1]。不过，并没有指明要批判的人是谁。

安徽省教育局教材编写组编，安徽人民出版社 1976 年 5 月第五版、1976 年 5 月第七次印刷安徽省初级中学试用课本《语文》第 4 册后的"说明"称："这次新编的语文教材，以阶级斗争为纲，坚持党的基本路线，把转变学生思想放在首位，努力实现政治思想教育与语文知识教学的辩证统一，教育学生为巩固无产阶级专政服务，为三大革命运动服务。在政治思想教育方面，紧密结合当前阶级斗争形势，增加了'批邓'和'反击右倾翻案风'、学习无产阶级专政理论、'批林批孔'及评论《水浒》的文章，增加了反映'无产阶级文化大革命'的伟大成果和社会主义新生事物

1 青海省中小学教材编写组编《小学语文教学参考资料》（五年级上册），西宁：青海省中小学教材编写组编，1976 年 5 月印刷第 69 页。

以及反映农民学大寨、普及大寨县运动，教育学生扎根农村干革命，做限制资产阶级法权促进派的文章。”“三大革命运动”指“文化大革命”期间宣传的阶级斗争、生产斗争、科学试验。其第1—3课是《毛主席诗一首》(《七律·和郭沫若同志》，附：郭沫若原诗《看〈孙悟空三打白骨精〉》)、《在马克思恩格斯纪念碑揭幕典礼上的讲话》(列宁)、《要坚持以阶级斗争为纲》(天津市第一棉纺厂工人理论组)。这种编排的旨意很明确。其单元“要求与建议”写道：“以阶级斗争为纲，坚持党的基本路线。认真学习无产阶级专政理论，联系当前斗争实际，继续批林批孔，批判‘三项指示为纲’的修正主义纲领，把‘批邓’和‘反击右倾翻案风’的斗争进行到底。”1974年下半年至1975年初，毛泽东主席针对社会再次出现动乱、国民经济严重下滑的局面，先后作过三次指示：学习无产阶级专政理论，反修防修；希望社会安定；“把国民经济搞上去”。1975年，邓小平提出要纠正左倾错误，坚持毛泽东提出的“三项指示”，而被认为是否定“文化大革命”，坚持唯生产力论，是“右倾翻案风”，应受到批判。《毛主席诗一首》(《七律·和郭沫若同志》)的题下注释交代了创作过程并称其为“充满无产阶级战斗激情的光辉诗篇”，对“精”的解释是“《孙悟空三打白骨精》戏里的白骨精，这里比喻形形色色的修正主义”，对“白骨堆”的解释是“死人的骨头堆，白骨精本来是从‘一堆粉骷髅’里变化出来的妖精，这里比喻修正主义产生的社会基础——资产阶级和帝国主义”。其课后的“思考与练习”有四题：

1. 联系当前阶级斗争实际，谈谈学习这首光辉的诗篇，对“批邓”和“反击右倾翻案风”的斗争具有什么重大的指导意义。

2. 联系这首诗，想一想毛主席关于“**谁是我们的敌人？谁是我们的朋友？这个问题是革命的首要问题**”这一伟大战略思想的重要意义。

3. 这首诗是如何运用象征手法来表现反潮流的大无畏革命精神的？

4. 背诵、默写这首诗。

可能不久形势就发生突转，这册教科书还在使用时“四人帮”就被抓捕了，所以我所收藏的这册教科书的使用者用黑笔将目录题名“俺们也要和邓小平算算账”中的“邓小平”改成了“四人帮”，并将书中的这篇课文的正文全部撕掉。

江西省上饶地区中小学语文教材编写组、江西省中小学教材编写组编，江西人民出版社1976年11月第一版、1976年12月第一次印刷江西省小学试用课本《语文》第10册扉页仍是黑体呈现的“毛主席语录”，其中第一条是“阶级斗争是纲，其余都是目”。第 1 单元第 1—4 课是《毛主席视察七里营》、《红太阳光芒永照人间》、《一张便条》、《华主席率领我们继续长征》(附《井冈山访问记》)。第 2 单元第 5—9 课是《毛主席语录》、《誓叫祖国春常在》、《搞阴谋诡计的人决没有好下场》、《卖谷草》、《孙悟空三打白骨精》(附《水莲》)。其中《誓叫祖国春常在》中有“不容妖魔逞凶狂”“‘四人帮’阴谋被揭穿”等诗句。《搞阴谋诡计的人决没有好下场》的最后写道：“我们要以马列主义、毛泽东思想为武器，剥开‘四人帮’的画皮，撕掉‘四人帮’的伪装，深入批判‘四人帮’推行的反革命修正主义路线，发扬痛打落水狗的彻底革命精神，誓同‘四人帮’反党集团斗争到底!”可见，重新回到了批“四人帮”的立场上，将“四人帮”比喻成白骨精。《孙悟空三打白骨精》(从“一天，唐僧带着他的徒弟……”到“悟空口吐神火把白骨精活活烧死”)的课后练习第一、二题分别是“结合当前的阶级斗争，谈谈你学习本课的体会”，“唐僧说：‘人以慈悲为本，就是妖怪也要劝它弃恶从善，不准杀害它。’这句话错在哪里?”将《孙悟空三打白骨精》置于最后，就是告诉学生要在华国锋主席的带领下，继承毛主席的遗志，用毛泽东思想作为武器，善于识别像“四人帮”这样的阶级敌人，还要有痛打“落水狗”的精神，如其后附录的故事《水莲》后的练习设问道：“水莲是怎样敏锐地识别出阶级敌人，并机智勇敢地同阶级敌人进行斗争的? 我们应当怎样向她学习?”

二 中小学课外阅读中的《西游记》

《西游记》在“文化大革命”初期被作为“四旧”之一封存、禁读。直到 1971 年在周恩来总理的干预下，包括《西游记》在内的“四大名著”才被重印、发行[1]，被抢购、阅读[2]。这一时期的语文教科书节选了《西游记》中的“孙悟空三打白骨精”片段，以及毛主席诗词中也有用此典故的《七律・和郭沫若同志》，还有鲁迅提到自己在三味书屋读书时描画《西游记》绣像的《从百草园到三味书屋》[如江西省中小学教材编写组编，江西省新华书店 1972 年 12 月第一版、1973 年 1 月第一次印刷江西省初级中学课本《语文(过渡教材)》一年级用第 16 课]。一些课文中也出现

1 莫伟鸣、何琼《“文革”中后期图书恢复出版纪事》，《党史博览》，2014 年第 1 期第 34 页。

2 江曾培《“文革”后期的上海文艺出版》，https://mp.weixin.qq.com/s/6vu6Imdjr8PaUBDdZI14Kg。

了《西游记》里的人、事、物。如辛南的《是猴子变人，还是人变猴子?》中的“也不会象孙悟空栽筋斗——连人家的短处也去学了”(江西省萍乡市语文教材编写组、江西省中小学教材编写组编，江西人民出版社 1978 年 10 月第一版第一次印刷江西省中学试用课本《语文》高中第 2 册第 2 课)。《育秧记》中提到“双取经”[江西省中小学教材编写组编，江西省新华书店发行，1969 年 7 月第一版、1969 年 12 月第二次印刷江西省中学试用课本《语文》第 3 册(初稿)第 18 课]。还有用作“批林批孔”材料的《防欺骗》的开头写道:“《西游记》上有一个真假孙悟空的故事。说的是一个六耳猕猴，化作孙行者，腰系虎皮裙，拿着一根金箍棒，占据水帘洞，打昏唐僧，抢走青毡包袱。待真行者和他交手时，他却诡称自己是真的孙悟空。两猴一直闹到天宫地府，搞得一时真假难分，皂白莫辨。”接着介绍了《水浒传》中的李鬼冒充李逵。然后写道:“这就启示我们:要谨防假冒。”(北京市教育局教材编写组编，北京人民出版社 1972 年 6 月第一版、1974 年 6 月第三版北京市中学课本《语文》的第 6 册第 7 课)。《“焚书坑儒”与复燃“坑灰”》写道:“中国古典小说《西游记》中记载的那些‘精生白骨堆’的故事，很值得我们细读。确乎，白骨堆上能生出新的妖精来。被秦始皇坑掉的淳于越们的尸灰冷了两千多年了，历代反动派直到林彪，不还时而去吹吹它吗?这堆灰，今后还可能会有人去‘吹’。”(山东省中小学教材编辑组编、山东人民出版社 1975 年 4 月第一版山东省高中课本《语文》第 4 课《华德焚书异同论》的附录。)《英雄修建成昆路 万水千山只等闲(节选)》中有“有四十多度高温的‘火焰山’，还有山泉暴涌的‘水帘洞’”(山东省中小学教材编辑组编、山东人民出版社 1975 年 5 月第一版第一次印刷山东省初中课本《语文》的第 1 册第 2 课)。这些与《西游记》相关的内容必然会引发学生在课外寻找《西游记》来阅读的兴趣。何况，上述内蒙古教育出版社编写、出版，1974 年 6 月第一版、1976 年 4 月第三次印刷内蒙古自治区中学试用课本《语文》高中第 1 册第 7 课《孙悟空三打白骨精》的课后“提示”还“建议在教师的指导下阅读《西游记》”。

第二节
《西游记》与“文化大革命”结束之初的语文教育(1976—1978)

“文化大革命”结束之初(1976 年 10 月)至中国共产党第十一届中央委员会第三次

全体会议召开(1978 年 12 月)之前,因为受“左”的思潮的影响,《西游记》在中小学语文教育中的接受与阐释,与其在“文化大革命”期间的接受与阐释相比并没有明显的变化。

一 中小学语文教科书的接受与阐释

表 3 - 3 中学语文教科书

课文题目	教科书名称	编者、出版社	时间及版次	学段及册次	节选或改编	《西游记》相关回目
孙悟空三打白骨精	山西省初中试用课本《语文》	山西省中小学教材编审室、山西人民出版社	1977 年 3 月第一版、1977 年 7 月第一次印刷	二年级下册	节选	第二十七回 尸魔三戏唐三藏 圣僧恨逐美猴王
孙悟空三打白骨精	江西省二二制中学试用课本《语文》	江西省上饶地区中小学语文教材编写组、江西省中小学教材编写组,江西人民出版社	1977 年 6 月第一版第一次印刷	高中第一册	节选	第二十七回 尸魔三戏唐三藏 圣僧恨逐美猴王
孙悟空三打白骨精	江西省三二制中学试用课本《语文》	江西省萍乡市中学语文教材编写组、江西省中小学教材编写组,江西人民出版社	1977 年 7 月第一版第一次印刷	初中第五册	节选	第二十七回 尸魔三戏唐三藏 圣僧恨逐美猴王
孙悟空三打白骨精	广西壮族自治区中学试用课本《语文》	广西壮族自治区中小学教材编写组、广西人民出版社	1977 年 7 月第二版、1977 年 7 月第三次印刷	第九、十合册	节选	第二十七回 尸魔三戏唐三藏 圣僧恨逐美猴王
孙悟空三打白骨精	甘肃省高中试用课本《语文》	甘肃省中小学教材编写组、甘肃人民出版社	1977 年 11 月第一版第一次印刷	一年级 一九七八年春季用	节选	第二十七回 尸魔三戏唐三藏 圣僧恨逐美猴王

续 表

课文题目	教科书名称	编者、出版社	时间及版次	学段及册次	节选或改编	《西游记》相关回目
孙悟空三打白骨精	贵州省中学试用课本《语文》	贵州省中小学教材编写组、贵州人民出版社	1977年12月第7版、1977年12月贵州第7次印刷	高中第四册	节选	第二十七回 尸魔三戏唐三藏 圣僧恨逐美猴王
孙悟空三打白骨精	陕西省高中试用课本《语文》	陕西省中小学教材编写组、陕西人民出版社	1970年7月第一版、1978年1月第八版、1978年5月第一次印刷	第一册	节选	第二十七回 尸魔三戏唐三藏 圣僧恨逐美猴王
孙悟空三打白骨精	河南省中学试用课本《语文》	河南省革命委员会教育局中小学教材编辑室、河南人民出版社	1978年3月第一版第一次印刷	第七册	节选	第二十七回 尸魔三戏唐三藏 圣僧恨逐美猴王
孙悟空三打白骨精	河北省中学试用课本《语文》	小学教材编写组、河北人民出版社	1976年6月第一版、1978年4月第二版第三次印刷	第七册	节选	第二十七回 尸魔三戏唐三藏 圣僧恨逐美猴王
孙悟空三打白骨精	全日制十年制学校初中课本《语文教学参考资料》	云南省教育局教材编审室、云南人民出版社	1978年5月第一版第一次印刷	初中第三册	节选	第二十七回 尸魔三戏唐三藏 圣僧恨逐美猴王
孙悟空三打白骨精	全日制十年制学校初中课本(试用本)《语文》	中小学通用教材中学语文编写组、人民教育出版社	1978年3月第1版、1978年6月安徽第一次印刷	第三册	节选	第二十七回 尸魔三戏唐三藏 圣僧恨逐美猴王

表 3-4 小学语文教科书

课文题目	教科书名称	编者、出版社	时间及版次	学段及册次	节选或改编	《西游记》相关回目
孙悟空三打白骨精	辽宁省小学试用课本《语文》	辽宁省中小学教材编写组、辽宁人民出版社	1977 年 1 月第一版第一次印刷	第十册	节选、改编	第二十七回 尸魔三戏唐三藏 圣僧恨逐美猴王
孙悟空三打白骨精	上海市小学课本《语文》	上海市中小学教材编写组、上海人民出版社	1977 年 6 月第一版第一次印刷	四年级第二学期	节选、改编	第二十七回 尸魔三戏唐三藏 圣僧恨逐美猴王
孙悟空三打白骨精	安徽省小学试用课本《语文》	安徽省中小学教材编写组、安徽省革命委员会出版发行局	1977 年 6 月第六版第十九次印刷	第十册	节选、改编	第二十七回 尸魔三戏唐三藏 圣僧恨逐美猴王
孙悟空三打白骨精	广西壮族自治区小学试用课本《语文》	广西壮族自治区中小学教材编写组、广西人民出版社	1977 年 10 月第三版第三次印刷	第十册	节选、改编	第二十七回 尸魔三戏唐三藏 圣僧恨逐美猴王
孙悟空三打白骨精	甘肃省小学试用课本《语文》	甘肃省中小学教材编写组、甘肃人民出版社	1977 年 11 月第一版第一次印刷	五年级补充教材	节选、改编	第二十七回 尸魔三戏唐三藏 圣僧恨逐美猴王
孙悟空三打白骨精	福建省小学试用课本《语文》	福建省中小学教材编辑室、福建人民出版社	1977 年 11 月第一版第一次印刷	第十册	节选、改编	第二十七回 尸魔三戏唐三藏 圣僧恨逐美猴王
孙悟空三打白骨精	江西省小学试用课本《语文》	江西省南昌市小学语文教材编写组、江西省中小学教材编写组,江西省人民出版社	1978 年 5 月第一版第一次印刷	第 9 册	节选、改编	第二十七回 尸魔三戏唐三藏 圣僧恨逐美猴王

续 表

课文题目	教科书名称	编者、出版社	时间及版次	学段及册次	节选或改编	《西游记》相关回目
孙悟空三打白骨精	上海市小学课本《语文》	上海市中小学教材编写组、上海教育出版社	1978 年 6 月第一版第一次印刷	四年级第一学期	节选、改编	第二十七回 尸魔三戏唐三藏 圣僧恨逐美猴王
孙悟空三打白骨精	四川省小学试用课本《语文》	四川省教育局教材处、四川人民出版社	1978 年 8 月第一版、1978 年 11 月重庆第二次印刷	第十册	节选、改编	第二十七回 尸魔三戏唐三藏 圣僧恨逐美猴王
孙悟空三打白骨精	安徽省小学试用课本《语文》	安徽省教育局教材编审室、安徽人民出版社	1978 年 9 月第七版、1979 年 10 月第二十三次印刷	第十册	节选、改编	第二十七回 尸魔三戏唐三藏 圣僧恨逐美猴王
孙悟空三打白骨精	广西壮族自治区小学试用课本《语文》	广西壮族自治区中小学教材编写组、广西人民出版社	1978 年 10 月第一版第一次印刷	第十册	节选、改编	第二十七回 尸魔三戏唐三藏 圣僧恨逐美猴王
孙悟空三打白骨精	福建省小学试用课本《语文》	福建省中小学教材编辑室、福建人民出版社	1978 年 10 月第一版第一次印刷	第十册	节选、改编	第二十七回 尸魔三戏唐三藏 圣僧恨逐美猴王

（一）对《西游记》的总体评介

河南省革命委员会教育局中小学教材编辑室编、河南人民出版社 1978 年 3 月第一版第一次印刷河南省中学试用课本《语文》第 7 册中《孙悟空三打白骨精》的题下注释对《西游记》的评价与上述 1973 年 12 月第一版第一次印刷福建省中学补充教材《语文》中的评价相似。

江西省上饶地区中小学语文教材编写组、江西省中小学教材编写组编，江西人民出版社 1977 年 6 月第一版第一次印刷江西省二二制中学试用课本《语文》高中第 1 册最后一课（第 15 课）《陈涉起义》后附的《孙悟空三打白骨精》的题下注释将《西游记》定位为一本充满批判精神的小说，且对其中的部分内容提出了批判：

《西游记》是公元十六世纪我国的一部神话小说，作者吴承恩。小说通过唐太宗（李世民）时僧人玄奘“取经”的故事，以神猴孙悟空为主角，反映了中国劳动人民蔑视神权、反抗压迫、坚决向一切灾害困难和邪恶势力作斗争的精神品质。同时也讽刺、揭露了作者所处的封建社会的一些丑恶现象。但作者还不能认清宗教欺骗的本质，以致“佛法无边”的观念，劝“善”收“心”的说教，“轮回”“报应”的宿命论思想和其他迷信故事情节，揉杂在书中。这一类封建性的糟粕，我们应当加以批判。

江西省萍乡市中学语文教材编写组、江西省中小学教材编写组编，江西人民出版社 1977 年 7 月第一版第一次印刷江西省三二制中学试用课本《语文》初中第 5 册第 23 课《孙悟空三打白骨精》的题下注释仍然从阶级斗争的立场出发介绍《西游记》：

《西游记》是一部神话小说，是作者在民间文学的基础上再创作的。马克思说：**“任何神话都是用想象和借助想象以征服自然力，支配自然力，把自然力加以形象化。”**《西游记》是通过唐代僧人玄奘“取经”的故事，以神猴孙悟空为主角，反映了劳动人民蔑视神权、反抗压迫、坚决斗争的精神，同时揭露了封建社会的一些丑恶现象。

甘肃省中小学教材编写组编、甘肃人民出版社 1977 年 11 月第一版第一次印刷甘肃省高中试用课本《语文》一年级一九七八年春季用附录《孙悟空三打白骨精》的题下注释称：

《西游记》这部神话小说通过唐太宗（李世民）时僧人玄奘（zàng）“取经”的故事，以神猴孙悟空为主角，反映了人民群众蔑视神权、反抗压迫、坚决向一切灾害困难和邪恶势力作斗争的精神品质。同时也讽刺、揭露了作者所处的那个时代的封建社会的一些丑恶现象。通过作品的艺术形象，我们可以间接地看到封建社会人民反抗封建统治的理想和愿望。但是作品中也夹杂着不少宗教迷信和宿命论等封建性的糟粕，我们要加以批判、剔除。

贵州省中小学教材编写组编，贵州人民出版社 1977 年 12 月第 7 版、1977 年 12 月贵州第 7 次印刷贵州省中学试用课本《语文》高中第 4 册第 14 课《孙悟空三打白骨精》在“题解”中对《西游记》作了介绍：

《西游记》是一部神话小说，是作者在民间文学的基础上再创作的。马克思说："任何神话都是用想象和借助想象以征服自然力，支配自然力，把自然力加以形象化。"《西游记》是通过唐代僧人玄奘(zàng)"取经"的故事，以神猴孙悟空为主角，反映了劳动人民蔑视神权、反抗压迫、坚决斗争的精神，同时揭露了封建社会的一些丑恶现象。

与之配套的贵州省中学语文试用课本《教学参考资料(高中第四册)》对《西游记》的内容、得失等作了更详尽的评介[1]：

《西游记》共一百回，可分为三个部分：第一部分，从第一回到第七回，主要写孙悟空的来历及其大闹天宫的故事。作为人间朝廷反映的天上世界，被孙悟空闹得一塌糊涂。它曲折地反映了封建社会里人民对统治阶级的反抗。但是，由于作者受封建正统思想的影响，孙悟空还是逃不出如来佛的手心，以失败告终了。第二部分，从第八回到第十二回，主要写唐僧的来历和取经的原因。这部分在结构上起过渡作用，在思想上则宣扬了迷信的因果报应观念和佛法无边的思想，封建性糟粕颇多。第三部分，从第十三回到第一百回，主要写孙悟空保护唐僧去西天取经的始末。这部分故事笼罩着浓厚的宗教色彩，它是在佛法无边，夸大取经事业的神圣性的前提下来歌颂孙悟空的。但是从包含在这个大故事中的四十一个小故事的具体内容来看，却曲折地反映了劳动人民扫除黑暗势力，征服自然的理想和愿望。

伟大导师马克思说："**任何神话都是用想象和借助想象以征服自然力，支配自然力，把自然力加以形象化。**"(《〈政治经济学批判〉导言》)《西游记》正是这样。作者笔下的孙悟空，具有种种令人惊叹的力量和智慧，他不但敢于造"天上""地下"各种鬼神权威的反，而且有敏锐的洞察力，能识破各种妖怪的伪装，并善于运用战略战术，克敌制胜。孙悟空这个充满积极浪漫主义精神的艺术形象正是劳动人民彻底革命精神和无穷力量的化身。

陕西省中小学教材编写组编，陕西人民出版社1970年7月第一版、1978年1月第八版、1978年5月第一次印刷陕西省高中试用课本《语文》第1册第33课《孙

1 铜仁地区教育局教材组、贵州省教育局教材组编贵州省中学语文试用课本《教学参考资料(高中第四册)》，铜仁：铜仁地区教育局教材组、贵州省教育局教材组，1978年3月版第135—136页。

悟空三打白骨精》的题下注释称：

《西游记》是公元十六世纪我国的一部神话小说。作者吴承恩(约一五〇〇年——一五八二年)，字汝忠，明代淮安府山阳县(今江苏淮安县)人。《西游记》通过孙悟空保护唐僧“取经”的故事，反映了中国劳动人民蔑视神权、反抗压迫，敢于同一切灾害困难和邪恶势力作斗争的精神品质，同时也揭露、讽刺了当时封建社会的丑恶现象。但由于作者受阶级历史的局限，书中也宣扬了“佛法无边”的宗教观念和其他封建迷信思想。

云南省教育局教材编审室编、云南人民出版社1978年5月第一版第一次印刷全日制十年制学校初中课本《语文教学参考资料》第3册第26课《孙悟空三打白骨精》对《西游记》的总体评价与“文化大革命”时期的教科书相比没有大的改变，不过内容更详细[1]：

《西游记》是公元十六世纪我国的一部神话小说，作者吴承恩(约一五〇〇——一五八二年)。

《西游记》的主要内容，是写唐太宗(李世民)时僧人玄奘往西天取经的故事。这部小说以孙悟空为主角，反映了中国劳动人民蔑视神权，反抗压迫，坚决向一切灾害困难和邪恶势力作斗争的精神品质。同时也讽刺、揭露了作者所处时代的封建社会的一些丑恶现象。

《西游记》共一百回(人民文学出版社一九七二年重印版文)。前七回主要写孙悟空大闹天宫。七回以后至十二回都是写“取经”故事的准备。从十三回起，开始正式写往西天取经故事，占了八十七回的浩大篇幅，它是全书的主体。

伟大导师马克思说：“任何神话都是用想象和借助想象以征服自然力，支配自然力，把自然力加以形象化。”《西游记》这部神话小说也正是这样。作者笔下的孙悟空，具有种种令人惊叹的广大神通。这种“神通”，实际包含着劳动人民在生活斗争中对自身力量的增长所抱的理想和幻想，对征服自然、人定胜天所怀的信心和自豪。孙悟空不仅有敢于大闹天宫、蔑视各种鬼神权威的大无畏精神；而且善于观察思辨，能够识破各种妖怪的狡猾万状的伪装，并巧妙地运用战略战术，克敌

1 云南省教育局教材编审室编全日制十年制学校初中课本《语文教学参考资料》(第3册)，昆明：云南人民出版社，1978年5月第一版第一次印刷第126—127页。

制胜，这是一个充满积极浪漫主义精神的艺术形象。

作者虽然也对宗教的神圣偶像敢于揶揄嘲谑，但他还不能认清宗教欺骗的本质，以致“佛法无边”的观念，劝“善”收“心”的说教，“轮回”“报应”的宿命论思想和其他迷信故事情节，揉杂在书中，这一类封建性的糟粕，我们应当加以批判。

这一时期出版的其他语文教科书，对《西游记》的总体评价与上述评价差不多，只是在文字上或详或略。

（二）对《西游记》节选的取向

“文化大革命”结束之初的语文教科书，多选《七律·和郭沫若同志》《水调歌头·粉碎“四人帮”》《孙悟空三打白骨精》，来批判以江青为首的“四人帮”。

1976年9月9日，毛泽东主席逝世。10月6日，王洪文、张春桥、江青、姚文元被抓捕，并被定性为反党集团“四人帮”。

辽宁省中小学教材编写组编、辽宁人民出版社1977年1月第一版第一次印刷辽宁省小学试用课本《语文》第10册第7课《毛主席诗一首》（《七律·和郭沫若同志》）和第8课《红帽子藏不住黑心肝》之间插入了一篇阅读课文《孙悟空三打白骨精》。《毛主席诗一首》（《七律·和郭沫若同志》）的文下注释一称“学习本文可参照阅读本单元的《孙悟空三打白骨精》”；课后练习一是“结合粉碎王洪文、张春桥、江青、姚文元篡党夺权阴谋的伟大胜利，说说学习这首诗的体会”。《孙悟空三打白骨精》（从“一天，唐僧带着他的徒弟孙悟空、猪八戒和沙和尚来到一座高山前”，到“悟空口吐神火，把白骨精活活烧死”）的课后作业写道：“讲述《孙悟空三打白骨精》这个神话故事，联系现实斗争，说说学习本课后受到的启示，并运用《七律·和郭沫若同志》这首诗的观点评论一下孙悟空、唐僧、白骨精这三个人物。”《红帽子藏不住黑心肝》批林彪、“四人帮”是“戴着红帽子，藏着黑心肝的人”。其后的练习三的第一、二题是：

一、到车间、生产队或部队，和工农兵一起批判“四人帮”反党集团的滔天罪行。

二、抄写下面的句子，讲讲每句是什么意思。

1.《孙悟空三打白骨精》这个故事告诉我们：妖怪是狡猾的，善于变换手法骗人。

2. 白骨精千变万化，但是吃人的本性不变。

3. 在现实的阶级斗争中，阶级敌人总是把真相隐蔽起来，以假相骗人。

4. “四人帮”自封为“马列主义理论家”，起劲叫喊着马列主义词句，暗地里却干着篡改马列主义、毛泽东思想的勾当。

5. 我们要学会用毛泽东思想的“照妖镜”识别一切两面派，剥下他们的画皮，把他们野心家、阴谋家的嘴脸，暴露在光天化日之下，并把它们消灭干净。

天水地区教育局、甘肃省中小学教材编写组编，甘肃人民出版社 1977 年 1 月第一版第一次印刷甘肃省初中试用课本《语文》一年级上学期第 1—3 课是毛泽东的《在延安文艺座谈会上的讲话（节选）》、《给江西共产主义劳动大学的一封信》、《毛主席诗》（《七律·和郭沫若同志》），第 4—6 课是《在敬爱的周总理身边工作的日子（节选）》《华主席，我们衷心爱戴您》《在欢乐的鼓声中行进》。《毛主席诗》（《七律·和郭沫若同志》）的“思考与练习”有三题：

一、《七律·和郭沫若同志》这首诗，深刻地揭示了阶级斗争的客观规律，生动地阐明了无产阶级在斗争中应正确区别敌我友的革命策略，热情地歌颂了无产阶级革命战士的彻底革命精神。学习课文后，联系当前彻底批判“四人帮”反革命罪行的斗争，谈谈你是如何理解“**一从大地起风雪，便有精生白骨堆**”这两句诗的意思的？

二、这首诗把古代神话故事和现实革命斗争巧妙结合起来，树立了“**推陈出新**”“**古为今用**”的典范。诗里用古代神话中的妖、僧和金猴比作敌、我、友，表现了伟大领袖和导师毛主席鲜明的无产阶级立场，学习时应仔细体会。

三、背诵并默写这首诗。

山西省中小学教材编审室编，山西人民出版社 1977 年 3 月第一版、1977 年 7 月第一次印刷山西省初中试用课本《语文》二年级下册第 5 单元的第 12—14 课是毛泽东的《五四运动》、周恩来的《政府工作报告》和发表在《光明日报》上的通讯《在华国锋同志家里作客》，第 6 单元也是最后一个单元的第 15、16 课是《孙悟空三打白骨精》和《西门豹治邺》。《孙悟空三打白骨精》的课后“提示”写道：

小说写孙悟空用火眼金睛识破阴险、狡猾的白骨精的吃人本质，冲破了人妖颠倒、是非不辨的唐僧的层层阻挠，连续三打，终于消灭白骨精的故事，赞扬孙悟空善于观察、辨识的能力和积极斗争的精神。这对于我们今天识别真假马列主义和提高革命警惕性，对帝修反[1]进行坚决的斗争，都有启发和借鉴的作用。但小说中掺杂着封建意识和“佛法无边”的宗教观念，应加以批判。

小说用神话的形式反映生活，充满着神奇的色彩。故事曲折动人，描写细腻，人物形象鲜明、突出。

课后的“学习与应用”有三题：

一、用毛主席《七律·和郭沫若同志》一诗的光辉思想作指导，谈谈读了这篇小说后的体会。

二、课文是怎样描写白骨精阴险、狡诈的手段的？

三、对下列句子中的封建性的糟粕加以批判：

吉人自有天报！

父母在，不远游；……

扫地恐伤蝼蚁命，爱惜飞蛾纱罩灯。

知恩不报非君子，……

初看“提示”和“学习与应用”中的文字，并没有发现提及批判“四人帮”，不过第4课是“批孔”的《礼》，第5课是批判“四人帮”的《从一个凶恶打手看“四人帮”篡党夺权阴谋——王张江姚把〈答卷〉作者吹起来、放出去干什么？》[2]，第13课《政府工作报告》(1975年1月13日在中华人民共和国第四届全国人民代表大会第一次会议上的报告)的课后“学习与应用”一写道：“三届人大以来，经过了伟大的‘无产阶级文化大革命’和批林批孔运动，特别是一九七六年十月以华主席为首的党中央英明果断一举粉碎王张江姚‘四人帮’篡党夺权阴谋，我国社会主义革命和建设取得了伟大胜利。我们如何以实际行动实现发展国民经济的宏伟规划？”《在华国锋同志家里作客》的开头写道：“在全党全军全国各族人民歌颂华主席、狠批‘四人帮’的高潮中，我们一遍又一遍地回忆在华国锋同志的家里作客的幸福情景，心情

1　指帝国主义、修正主义、反革命分子。

2　1973年6月，张铁生在考物理化学时很多题不会回答，他在试卷背面写了一篇《给尊敬领导的一封信》。7月19日，《辽宁日报》以《一份发人深省的答卷》为题刊登了这封信。8月10日，《人民日报》以同题转载了这封信。张铁生在这封信中为自己因参加劳动耽误了复习而与其他“多年来不务正业、逍遥浪荡的书呆子们”竞争而感到不满。张铁生因此而被赞为“白卷英雄”。

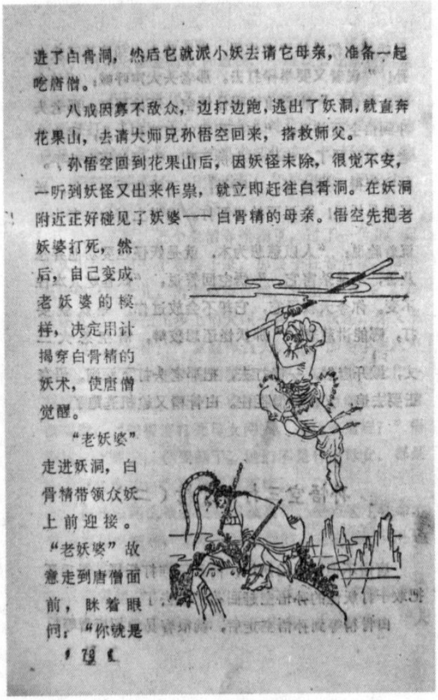

进了白骨洞，然后它就派小妖去请它母亲，准备一起吃唐僧。

八戒因寡不敌众，边打边跑，逃出了妖洞，就直奔花果山，去请大师兄孙悟空回来，搭救师父。

孙悟空回到花果山后，因妖怪未除，很觉不安，一听到妖怪又出来作祟，就立即赶往白骨洞。在妖洞附近正好碰见了妖婆——白骨精的母亲。悟空先把老妖婆打死，然后，自己变成老妖婆的模样，决定用计揭穿白骨精的妖术，使唐僧觉醒。

“老妖婆”走进妖洞，白骨精带领众妖上前迎接。“老妖婆”故意走到唐僧面前，眯着眼问：“你就是

图 3-2　山西省小学课本《语文》(1976)

无比激动，大家深深感到：华国锋同志的一言一行，都表现了他无限忠于伟大的领袖和导师毛主席，忠于毛主席的革命路线，平易近人、大公无私、以身作则的高尚品质，使我们受到了极大的教育，留下了极为深刻的印象。”结尾写道：“我们打心眼里热烈拥护华主席，衷心爱戴华主席，无限信赖华主席，坚决跟着华主席，继续长征迈大步。我们要深揭狠批‘四人帮’的滔天罪行，深入开展农业学大寨运动，用**抓革命**、**促生产**的新成绩，为华主席争光，为革命作出更大的贡献。”其课后“学习与应用”一为“课文从哪些方面表现了华国锋主席的崇高品质?”

上海市中小学教材编写组编写、上海人民出版社 1977 年 6 月第一版第一次印刷上海市小学课本《语文》(四年级第二学期用)共 8 个单元 22 课，第 1 单元第 1—3 课是《他就是毛主席》《韶山行》《华政委关怀伤员的故事》，最后一单元第 20—22 课是《毛主席语录》《收租院》《孙悟空三打白骨精》。《孙悟空三打白骨精》(从“一天，唐僧带着他的徒弟孙悟空、猪八戒和沙和尚来到一座高山前”到“悟空口吐神火，把白骨精活活烧死”)的课后练习有七题：

一、孙悟空为什么不顾唐僧的劝阻，三次怒打白骨精?

二、唐僧说：“人以慈悲为本，就是妖怪也要劝它弃恶从善，不准杀害它。”这句话错在哪里?

三、孙悟空是怎样揭穿白骨精的妖术，使唐僧觉醒过来的?

四、联系现实斗争，谈谈学习本课后受到的启发。

五、从字典中查出带点字的意思，并解释下面的词语。

威风凛凛　千变万化　得意忘形　瓮中之鳖

寡不敌众　诡计多端　弄虚作假　无可奈何

六、读拼音，写汉字。

“Sì rén bāng”, dà huòhai,

Hùnjìn dǎngli lái zuòguài,

Zuǐshàng tiánlái xīnli hēi,

Cuàndǎng duóquán shízài huài

七、填上合适的词语组成句子，并加上标点符号。

1. 阶级敌人的阴谋(　　)

2. 我们的阶级觉悟(　　)

3. (　　)看过 雷锋的故事 这本书吗

4. (　　)狠揍了日本鬼子

江西省上饶地区中小学语文教材编写组、江西省中小学教材编写组编，江西人民出版社1977年6月第一版第一次印刷江西省二二制中学试用课本《语文》高中第1册最后一课(第15课)《陈涉起义》后附的《孙悟空三打白骨精》的“学习辅导”和“思考·练习”，将其与揭批“四人帮”紧密地联系在了一起：

学习辅导

本文描述了孙悟空保护唐僧去西天取经途中除灭吃人妖魔白骨精的故事。孙悟空不但具有种种令人惊叹的广大神通，而且善于观察思辨，能够识破白骨精狡猾万状的伪装。他不顾唐僧的阻挠和刁难，毫不妥协地三次奋起铁棒痛打妖精，最后克敌制胜，使妖精现出了原形。伟大领袖和导师毛主席曾在《七律·和郭沫若同志》一诗中运用了这个故事，揭示了阶级斗争的客观规律。当前，全国人民贯彻落实华主席提出的抓纲治国的战略决策，大揭大批“四人帮”的人民战争深入发展。阅读本文，对于我们认识“四人帮”凶险狡猾的反动本性，发扬见妖必除的彻底的革命精神，是有借鉴意义的。

作品具体写了孙悟空的语言和行动，鲜明地刻画了他爱憎分明、机智勇敢、坚决除妖的性格。同时，还通过对其他人物的刻画来衬托主要人物。唐僧的糊涂迂腐，猪八戒的不动脑筋，都对孙悟空的形象起着衬托作用，特别是写白骨精三次变化，狡猾万状，但终于在孙悟空的铁棒下一命呜呼，原形毕露，这有力的反衬，更突出了孙悟空这个降魔英雄的艺术形象。

思考·练习

1. 你读孙悟空三打白骨精的故事受到什么启发？联系揭批“四人帮”的斗争

实际，谈谈自己的体会。

2. 口述孙悟空三打白骨精的故事。

3. 说说下列句子里加点的词的意思。

① 弟子亦颇殷勤，何尝懒惰？

② 更无一毫嫉妒之意。

③ 几年来只闻得讲他手段。

④ 不期被他走来，弄破我这勾当。

4. 下列语句宣扬了什么封建思想？试加批判：

① 吉人自有天相。

② 父母在，不远游。

③ 扫地恐伤蝼蚁命，爱惜飞蛾纱罩灯。

江西省萍乡市中学语文教材编写组、江西省中小学教材编写组编，江西人民出版社1977年7月第一版第一次印刷江西省三二制中学试用课本《语文》初中第5册第1课是《毛主席诗二首》(《七律二首·送瘟神》)，最后两课(第22、23课)是《卖炭翁》和《孙悟空三打白骨精》。《卖炭翁》是写统治阶级压迫和剥削劳动人民的，反映的是阶级之间的对立。《孙悟空三打白骨精》则是以小说中的“三打”隐喻要粉碎“四人帮”，告诫学生要知道阶级斗争依然存在。其课后的“提示·思考·练习”有三题：

一、本文通过孙悟空用火眼金睛识破阴险狡猾的白骨精的吃人本质，冲破人妖颠倒、是非不辨的唐僧的层层阻挠，终于消灭白骨精的故事，赞扬了孙悟空善于观察、辨识的能力和积极斗争的精神。这对于我们今天识别真假马列主义，深入揭批“四人帮”，有什么启发和借鉴作用？

二、用自己的话讲一讲孙悟空三打白骨精的故事。

三、下列语句宣扬了什么封建思想？试加以批判：

① 吉人自有天相。

② 父母在，不远游。

③ 扫地恐伤蝼蚁命，爱惜飞蛾纱罩灯。

④ 知恩不报非君子。

主要还是从“思想”教育而非“语文”知识和技能学习来设题的。

与之配套的《语文教学参考资料》所确立的这一课的"教学目的要求"有两个[1]：

1. 认识白骨精凶残狡猾的本性和孙悟空在对敌斗争中善于察辨勇于斗争的精神。遵照毛主席"**古为今用**"的指示，使学生正确认识社会主义时期阶级斗争的规律，增强识别真假马克思主义的能力，树立扫除一切害人虫的彻底革命精神。

2. 学习用人物的语言行动来刻画人物性格的写作方法。

广西壮族自治区中小学教材编写组编，广西人民出版社1977年7月第二版、1977年7月第三次印刷广西壮族自治区中学试用课本《语文》第9、10合册最后3课（第17—19课）是《天论》《护官符》《孙悟空三打白骨精》。这三篇课文是"批林批孔""评法批儒""揭批'四人帮'"期间常见的课文。《孙悟空三打白骨精》（从"却说三藏师徒，次日天明，收拾前进"，到"他那脊梁上有一行字，叫做'白骨夫人'"）课后有篇幅很长的"提示"：

这篇课文，赞美了孙悟空对妖魔鬼怪的斗争精神，批判了唐僧人妖颠倒，是非不分的糊涂思想；揭露了白骨精的阴险、狡猾、凶狠的反动本质。

列宁指出："**马克思主义在理论上的胜利，逼得它的敌人装扮成马克思主义者，历史的辩证法就是如此。**"毛主席也说："**反革命分子怎样要两面派手法呢？他们怎样以假象欺骗我们，而在暗里却干着我们意料不到的事情呢？这一切，成千成万的善良人是不知道的。……我们的人眼睛不亮，不善于辨别好人和坏人。我们善于辨别在正常情况之下从事活动的好人和坏人，但是我们不善于辨别在特殊情况下从事活动的某些人们。**"在无产阶级专政条件下，狡猾的阶级敌人往往象白骨精一样给人以假象，而将真象荫蔽着，他们大耍两面派手法，打着"红旗"反红旗，"四人帮"就是这样一伙阴险狡猾而又穷凶极恶的反革命黑帮。学习《孙悟空三打白骨精》这篇课文，我们要善于透过现象看本质，要剥掉"四人帮"的画皮，揭露他们反革命的极"右"实质，坚决把揭批"四人帮"的斗争进行到底。

这篇课文故事情节曲折、引人入胜，人物形象鲜明、突出，语言活泼、生动，善于通过人物的富有个性特征的语言和行动来表现人物的性格。

---

1 江西省中小学教材编写组编《江西省三二制中学试用课本语文教学参考资料（初中第五册）》，南昌：江西人民出版社，1977年7月版第153页。

本文的消极方面是有“佛法无边”的观念。作者虽然把孙悟空写成英雄，敢于斗争，神通广大，但是却逃不出金箍咒的控制。教学时应予以注意。

其课后“思考与练习”明确要求将其与批判“四人帮”联系起来：

一、孙悟空是怎样三打白骨精的？联系当前揭批“四人帮”的斗争，谈谈学习这篇课文的现实意义。

二、本文是怎样描写孙悟空、唐僧这两个人物性格的？

三、这篇课文有哪些封建性糟粕？试举出来进行分析、批判。

江西省萍乡市中学语文教材编写组、江西省中小学教材编写组编，江西人民出版社1977年12月第一版第一次印刷江西省三二制中学试用课本《语文教学参考书》初中第4册第1课《毛主席诗词二首》(《沁园春・长沙》《七律・和郭沫若同志》)的《七律・和郭沫若同志》的“教学建议”三是“教学中应结合揭批‘四人帮’搞修正主义的罪行”[1]。

河南省革命委员会教育局中小学教材编辑室编、河南人民出版社1978年3月第一版第一次印刷河南省中学试用课本《语文》第7册第12—15课是一组古代作品：《孙膑》《赤壁之战》《茅屋为秋风所破歌》《病梅馆记》，单元附录课文为《孙悟空三打白骨精》。最后一课(第16课)是《竞选州长》。《孙悟空三打白骨精》的题下注释称：《西游记》“反映了中国劳动人民蔑视神权、反抗压迫、坚决向一切灾害困难和邪恶势力作斗争的精神品质。同时也讽刺、揭露了当时封建社会的一些丑恶现象”。课后的“阅读提示”称：

这篇小说，揭露了白骨精阴险、狡猾、凶狠的本性；批判了唐僧人妖颠倒、是非不分的糊涂思想；赞扬了孙悟空心明眼亮，善于观察思辨，对妖魔鬼怪坚决斗争的精神。阅读这篇小说，应以伟大的领袖和导师毛主席《七律・和郭沫若同志》一诗的光辉思想为指导，深入领会其积极意义。

这篇小说，故事情节曲折，引人入胜；人物形象鲜明、突出；语言活泼、生动，善于运用富有个性特征的语言和行动来表现人物的性格。

由于阶级和时代的局限，文中存在一些消极的东西，例如，“吉人自有天相”

1　江西省萍乡市中学语文教材编写组、江西省中小学教材编写组编江西省三二制中学试用课本《语文教学参考书》(初中第4册)，南昌：江西人民出版社，1977年12月第一版第一次印刷第12页。

“知恩不报非君子”“妇道”等等，对这些封建糟粕，应注意批判。

文中没有明确地将“三打白骨精”与批判“四人帮”联系起来，不过明确地提到了在阅读时要以毛泽东赞扬孙悟空的降妖除魔行为、揭露妖魔成灾现象的《七律·和郭沫若同志》为指导，而在“阅读提示”中又将郭沫若在《看〈孙悟空三打白骨精〉》中重点批判的而毛泽东在《七律·和郭沫若同志》中因对郭沫若的立意不满而一笔带过的“批判了唐僧人妖颠倒、是非不分的糊涂思想”揭示出来，是否别有深意？不得而知。

河北省中小学教材编写组编，河北人民出版社1976年6月第一版、1978年4月第二版第三次印刷河北省中学试用课本《语文》（第七册）的最后两篇课文（第9、10课）是《劝学篇（节选）》和《为学》，都是谈学习的。不过，其后又附有《孙悟空三打白骨精》，以此收尾的目的何在？单元前的“专题目的要求”宣称是为了“古为今用”。其后的“提示”写道：

本文所选的内容，生动形象地描述了孙悟空三打白骨精的经过。通过这个故事，我们可以看出孙悟空善于识别真假、勇于和妖魔作斗争的精神；唐僧人妖颠倒、是非不清的糊涂思想；以及白骨精诡计多端，阴险狡猾的吃人本质。我们应以毛主席的光辉诗篇《七律·和郭沫若同志》为思想武器，结合当前的阶级斗争、路线斗争，理解学习这篇小说的现实意义。

学习时对本文中的封建道德观念和封建迷信思想，必须加以批判。

毛泽东主席的《七律·和郭沫若同志》在“文化大革命”结束初期再次被作为批判“四人帮”的武器而收入语文教科书。如江苏省中学教材编写组编、江苏人民出版社1977年6月第二版第一次印刷江苏省中学课本《语文》第5册第1—6课是《在马克思墓前讲话》（恩格斯）、《在伟大的领袖和导师毛泽东主席追悼大会上中国共产党中央委员会第一副主席、国务院总理华国锋同志致悼词》、《永远飞行在红太阳身边》、《周总理办公室的灯光》、《毛主席诗词二首》（《蝶恋花·答李淑一》《七律·和郭沫若同志》）、《“四人帮”的要害是篡党夺权》。《毛主席诗词二首》（《蝶恋花·答李淑一》《七律·和郭沫若同志》）的课后练习一、二为“这两首诗词表达了怎样的思想感情？结合当前国际形势和揭发批判‘四人帮’的斗争，谈谈你的学习体会”和“说说‘忽报人间曾伏虎，泪飞顿作倾盆雨。’‘金猴奋起千钧棒，玉宇澄清万里埃。’这四句的深刻含义”。《“四人帮”的要害是篡党夺权》的开头写道："王张江姚'四人帮'反党集团全部反革命罪行的要害，是彻底背叛毛主席教导的'三要三不要'的基本原则，大搞修正主义，大搞分裂，大搞阴谋诡计，妄图篡夺党和国家的最高领导权，建立法西斯专政的帮天下，达到他们复辟资本主义的目的。"中间写"四人帮"如何在毛泽东主席逝世后攻击华国锋等。"在他们跳出来闹事的严重时刻，华国锋同志为首的党中央继承毛主席遗志，代表亿万人民的心愿，当机立断，以迅雷不及掩耳之势，一举粉碎了'四人帮'篡党夺权的阴谋，挽救了革命，挽救了党。"然后列举了 1949 年以来各种政治运动中被打倒的人物。最后写道："'四人帮'反党集团同我们之间的矛盾是敌我矛盾，我们对他们一定不能手软。'四人帮'篡党夺权的阴谋已被粉碎，我们已经取得了伟大的胜利，全国形势一片大好。全国军民一定要乘胜前进，发扬痛打落水狗的精神，把揭露和批判王张江姚反革命集团的这场政治大革命进行到底。"

广州市中小学教材编写组编、广东人民出版社 1977 年 11 月第一版第一次印刷《广州市中学语文教学参考资料》初中三年级第二学期第 1 课《七律 · 和郭沫若同志》的"教学建议"也提到要批判"四人帮"："教学时可结合时代背景并联系批判'四人帮'反党集团阴谋篡党夺权的滔天罪行，阐明学习毛主席这首诗的伟大现实意义和深远意义。"[1]

选择《孙悟空三打白骨精》《七律 · 和郭沫若同志》以隐射当时特殊的政治形势的用意，和"文化大革命"结束之初至中国共产党第十一届中央委员会第三次全体会议召开之前的中学语文教科书选入一些批判"四人帮"的课文且经常将蒲松龄的《狼》选入作为最后一课，或者有时在靠后的几课中选马中锡的《中山狼传》、《一千零一夜》中的《渔夫的故事》等的用意是相同的，就是将"四人帮"比喻成狡猾的狼或魔鬼，提醒人们要像屠夫、渔夫那样。

郭沫若于 1976 年 10 月 16 日创作、11 月 1 日刊登在《解放日报》上的《水调歌头 · 粉碎"四人帮"》再次用到了"孙悟空三打白骨精"的典故，而且明确将"四人帮"中的江青比喻成"白骨精"："大快人心事，揪出'四人帮'。政治流氓，文痞，狗头军师张，还有精生白骨，自比则天武后，铁帚扫而光。篡党夺权者，一枕梦黄粱。

1　广州市中小学教材编写组编《广州市中学语文教学参考资料》（初中三年级第二学期），广州：广东人民出版社，1977 年 11 月第一版第一次印刷第 5 页。

野心大，阴谋毒，诡计狂。真是罪该万死，迫害红太阳！接班人是俊杰，遗志继承果断，功绩何辉煌！拥护华主席，拥护党中央。”这首应景词，很快被收入语文教科书。

云南省教育局教材编审室编，云南人民出版社1977年1月第二版、1977年3月第一次印刷云南省小学课本《语文》第9册第1—4课为《毛主席诗一首》(《七律·到韶山》)、《毛主席视察七里营》、《华主席到俺家》、《词一首》(《水调歌头·粉碎“四人帮”》)。编者对《词一首》(《水调歌头·粉碎“四人帮”》)中的“还有精生白骨，自比则天武后”的注释是：“精生白骨，就是白骨精。白骨精是我国旧小说中吃人的妖魔。这里用来比喻‘四人帮’反党集团中的江青就象白骨精一样。则天武后，即武则天，她是中国唐代的一个女皇帝。这两句的意思是：白骨精江青把自己比做武则天，梦想当现代的‘女皇’。”课后共有四道练习题：“1. 说说这首词的主要意思。2. 朗读并背诵这首词。3. 根据这首词的意思，写一篇批判‘四人帮’的批判稿。4. 看拼音写字。”根据第4题提供的拼音拼写出的汉字应该是一首诗：“王张江姚‘四人帮’，祸国殃民野心狼。篡党夺权施诡计，里通外国搞投降。英明领袖华主席，一举粉碎‘四人帮’。阶级斗争牢牢记，红色江山万年长。”这四篇课文后还附录了一篇阅读课文《打倒“四人帮” 保卫党中央(对口词)》。其中写道：“王洪文、张春桥、江青、姚文元，是化装成美女的毒蛇，是披着羊皮的恶狼”；“王、张、江、姚‘四人帮’，就是复辟帮、祸国帮、殃民帮。他们是一伙魑魅魍魉，他们是一伙狐群狗党”。其课后练习四是“每人写一首批判王、张、江、姚‘四人帮’反党罪行的对口词或儿歌，出一期墙报”。

山西省中小学教材编审室编，山西人民出版社1977年3月第二版、1977年5月第一次印刷山西省小学课本《语文》第10册阅读材料三《大寨红小兵斗江青(对口快板)》直接称江青是“白骨精”：“说的是九月有一天，江妖婆要上牧场去参观。‘白骨精’要出门，随从就带了一大群，又骑马，又坐车，妖里妖气就没法说”；“可是江青这个老妖精，最不爱听《东方红》”；“穷追猛打‘白骨精’，叫她彻底现原形！”；“继续革命不转向，彻底粉碎‘四人帮’”；“紧跟领袖华国锋，永保江山万年红！”

山东省中小学教材编辑组编、山东人民出版社1977年3月第一版第一次印刷山东省初中试用课本《语文》第1册第1单元选的全部是诗歌：《毛主席诗词二首》

(《蝶恋花·答李淑一》《七律·到韶山》)、《绣金匾(陕北民歌)》、《华主席和咱心连心》(《航船又有掌舵人》《华主席来到雪山下》)、《水调歌头·粉碎"四人帮"》(郭沫若)。关于"精生白骨",《水调歌头·粉碎"四人帮"》的注释称:"出自毛主席《七律·和郭沫若》[1]诗中'一从大地起风雷,便有精生白骨堆'句,意思是从白骨堆里变化出来的妖精。精,妖精,这里是指反革命分子江青。白骨,《西游记》第二十七回说,白骨精是从'一堆粉骷髅变化出来的尸魔',白骨即骷髅的意思,这里可以引申理解为产生修正主义的腐朽反动的社会基础。"课后练习有两题:"一、这首词愤怒声讨了王张江姚'四人帮'反党集团反对伟大领袖和导师毛主席、篡党夺权的滔天罪行,热情歌颂了英明领袖华主席和以华主席为首的党中央,继承毛主席的遗志,一举粉碎'四人帮'的伟大历史性胜利。二、朗诵、默写这首词。"

江西省上饶地区中小学语文教材组、江西省中小学教材编写组 1976 年 10 月编,1977 年 4 月版(没有注明出版机构)二二制江西省初级中学试用课本《语文》第 2 册第 1—6 课是《毛主席词二首》(《浣溪沙·和柳亚子先生》《浪淘沙·北戴河》)、《毛主席永远活在我们心中》、《"糟得很"和"好得很"》(毛泽东)、《吴德同志在首都庆祝大会上的讲话》、《华主席永远鼓舞我们前进》、《洪流颂》。在《吴德同志在首都庆祝大会上的讲话》和《华主席永远鼓舞我们前进》之间附录了郭沫若的《水调歌头·粉碎"四人帮"》,其寓意不言而喻。《吴德同志在首都庆祝大会上的讲话》的课后"思考·练习"如下:

1. 华国锋同志是伟大领袖毛主席亲自选定的接班人。按照毛主席生前的安排,中共中央一九七六年十月七日作出关于华国锋同志任中国共产党中央委员会主席、中国共产党中央军事委员会主席的决议。这是我们全党全军全国人民的共同心愿,是粉碎"四人帮"篡党夺权阴谋的伟大胜利,是具有重大历史意义的大喜事。学习课文,座谈毛主席的事业后继有人,我们党又有了自己的领袖华国锋主席的重大意义,出版一期歌颂华国锋主席的专刊。

2. 王洪文、张春桥、江青、姚文元反党集团祸国殃民,罪恶极大。本文从哪些方面概括地列数了"四人帮"的罪行?联系实际,彻底揭露王张江姚反党集团的滔天罪行,深入批判他们反革命的修正主义路线,肃清其流毒。

---

1 诗题一般作《七律·和郭沫若同志》。

3. 学习下列词语：

衷心爱戴 后继有人 果断措施 英明决策

江苏省中小学教材编写组编、江苏人民出版社1977年6月第三版第一次印刷江苏省中学课本《语文》第1册第1、2课是《伟大的领袖和导师毛主席关于培养和造就无产阶级革命事业接班人问题的指示》《华国锋同志和我们在一起》，第9、10课是《水调歌头·粉碎"四人帮"》（郭沫若）、《无产阶级》（毛泽东），最后两课（第15、16课）是《渔夫的故事》《狼》。教科书编者对《水调歌头·粉碎"四人帮"》中的"精生白骨"的注释是"白骨变化出来的妖精，指叛徒江青。《西游记》第二十七回里说，白骨精是由'一堆粉骷髅'变化出来的尸魔"；对"自比则天武后"的注释是"指江青把自己比作武则天，妄想当女皇。武则天是唐高宗的皇后，曾当过女皇"。课后练习一写道："这首词表达了亿万人民对'四人帮'的仇恨和对华主席的热爱，试具体说明。"选自毛泽东写的《中国革命和中国共产党》中的《无产阶级》的课后练习一、二，要求学生联系实际谈谈对文中的"中国革命如果没有无产阶级的领导，就必然不能胜利"的论断以及"中国无产阶级是'中国革命的最基本的动力'这一光辉思想"的理解。

图3－3　广西壮族自治区小学试用课本《语文》(1977)

江西省萍乡市中学语文教材组、江西省中小学教材编写组编，江西人民出版社1977年6月第一版第一次印刷江西省三二制中学试用课本《语文》初中第1册第1课是《毛主席诗词二首》（《七律·人民解放军占领南京》《浪淘沙·北戴河》）。课后练习要求理解其中"宜将剩勇追穷寇，不可沽名学霸王"以及"萧瑟秋风今又起，换了人间"的含义。第2—4课是《伟大的历史性胜利》、《水调歌头·粉碎"四人帮"》、《杂文两篇》（《是"小徒弟"还是大恶霸》《江青林彪是一丘之貉》）。《水调歌头·粉碎"四人帮"》课后的"提示·思考·练习”如下：

一、这首词以不满百字的短小篇幅，高度凝练地表达了亿万人民对“四人帮”万分愤恨的情感，尤其是结语“拥护华主席，拥护党中央”，以更质朴无华的语言，明确、坚决地喊出了全国军民的心声。

二、这首词上半阕下半阕各写什么？结合实际，谈谈你对下列诗句的理解：

“接班人是俊杰，

遗志继承果断，

功绩何辉煌！”

三、背诵、默写这首词。

新疆教育出版社1977年6月第一版第一次印刷新疆维吾尔自治区中学试用课本《语文》第7册第5课是批判林彪的《在中国共产党第十次全国代表大会上的报告（节录）》，第6课是《江青的女皇梦与吕后的篡权术》。第6课选自1976年11月16日的《解放日报》，课文通篇将江青与汉高帝刘邦之妻吕后（与武则天并称“吕武”）比较揭露其想当领导人的野心（“女皇梦”），最后又将江青比喻成白骨精：“华主席和以华主席为首的党中央，忠实地继承毛主席的遗志，率领全党全军全国人民，奋起千钧棒，打烂‘四人帮’，为中国革命建树了伟大的历史功勋。一从大地起风雷，便有精生白骨堆。当年的吕后，固然是白骨一堆；今日的江青，依然是一堆精生白骨。‘四人帮’反党集团被扫进了历史的垃圾堆，妄想作现代中国的吕后的江青被押上了历史的审判台。这正是：‘篡党夺权者，一枕梦黄粱。’”

安徽省中小学教材编写组编、安徽省革命委员会出版发行局1977年6月第六版第十九次印刷安徽省小学试用课本《语文》（第十册）第5—8课是《在中国共产党第十次全国代表大会上的报告（节选）》《伟大的历史性胜利（节选）》《不忘昔日苦 牢记血泪仇》《孙悟空三打白骨精》，后附《 坚决砸烂“四人帮”》。《孙悟空三打白骨精》（从“一天，唐僧带着他的徒弟孙悟空、猪八戒和沙僧来到一座高山前”，到“悟空口吐神火，把白骨精活活烧死”）的题下注释从阶级斗争的角度对其作了介绍：

《孙悟空三打白骨精》是我国古典神话小说《西游记》中的一个故事。故事中的孙悟空能够识别披着各种伪装的吃人妖怪，敢于奋起斗争，直至胜利。白骨精为了吃唐僧的肉。一会儿变个“月貌花容的女儿”，一会儿变成善良的“老妇人”，后来又变成一个可怜的“老公公”，但都逃不过孙悟空的“火眼金睛”，最后在孙悟空的金箍棒下成了一堆“粉骷髅”。这个故事告诉我们：妖怪是狡猾的，善于变换手法骗人。但是千变万变，吃人的本性不变。在现实的阶级斗争中，阶级敌人也常常把真相隐蔽起来，以假相骗人。我们要认真学习马克思列宁主义、毛泽东思想，掌握这个政治上的望远镜和显微镜，掌握这个战无不胜的思想武器，在革命斗争中，善于识破一切善变的“妖魔鬼怪”，并将它们消灭干净。

课后“作业”有三题：

1. 白骨精是怎样不断变换手法伪装自己的？孙悟空为什么能不顾唐僧劝阻，三次怒打白骨精。学了这篇课文，你受到什么启发？联系阶级斗争和路线斗争的实际，谈谈自己的体会。

2. 唐僧说：“人以慈悲为本，就是妖怪也要劝它弃恶从善，不准杀害它。”这句话错在哪里？

3. 抄写并讲讲下列词语的意思。

轻而易举　寡不敌众　得意忘形

无可奈何　人妖颠倒　威风凛凛

广西壮族自治区中小学教材编写组编、广西人民出版社 1977 年 10 月第三版第三次印刷广西壮族自治区小学试用课本《语文》第 10 册第 2 单元第 4—6 课是《毛主席语录》、《水调歌头·粉碎“四人帮”》、《孙悟空三打白骨精》(附《洪秀全反孔斗争的故事》)。这种编排的旨意是坚持毛主席遗志，打倒“四人帮”，和一切保守、“右倾”、“儒家”势力作斗争。郭沫若的《水调歌头·粉碎“四人帮”》将江青比作白骨精。《孙悟空三打白骨精》(从“一天，唐僧带着他的徒弟孙悟空、猪八戒和沙僧来到一座高山前”，到“悟空口吐神火，把白骨精活活烧死”)的课后练习有三题：

1. 白骨精是怎样不断变换手法伪装自己的？孙悟空为什么能不顾唐僧劝阻，三次怒打白骨精？学了这篇课文，你受到什么启发？联系阶级斗争和路线斗争的实际，谈谈自己的体会。

2. 唐僧说：“人以慈悲为本，就是妖怪也要劝它弃恶从善，不准杀害它。”这句话错在哪里？

3. 抄写并讲讲下列词语的意思。

轻而易举　寡不敌众　得意忘形

无可奈何　人妖颠倒　威风凛凛

怒火万丈　瓮中之鳖　诡计多端

图 3－4　甘肃省小学试用课本《语文》五年级补充教材（1977）

甘肃省中小学教材编写组编、甘肃人民出版社 1977 年 11 月第一版第一次印刷甘肃省小学试用课本《语文》五年级补充教材可能因为语文补充教材的编写多数是为了加强政治思想教育，其扉页仍然是“文化大革命”期间的毛主席语录，篇目与“文化大革命”时期（甚至是“文化大革命”爆发之初）的语文教科书中的差别不大。全书共 20 课：《毛主席视察七里营》、《华伯伯的恩情》、《亲切的关怀》、《朱总司令帮助农民种稻》、《华主席在中国共产党第十一次全国代表大会上的政治报告（摘录）》、《“四人帮”是凶恶狠毒的“还乡团”》、《孙悟空三打白骨精》、《毛主席纪念堂》、《二七烈士纪念碑》、《革命烈士诗二首》、《红旗一角的故事》、《毛主席诗一首》（《七律·长征》）、《共产党人最信任的同志》、《鸡毛信（一）》、《鸡毛信（二）》（《刀劈胡汉三》）、《陈毅诗四首》、《第一口油井》、《郭凤莲担水抗旱》（《忆爸爸》）、《培养和造就千百万无产阶级革命事业接班人》、《分子、原子和电子》。而且像“文化大革命”时期那样将毛泽东的《七律·长征》和《培养和造就千百万无产阶级革命事业接班人》的标题以标黑加粗的形式呈现以示尊崇。第一单元的 4 课写领袖对人民的关怀。第二单元的第 5—7 课《华主席在中国共产党第十一次全国代表大会上的政治报告（摘录）》《“四人帮”是凶恶狠毒的“还乡团”》《孙悟空三打白骨精》编排的寓意应该是华国锋主席粉碎“四人帮”就像孙悟空打死白骨精一样。《孙悟空三打白骨精》（从“一天，唐僧带着他的徒弟孙悟空、猪八戒和沙和尚来到一座高山前”，到“悟空口吐神火，把白骨精活活烧死”)的课后练习有两题:“1. 结合揭批‘四人帮’的斗争,谈谈你学习本课的体会。2. 唐僧说:‘人以慈悲为本,就是妖怪也要劝它弃恶从善,不准杀害它。’这句话错在哪里?”单元练习二的第一题是“写一篇批判‘四人帮’歪曲党的教育方针,破坏又红又专的批判文章”。第二题是“读拼音写汉字”,根据拼音写出的汉字应是“穷追猛打落水狗。‘四人帮,野心大,披着人皮讲鬼话,马列主义它背叛,篡党夺权把阴谋耍。红小兵,杀杀杀,举钢枪,戳穿它,穷追猛打落水狗,无产阶级专政要强大’”。

甘肃省中小学教材编写组编、甘肃人民出版社 1977 年 11 月第一版第一次印刷甘肃省高中试用课本《语文》一年级一九七八年春季用第 1 课是毛泽东的《毛主席诗词》(《七律・登庐山》《满江红・和郭沫若同志》),最后一课《唐诗二首》(《茅屋为秋风所破歌》《卖炭翁》)后附录的是《孙悟空三打白骨精》。《孙悟空三打白骨精》(从“却说三藏师徒,次日天明,收拾前进”,到“他那脊梁上有一行字,叫做‘白骨夫人’”)课后的“阅读提示”称:

课文节选的这一段是孙悟空保护唐僧去西天取经途中除灭吃人妖魔白骨精的故事。通过这个故事,赞扬了孙悟空爱憎分明、机智勇敢、善于透过现象看本质、正确识别敌友的能力和坚决彻底的斗争精神。毛主席在《七律・和郭沫若同志》诗中借用了这个故事,号召我们发扬“**金猴奋起千钧棒**”的精神,夺取反帝反霸斗争的彻底胜利。“**今日欢呼孙大圣,只缘妖雾又重来**。”学习这篇课文,对于我们今天揭发批判“四人帮”篡党夺权的反革命阴谋,把这场伟大斗争进行到底,有很好的借鉴意义。

福建省中小学教材编辑室编、福建人民出版社 1977 年 11 月第一版第一次印刷福建省小学试用课本《语文》第 10 册第 1—7 课是《毛主席和我们心连心》、《毛主席视察七里营》、《华主席到俺家》、《亲切的关怀》、《朱总司令帮助农民种稻》、《词一首》(《水调歌头・粉碎“四人帮”》)、《勇往直前 有我无敌》(附:《孙悟空三打白骨精》),第 8、9 课《逮“熊”》《友谊之路》是写如何区分、对待敌友的。《孙悟空三打白骨精》(从“一天,唐僧带着他的徒弟孙悟空、猪八戒和沙僧来到一座高山前”,到“悟空口吐神火,把白骨精活活烧死”)的课后“作业”有三题:

1. 白骨精是怎样不断变换手法伪装自己的?孙悟空为什么能不顾唐僧劝阻,三次怒打白骨精。学了这篇课文,你受到什么启发?联系阶级斗争和路线斗争的实际,谈谈自己的体会。

2. 唐僧说："人以慈悲为本，就是妖怪也要劝它弃恶从善，不准杀害它。"这句话错在哪里？

3. 抄写并讲讲下列词语的意思。

轻而易举　寡不敌众　得意忘形

无可奈何　人妖颠倒　威风凛凛

大吃一惊　瓮中之鳖　诡计多端

其后单元练习三的第一题是"列举一些事实，说明敌人不甘心于他们的失败，他们还要进行挣扎、破坏和捣乱。联系阶级斗争实际写一篇小评论"。

贵州省中小学教材编写组编、贵州人民出版社 1977 年 12 月第 7 版、1977 年 12 月贵州第 7 次印刷贵州省中学试用课本《语文》高中第 4 册第 13、14 课分别是《前出师表》《孙悟空三打白骨精》。《前出师表》写诸葛亮接受先帝刘备托孤而表达鞠躬尽瘁死而后已之心。《孙悟空三打白骨精》则继续与批判"四人帮"联系起来。其课后"题解"称：

本文选自《西游记》中的第二十七回，写孙悟空用火眼金睛识破了阴险、狡猾的白骨精的吃人本质，冲破了人妖颠倒、是非不辨的唐僧的层层阻挠，连续三打，终于消灭白骨精的故事，赞扬孙悟空善于观察、辨识的能力和积极斗争的精神。这对于我们今天识别真假马列主义和提高革命警惕性，对认识当代的"白骨精"江青的狰狞面目，都具有启发和借鉴的作用。

小说运用神话的形式反映生活，充满着神奇的色彩，故事曲折动人，描写细腻，人物形象鲜明、突出。

其"教学实践"有两项：

1. 联系当前批判"四人帮"的斗争，谈谈读了这篇小说后的体会。

2. 课文是怎样描写白骨精阴险、狡诈的手段的？这样写有什么作用？

与之配套的贵州省中学语文试用课本《教学参考资料（高中第四册）》所确定的这一课的教学目标如下[1]：

1. 使学生懂得，在复杂的阶级斗争中，要象孙悟空那样具有敏锐的洞察能力，

1　铜仁地区教育局教材组、贵州省教育局教材组编贵州省中学语文试用课本《教学参考资料（高中第四册）》，铜仁：铜仁地区教育局教材组、贵州省教育局教材组，1978 年 3 月版第 132 页。

及时识破敌人的伪装，并与之作不懈的斗争，战胜敌人，将革命进行到底。必须“认真看书学习，弄通马克思主义”，努力提高阶级斗争、路线斗争和继续革命的觉悟。

2. 学习本文通过矛盾冲突、对比反衬，刻画人物形象，突出人物性格特征，使形象、性格极为鲜明的写作方法。

在逐层分析其故事情节与人物形象后，编写总结了全文并作了延伸[1]：

综上分析，本文的中心思想是，通过孙悟空三打“三变”的白骨精，热情地赞扬了孙悟空敏锐的洞察能力，憎爱分明的立场，机智勇敢、顽强斗争的精神；同时也批判了唐僧、八戒糊涂愚蠢，人妖不分的严重错误；揭露了白骨精阴险狡猾的吃人本质；说明了对待白骨精这样的敌人，必须彻底消灭，人民才有安定团结的可能。

一九六一年十一月，伟大领袖和导师毛主席曾把这个神话故事与现实的阶级斗争结合起来，写出了光辉的诗篇《七律·和郭沫若同志》，诗中，毛主席运用这个神话故事，以借喻的手法，深刻地揭示了修正主义产生的历史必然性，表现了反修斗争的伟大策略思想，指出了现代修正主义伪装革命、欺骗人民的反动本质，提出了反修斗争的伟大历史任务，号召一切革命战士学习孙悟空善于识别妖精的本领和憎爱分明的立场，坚持斗争的精神，高举马克思列宁主义旗帜，为捍卫马克思主义的纯洁性，把伟大的反修斗争进行到底。毛主席的这首诗，为我们树立了古为今用的光辉典范。

神话里的妖魔鬼怪是不存在的。但是，在现实的阶级斗争中，帝、修、反这些妖魔鬼怪的存在却是客观事实，斗争是不可避免的。**“一从大地起风雷，便有精生白骨堆。”**马克思主义的胜利，逼使敌人装扮成马克思主义者。这就要求我们：**“认真看书学习，弄通马克思主义”**，在阶级斗争、路线斗争中增长才干，提高识别真假马克思主义的能力，提高阶级斗争、路线斗争和继续革命的觉悟。我们只有学会识别以伪装出现的妖魔鬼怪，才能同他们作坚决的斗争，并战胜它们、消灭它们，才不会象唐僧、猪八戒那样人妖颠倒，敌我不分，老是上当受骗。

本文在写作上的主要特点：一是善于在矛盾冲突中刻画人物形象、表现人物

---

1 铜仁地区教育局教材组、贵州省教育局教材组编贵州省中学语文试用课本《教学参考资料（高中第四册）》，铜仁：铜仁地区教育局教材组、贵州省教育局教材组，1978 年 3 月版第 138—139 页。

性格；二是对比衬托，突出人物的性格特征，形象极为鲜明；三是语言通俗生动、富有个性化。这些都是值得我们借鉴的。

作者由于历史的阶级的局限，因而认识不到宗教的欺骗性，以致把“佛法无边”、劝“善”收“心”、“因果报应”、“天数”、“天命”等迷信说教，都揉杂在一起，我们阅读时必须注意批判和剔除。

青海省中小学教材编写组编、青海人民出版社 1977 年 12 月第一版第一次印刷青海省中学试用课本《语文》一年级下册第 15、16 课分别是《野心家的自画像——剖析江青的一首黑诗》《渔夫的故事》。《野心家的自画像——剖析江青的一首黑诗》选自 1976 年 11 月 26 日的《人民日报》。文章称江青在一首山水照片上的题诗(“江上有奇峰，锁在烟雾中，寻常看不见，偶尔露峥嵘。”)“把她妄图篡党夺权的狼子野心和盘托出”。对诗中“峥嵘”一词的注释是“山高大的样子，比喻不平常的。江青把这个词用在她的黑诗里，暴露了她篡党夺权要当女皇的野心”。最后一段称江青为“当代的白骨精”。作者写道：

江青的这首黑诗，是她这个资产阶级阴谋家、野心家的自画像，是她妄图篡党夺权的自供状，是她射向以毛主席为首的党中央的一枝毒箭，也是她反党反人民的铁证。这首黑诗抛出不久，伟大领袖毛主席就一针见血地指出：**“江青有野心。”**这是对江青的彻底揭露和沉重打击，也是对她的这首黑诗的切中要害的批判。

以华国锋同志为首的党中央，继承毛主席的遗志，一举粉碎了“四人帮”篡党夺权的罪恶阴谋，革命的洪流冲垮了“江上”的“奇峰”，江青的“女皇”梦也化为泡影。**“人民大众开心之日，就是反革命分子难受之时。”**在我们热烈欢庆华主席为我党领袖的时刻，让当代的白骨精捧着她那顶永远也无法戴上的皇冠哭泣吧！

1977 年 7 月 16—21 日召开的中共中央第十届三中全会决定恢复邓小平的职务，全面的拨乱反正开始启动。邓小平以国家领导人的身份再次出现在语文教科书中。如山西省中小学教材编审室编，山西人民出版社 1978 年 8 月第一版、1978 年 10 月第一次印刷山西省高中课本《语文》第 2 册第 5—9 课分别是《故宫惊梦(套曲)——江青取经记》、《全党动员，大办农业，为普及大寨县而奋斗(节选)》(华国锋)、《高擎起毛主席树的红旗——记华国锋主席在大寨》、《评战犯求和》(毛泽东)、《中华人民共和国代表团团长邓小平在联大特别会议上的发言(节选)》。

1978 年 1 月，《全日制十年制学校中学语文教学大纲(试行草案)》颁行。这份课程文件虽然仍强调选文的思想性，不过从其附录的"各年级读写训练要求和课文初选目录"与"关于语文知识教学的几点说明"来看，也开始重视基础知识和基本技能的教学。在其"课文初选目录"中初中二年级第 26 课是《孙悟空三打白骨精》[1]。

湖北省中小学教学教材研究室编、湖北人民出版社 1978 年 1 月第一版第一次印刷湖北省初中试用课本《语文》第 4 册。落款时间为 1977 年 10 月的"说明"称："本册教材是一九七六年十月编写的，现经修订，供我省一九七八年春季初中二年级下学期使用。"接着用文字加粗的方式引用"文化大革命"期间大多数教科书封底说明中的毛主席语录之一："毛主席教导我们：'**教材要彻底革命**。'"（教科书正文中出现引录毛主席的话也将文字加粗。）可见，这册教科书不是根据《全日制十年制学校中学语文教学大纲（试行草案）》编写的。不过，其 16 篇课文的标题，除了仍保留对领袖的赞扬和怀念，已经看不出明显要批判谁了：《毛主席诗二首》[《七律・和郭沫若同志》（附郭沫若原诗）、《七律・冬云》]、《永远飞行在红太阳身边》、《华主席在战火纷飞的年代》、《母亲的回忆》、《鞠躬尽瘁》、《什么是知识》、《凝聚着亿万人民心愿的毛主席纪念堂》、《说棉》、《孔乙己》、《梁生宝买稻种》、《毛主席关于文风问题的论述三则》、《接过前辈的扁担》、《雪莲》、《陈玉成》、《三峡》、《西里西亚的纺织工人》。不仅如此，《什么是知识》的标题是用黑体加粗的，但是目录中并没有像"文化大革命"期间的教科书那样凡是毛泽东的诗文必然在目录中注出其姓名，现在选择这篇文章并如此处理说明形势已开始由重视阶级斗争转向重视科学知识。《毛主席诗二首》（《七律・和郭沫若同志》《七律・冬云》）中对"便有精生白骨堆"的注释是："就有妖精从白骨堆中产生。便，就；精，妖精；白骨精，喻指修正主义和一切腐朽的反动势力；白骨堆，死人的骨头堆，喻指资产阶级和帝国主义。"不再称白骨精是江青或者其他此前明确指出过的批评对象。其实这两首诗分别作于 1961 年 11 月 17 日和 1962 年 12 月 26 日。编者在对"金猴奋起千钧棒"的解释中写道："金猴，对孙悟空赞扬的称呼，喻指真正的马列主义者；千钧棒，孙悟空打击妖怪的金箍（gū 姑）棒，喻指马列主义强大的思想武器。"可见，仍然在

---

1 课程教材研究所编《20 世纪中国中小学课程标准・教学大纲汇编（语文卷）》，北京：人民教育出版社，2001 年版第 446 页。

强调坚持马列主义思想道路的重要性。其课后练习有五题：

一、伟大的领袖和导师毛主席，以无产阶级革命家的雄伟气魄，在国际共产主义运动中发动了批判以苏修叛徒集团为中心的现代修正主义的伟大斗争，促进了世界无产阶级革命事业和各国人民反帝反霸事业的蓬勃发展，推动了人类历史的前进。认真领会这两首诗所体现的对现代修正主义敢于斗争、善于斗争的无产阶级彻底革命精神和斗争策略，谈谈自己读后的体会。

二、毛主席教导我们：“**谁是我们的敌人？谁是我们的朋友？这个问题是革命的首要问题。**”想一想毛主席这一伟大战略思想的重大意义，说说为什么“**僧是愚氓犹可训**”，不应“千刀当剐唐僧肉”？

三、《七律·和郭沫若同志》运用神话故事来反映现实斗争，比喻生动，形象鲜明。试作具体分析。

四、《七律·冬云》运用象征手法（用具体事物表示某种抽象概念或思想感情），选取严冬的自然景物，通过强烈的对比来表达主题，美丑分明，寓意深刻。试举例说明。

五、背诵、默写这两首诗。

上述练习除了加强了语文知识教授和技能训练，在思想教育上也发生了一些变化。首先是不再将《七律·和郭沫若同志》与批判国内的敌对势力联系在一起。其次是对国外的反动势力进行了区分，只批判仍与中国交恶并在中国边境陈兵百万的苏联，而不再提及已与中国改善了关系并即将建交的美国。毛泽东主席曾说过：“苏修、美帝狼狈为奸，做了这么多的坏事、丑事，全世界革命人民是不会饶过他们的。世界各国人民正在起来，一个反对美帝、苏修的历史新时期已经开始。”[1]这册教科书的最后一课《西里西亚的纺织工人》是海涅写的赞扬德国工人起义的诗作，不像“文化大革命”期间很多中学语文教科书的最后一课那样，经常是马克·吐温讽刺美国民主制度的《竞选州长》。与此相关，和此前的中学语文教科书还有一个不同，就是练习二中首次提示要思考毛主席的诗中强调的“僧是愚氓犹可训”，而不应像郭沫若原诗中的“千刀当剐唐僧肉”。1961 年毛泽东在写这首和

1 乌鲁木齐市教师进修学校教学参考资料编写组编《中学语文第五册课本教学参考资料》，乌鲁木齐：乌鲁木齐市教师进修学校，1973 年 1 月版第 2 页。

诗时在回信中告诉过郭沫若:“和诗好,不要‘千刀万剐唐僧肉’了。对于中间派采取了统一战线的政策,这就好了。”[1]不过,多年来人们一直从歌颂孙悟空的战斗精神角度来解读这首诗,而很少从团结能够团结的一切力量而建立统一战线的这个角度来解读。这册教科书就是根据国际形势的变化来设题的,其中的“唐僧”是喻指被批判的但仍“愚氓”不化的苏联,还是指经过“教育”态度已有转化的美国?不得而知。

陕西省中小学教材编写组编,陕西人民出版社1970年7月第一版、1978年1月第八版、1978年5月第一次印刷陕西省高中试用课本《语文》第1册最后一单元第28—33课是一组古代作品:《劝学》、《陈涉起义》、《辛弃疾词二首》(《破阵子·为陈同甫赋壮语以寄》《永遇乐·京口北固亭怀古》)、《马钧传》、《隆中对》、《孙悟空三打白骨精》。其书后编写说明中提到各地可根据《全日制十年制学校中学语文教学大纲(试行草案)》增删选文,而这本书是“遵照伟大领袖和导师毛主席关于**‘教育要革命’‘教材要彻底改革’**的教导,在英明领袖华主席抓纲治国战略决策的指引下,为了全面正确贯彻党的教育方针,努力提高教育质量,适应社会主义革命和建设的需要”而编写的。《孙悟空三打白骨精》(从“却说三藏师徒,次日天明,收拾前进”,到“他那脊梁上有一行字,叫做‘白骨夫人’”)的课后“阅读提示”如下:

本文所选内容,写的是孙悟空三打白骨精的故事。通过这个故事的叙述,表现了孙悟空具有敏锐的洞察力,善于识破妖魔的各种伪装;颂扬了孙悟空爱憎分明和坚强不屈的斗争精神。同时,也批判了唐僧人妖颠倒、是非不分的糊涂思想,揭露了白骨精诡计多端、阴险狡猾的吃人本质。毛主席在《七律·和郭沫若同志》一诗中,曾运用这个神话故事,赋予新的意义,表现现实的阶级斗争,为我们树立了**“古为今用”**的光辉范例。

本文运用丰富的想象,在矛盾冲突中刻划了孙悟空的形象,情节曲折,引人入胜,同时,运用了当时大量的民间口语,鲜明、生动、表现力强。不过,文中也揉杂有劝人行“善”的说教和因果报应的迷信思想,阅读时应注意批判。

---

1 乌鲁木齐市教师进修学校教学参考资料编写组编《中学语文第五册课本教学参考资料》,乌鲁木齐:乌鲁木齐市教师进修学校,1973年1月版第4页。

中小学通用教材中学语文编写组根据《全日制十年制学校中学语文教学大纲(试行草案)》编写,人民教育出版社 1978 年 3 月第 1 版、1978 年 6 月安徽第一次印刷全日制十年制学校初中课本(试用本)《语文》第 3 册最后一单元(第九单元)第 22—26 课是《木兰诗》、《冯婉贞》、《李愬雪夜入蔡州》、《愚公移山》、《孙悟空三打白骨精》(从“却说三藏师徒,次日天明”到“叫做‘白骨夫人’”)。其对《西游记》的评价及对《孙悟空三打白骨精》的阐释与这之前的差别不大。虽然其题下注释指出《西游记》“以幻想的形式,曲折地反映了封建社会的丑恶现实和复杂矛盾,在一定程度上表现了人民群众无穷无尽的智慧和蔑视神权、不畏邪恶、勇于斗争的精神”,但是其“思考和练习”四指出“《西游记》夹杂着不少宣扬封建迷信思想的糟粕”,而且其“思考和练习”一、二、四仍有较明确的思想教育指向:第一题是“白骨精一心想吃唐僧肉,玩弄了哪些阴谋诡计?唐僧、猪八戒和孙悟空对白骨精持怎样不同的态度?从三打白骨精可以看出孙悟空有哪些可贵品质?思考这些问题,深入学习毛主席的光辉诗篇《七律·和郭沫若同志》,谈谈体会”。第二题是“这篇课文以白骨精想吃唐僧肉为线索,先后写了白骨精三次变形,唐僧等三次受骗,孙悟空三次识破,最后把白骨精打死。这当中既写了白骨精和孙悟空等的矛盾,也写了孙悟空和唐僧等的矛盾。这两种矛盾相交叉,逐步展开。阅读时要注意体会这个特点”。第三题是举例说明文中的对话表现了人物的不同性格特征。第四题是要求学生批判“吉人自有天相”等封建迷信思想。第五题是讲述孙悟空三打白骨精的故事。不过,没有再将其和批判“四人帮”直接联系起来,而且其“思考和练习”的五道题中有三道涉及人物形象描写、理解句意、讲述故事等语文知识介绍和语文技能训练。

江西省南昌市小学语文教材编写组、江西省中小学教材编写组编,江西省人民出版社 1978 年 5 月第一版、1978 年 5 月第一次印刷江西省小学试用课本《语文》第 9 册第 1 单元第 1—3 课是《毛主席视察韶山学校》《华主席来到我们的课堂》《光辉的榜样》,最后一单元(第 9 单元)第 29、30 课是《孙悟空三打白骨精》、《寓言二则》(《学弈》《守株待兔》)。《孙悟空三打白骨精》的内容和以前没有变化,课后练习稍有变化:“1. 默读课文,复述课文。2. 找出课文中赞扬孙悟空敢于斗争、善于斗争精神的词语。3. 唐僧说:‘人以慈悲为本,就是妖怪也要劝它弃恶从善,不准杀害它。’这句话为什么是错误的?”

云南省教育局教材编审室编、云南人民出版社1978年5月第一版第一次印刷全日制十年制学校初中课本《语文教学参考资料》第3册第26课是《孙悟空三打白骨精》，这篇教参选自《江西省中学语文教学参考资料》。书后的“说明”称其对应的教科书是教育部统编的初中《语文》第3册。当时由教育部委托各地负责编写教学参考书，如初中语文一、三、五册和高中语文一、三册由江西、广东、广西、湖南、湖北五省（区）编写，初中语文二、四、六册和高中语文二、四册由湖南、广东、湖北三省编写。一些省的地方教育行政部门也组织人力编写了与之配套的教学参考书。《语文教学参考资料》所设定的这一课的教学目标有两个：“1. 认识白骨精凶残狡猾的本性和孙悟空在对敌斗争中善于察辨、勇于斗争的精神。遵照毛主席‘古为今用’的指示，使学生正确认识社会主义时期阶级斗争的规律，增强识别真假马克思主义的能力，树立扫除一切害人虫的彻底革命精神。2. 学习本文在矛盾发展中用人物的语言行动来刻画人物性格的写作方法。”[1]那么选此文所要批判的“害人虫”到底是谁呢？《语文教学参考资料》在逐层分析完课文的内容后写道：“伟大领袖毛主席曾在《七律·和郭沫若同志》一诗中运用了这个故事。把神话故事和现实斗争巧妙结合起来，揭示了阶级斗争的客观规律，是反对修正主义和打击一切牛鬼蛇神的强有力的思想武器。为我们树立了‘古为今用’‘推陈出新’的光辉典范。阅读《孙悟空三打白骨精》的故事，对于我们今天识别真假马克思主义，深入揭批‘四人帮’，有一定的启发和借鉴作用。”[2]

上海市中小学教材编写组编写、上海教育出版社1978年6月第一版第一次印刷上海市小学课本《语文》（四年级第一学期）第1单元第1—3课是《华政委关怀伤员》《周总理病危时的两件事》，最后一单元第25—27课是《寓言二则》（《掩耳盗铃》《南辕北辙》）、《猎人海力布》、《孙悟空三打白骨精》。《孙悟空三打白骨精》将上述上海市中小学教材编写组编写、上海人民出版社1977年6月第一版第一次印刷上海市小学课本《语文》（四年级第二学期用）第22课《孙悟空三打白骨精》的课后五至七有关语文知识、技能训练的题目删除，其他四道与政治思想教育的练习

1 云南省教育局教材编审室编全日制十年制学校初中课本《语文教学参考资料》（第3册），昆明：云南人民出版社，1978年5月第一版第一次印刷第126页。

2 云南省教育局教材编审室编全日制十年制学校初中课本《语文教学参考资料》（第3册），昆明：云南人民出版社，1978年5月第一版第一次印刷第131页。

图 3-5 四川省小学试用课本《语文》(1978)

题没有任何变化。

四川省教育局教材处编，四川人民出版社 1978 年 8 月第一版、1978 年 11 月重庆第二次印刷四川省小学试用课本《语文》第 10 册第 20、21 课分别是《毛主席诗一首》(《七律·和郭沫若同志》)、《孙悟空三打白骨精》。《孙悟空三打白骨精》(从“一天，唐僧带着他的徒弟孙悟空、猪八戒和沙和尚来到一座高山前”，到“悟空口吐神火，把白骨精活活烧死”)的“作业”有两题：“1. 孙悟空是怎样对待诡计多端的白骨精的？唐僧又是怎样对待的？为什么他们的态度不同？2. 给课文分段，编写段落提纲，再根据提纲讲讲《孙悟空三打白骨精》的故事。”

安徽省教育局教材编审室编，安徽人民出版社 1978 年 9 月第七版、1979 年 10 月第二十三次印刷安徽省小学试用课本《语文》第 10 册第 1—7 课是《毛主席纪念堂》、《十个鸡蛋》、《华主席为我们来掌舵》、《列宁参加义务劳动》(附录《毛主席永远同我们在一起》)、《不忘昔日苦 牢记血泪仇》、《少年闰土》、《卖火柴的小女孩》(附录：《孙悟空三打白骨精》)。将《孙悟空三打白骨精》附录在这些课文之后，可见在 1978 年 12 月中国共产党中央委员会第三次全体会议召开之前，仍主张走过去的路线，坚持阶级斗争。《孙悟空三打白骨精》(从“一天，唐僧带着他的徒弟孙悟空、猪八戒和沙僧来到一座高山前”，到“悟空口吐神火，把白骨精活活烧死”)的题下注释在介绍其主要内容后也点明将其选作课文的用意：

《孙悟空三打白骨精》是我国古典神话小说《西游记》中的一个故事。故事中的孙悟空能够识别披着各种伪装的吃人妖怪，敢于奋起斗争，直至胜利。白骨精为了吃唐僧的肉，一会儿变个“月貌花容的女儿”，一会儿变成善良的“老妇人”，后来又变成一个可怜的“老公公”，但都逃不过孙悟空的“火眼金睛”，最后在孙悟空的金箍捧下成了一堆“粉骷髅”。这个故事告诉我们：妖怪是狡猾的，善于变换手法骗人。但是千变万变，吃人的本性不变。在现实的阶级斗争中，阶级敌人也常常把真相隐蔽起来，以假相骗人。我们要认真学习马克思列宁主义、毛泽东思想，掌握这个政治上的望远镜和显微镜，掌握这个战无不胜的思想武器，在革命斗争中，善于识破一切善变的"妖魔鬼怪"，并将它们消灭干净。

其课后练习有三题：

1. 唐僧说："以慈悲为本，就是妖怪也要劝它弃恶从善，不准杀害它。"这句话错在哪里？

2. 有层次地讲讲《孙悟空三打白骨精》这个神话故事。

3. 抄写下列词语。

轻而易举　寡不敌众　得意忘形　无可奈何

人妖颠倒　威风凛凛　大吃一惊　瓮中之鳖

图 3－6　广西壮族自治区小学试用课本《语文》(1978)

广西壮族自治区中小学教材编写组编、广西人民版社 1978 年 10 月第一版第一次印刷广西壮族自治区小学试用课本《语文》第 10 册第 4 单元第 10—13 课是《"红旗落地"是因为"卫星上天"吗？》《孙悟空三打白骨精》《煤的对话》《观刈麦》。《孙悟空三打白骨精》(从"一天，唐僧带着他的徒弟孙悟空、猪八戒和沙和尚来到一座高山前"，到"悟空口吐神火，把白骨精活活烧死")的课后作业，既继续引导进行政治思想教育，又强调了语文基础知识的学习和基本技能的训练：

1. 联系当前阶级斗争和路线斗争的实际，谈谈学习《孙悟空三打白骨精》这则神话故事后自己的体会。

2. 先列出提纲，再用自己的话讲一讲《孙悟空三打白骨精》的故事。

3. 抄写并讲讲下列词语的意思。

寡不敌众　无可奈何　人妖颠倒

威风凛凛　怒火万丈　瓮中之鳖

福建省中小学教材编辑室编、福建人民出版社1978年10月第一版第一次印刷福建省小学试用课本《语文》第10册第9、10课是《逮"熊"》和《孙悟空三打白骨精》。《逮"熊"》写了抓"苏修特务"的过程。《孙悟空三打白骨精》(从"一天,唐僧带着他的徒弟孙悟空、猪八戒和沙和尚来到一座高山前",到"悟空口吐神火,把白骨精活活烧死")的课后"作业"有三题:

1. 白骨精是怎样不断变换手法伪装自己的?孙悟空为什么能不顾唐僧劝阻,三次怒打白骨精。学了这篇课文,你受到什么启发?联系阶级斗争和路线斗争的实际,谈谈自己的体会。

2. 唐僧说:"人以慈悲为本,就是妖怪也要劝它弃恶从善,不准杀害它。"这句话错在哪里?

3. 抄写并讲讲下列词语的意思。

轻而易举　寡不敌众　得意忘形

无可奈何　人妖颠倒　威风凛凛

大吃一惊　瓮中之鳖　诡计多端

单元练习的第一题是"缩写《孙悟空三打白骨精》的故事"。

此外,《念奴娇·昆仑》中有两句:"飞起玉龙三百万,搅得周天寒彻。"原注中提及《西游记》:"前人所谓'战罢玉龙三百万,败鳞残甲满天飞',说的是飞雪。这里借用一句,说的是雪山。夏日登岷山远望,群山飞舞,一片皆白。老百姓说,当年孙行者过此,都是火焰山,就是他借了芭蕉扇扇灭了火,所以变白了。"在课文的题下或者词后的注释中用了这段原注文字的还有以下教科书:上海市中小学教材编写组编写、出版,1969年9月第一版第一次印刷上海市中学课本《语文》三年级第一学期用第6课《毛主席诗词》中的《念奴娇·昆仑》。山东省中、小学教材编选组编,山东省新华书店发行,1969年10月第一版第一次印刷山东省中学试用课本《语文》第1册第16课《念奴娇·昆仑》。甘肃省中学教材编写组编、甘肃人民出版社1970年1月第一版第一次印刷甘肃省中学试用课本《语文》第5册第2课《毛主席诗词》中的《念奴娇·昆仑》。河北省中小学教材编写组编,河北人民出版社1970年8月第一版、1972年1月第三版、1972年7月第三版第二次印刷河北省高中试用课本《语文》第4册第11课《毛主席诗词》(《念奴娇·昆仑》)。上海市中小学教材编写组编写、上海革命印刷厂1971年7月第一版第一次印刷上海市中学课本《语文》二年级第二学期用第 4 课《毛主席诗词》(《念奴娇·昆仑》)。山西省中小学教材编写组编、山西人民出版社 1973 年 6 月第一版第一次印刷山西省高中试用课本《语文》第 4 册第 3 课《毛主席词二首》中的《念奴娇·昆仑》。上海市中小学教材编写组编,上海人民出版社 1973 年 12 月第一版、1974 年 12 月第二版第二次印刷上海市中学课本《语文》四年级第一学期第 1 课《毛主席诗词》中的《念奴娇·昆仑》。辽宁省中小学教材编写组编,辽宁人民出版社 1974 年 12 月第一版第一次印刷辽宁省中学试用课本《语文》第 7 册第 1 课《念奴娇·昆仑》。吉林省中小学教材编写组编,吉林人民出版社 1977 年 7 月第一版、1978 年 6 月第二次印刷吉林省中学试用课本《语文》第 5 册第 13 课《毛主席诗词》中的《念奴娇·昆仑》。山西省中小学教材编审室编,山西人民出版社 1978 年 3 月第一版、1978 年 4 月第一次印刷山西省高中试用课本《语文》第 3 册第 2 课《毛主席词二首》中的《念奴娇·昆仑》。江苏省中小学教材组编、江苏人民出版社 1978 年 6 月第一版第一次印刷江苏省中学课本《语文》第 9 册第 1 课《毛主席词二首》中的《念奴娇·昆仑》。辽宁省中小学教材编写组编、辽宁人民出版社 1978 年 6 月第一版第一次印刷辽宁省中学试用课本《语文》第 9 册第 1 课《念奴娇·昆仑》,等等。

二 中小学课外阅读中的《西游记》

前文提到,江西教育出版社编,1963 年 9 月第一版、1965 年 7 月第一版第三次印刷初级中学语文补充教材《应用文》第 7 课《日记》介绍了日记的写法和要求并以《雷锋日记选读》为实例。其中有一则雷锋写于 1962 年 2 月的日记用阶级分析的方法分析了电影《孙悟空三打白骨精》。不过,云南省教育局教材编审室编、云南人民出版社 1977 年 5 月第三版第一次印刷云南省初中试用课本《语文》第 1 册第 10 课《雷锋日记选》摘录的日记中没有这则看电影的日记,而是有关做好事、勤恳工作、为人民服务、歌颂中国共产党和社会主义国家制度的内容。其中 1962 年 7 月 1 日的日记的开头写道:“今天是党的生日。在这个伟大的节日里,我激动的心啊,象大海里的浪涛一样,不能平静。”结尾写道:“为了人类的解放事业——共产主义,我要献出自己的毕生精力和整个生命。”语文教科书不再以雷锋作为榜样号召学生去阅读《西游记》,但这并不意味着学生课外不会去阅读。

这段时间，一些课文中也出现了《西游记》中的人、事、物。如辛南的《是猴子变人，还是人变猴子?》中的“也不会象孙悟空栽筋斗——连人家的短处也去学了”(江西省萍乡市语文教材编写组、江西省中小学教材编写组编，江西人民出版社1978年10月第一版第一次印刷江西省中学试用课本《语文》高中第2册第2课)。甘肃省中小学教材编写组编、甘肃人民出版社1978年5月第一版第一次印刷甘肃省高中试用课本《语文》第8课是贾大山的《取经》、第9课是毛泽东的《念奴娇·昆仑》《七律二首·送瘟神》。江西省南昌市小学语文教材编写组、江西省中小学教材编写组编，江西人民出版社1978年11月第一版第一次印刷江西省小学试用课本《语文》第4册第32课《大寨人狠斗“白骨精”》称江青是“白骨精”(第31课《华主席指示》指出要反复辟，反修正主义)。

第四章

《西游记》与新时期语文教育

（1979—1999）

1978年12月，中国共产党第十一届中央委员会第三次全体会议召开。随后，中国真正摆脱了1949年之后持续的政治运动的影响，开始“对内改革，对外开放”。从此，从包括《西游记》在内的“四大名著”中节选的课文不再主要作为思想政治斗争的工具让学生掌握，教学时也不再用阶级分析的方法去解读。从总体上看，《西游记》在新时期（1979年1月至1999年12月）的接受情形，大致可以分成政治思想性延续期（1979—1986）、基础工具性强化期（1987—1997）和基础工具性弱化期（1998—1999），每个时期又可分成不同的发展阶段，其间有关《西游记》的选文及阐释各有异同。这段时间，仍然有语文教科书选择《孙悟空三打白骨精》，不过与“文化大革命”期间将其作为政治思想教育的材料不同，多数是将其作为语文基础知识与语文基本技能的学习材料。同时，很多语文教科书选择了《西游记》的第一、四回以及第五十九至六十一回以《美猴王》《齐天大圣》《三借芭蕉扇》等为题作为课文，也主要是从课文的趣味性出发的。在教学方面，1963年前后至“文化大革命”爆发之前用以传授语文知识、训练语文技能的“精讲多练”教学法，在“文化大革命”结束之后及这一时期被重新强调。[1—6]

---

1 张棣华《反对烦琐哲学 坚持精讲多练——语文教学中的一点体会》，《人民教育》，1977年第3期第47—49页。

2 蒯福棣《语文教学改革刍议》，《人民教育》，1978年第11期第37—39页。

3 求是《从黛玉教诗说开去》，《人民教育》，1979年第一期第46—47页。

4 周南山、吴小秋《谈谈熟读和背诵的作用》，《人民教育》，1979年第二期第55页。

5 霍懋征《小学语文教学改革上的一点探讨》，《人民教育》，1979年第七期第49—52页。

6 陈国雄《要在培养能力上下功夫——部分省市小学语文教材改革座谈会综述》，《人民教育》，1981年第一期第49—50页。

第一节

《西游记》与思想政治性延续期的语文教育（1979—1986）

虽然1978年底召开的中国共产党第十一届中央委员会第三次全体会议宣告结束以阶级斗争为纲的基本路线，全面推行对内改革、对外开放的基本战略，但是此前的思想政治教育的惯性仍然存在了相当长的一段时间。这一时期的语文教育虽然接续了1963年颁布的《全日制小学语文教学大纲（草案）》和《全日制中学语文教学大纲（草案）》的基本理念，开始强调语文基础知识的教学和基本技能的训练，但是语文教科书中的选文仍强调思想内容好、语言文字好的标准。解读文学作品仍多关注作者的生平及其创作的时代背景，甚至将作品的思想、主旨与之机械关联，而忽视了作者的个性特征、创作情境等，更漠视读者的能动性、创造性。

一 中小学语文教学大纲、教材的接受与阐释

（一）大纲规定

1980年颁布的《全日制十年制学校小学语文教学大纲（试行草案）》和《全日制十年制学校中学语文教学大纲（试行草案）》仍然强调"课文要选取文质兼美的文章，必须思想内容好，语言文字好，适合教学"[1]。不过，与此前相比，此时已开始重视语文基础知识的学习和基本技能的训练。在《全日制十年制学校中学语文教学大纲（试行草案）》的"各年级读写训练要求和课文目录"中，选自《西游记》的课文有初中二年级第3册第28课的《孙悟空三打白骨精》[2]。

1 课程教材研究所编《20世纪中国中小学课程标准·教学大纲汇编（语文卷）》，北京：人民教育出版社，2001年版第459页。

2 课程教材研究所编《20世纪中国中小学课程标准·教学大纲汇编（语文卷）》，北京：人民教育出版社，2001年版第466页。

（二）教材收录

表 4-1　小学语文教科书

课文名称	教科书名称、册次	编者、出版社	时间、版次	节选或改编	《西游记》相关回目
孙悟空三打白骨精	湖北省小学试用课本《语文》第十册	湖北省中小学教学教材研究室、湖北人民出版社	1979 年 1 月第一版第一次印刷	节选、改编	第二十七回　尸魔三戏唐三藏 圣僧恨逐美猴王
孙悟空三打白骨精	江西省小学试用课本《语文》第九册	江西省南昌市小学语文教材编写组，江西省中小学教材编写组、江西人民出版社	1979 年 5 月第一版第一次印刷	节选、改编	第二十七　尸魔三戏唐三藏 圣僧恨逐美猴王
孙悟空三打白骨精	上海市小学课本《语文》四年级第一学期	上海市中小学教材编写组、上海教育出版社	1978 年 6 月第一版、1979 年 6 月第二版、1979 年 6 月第二次印刷	节选、改编	第二十七回　尸魔三戏唐三藏 圣僧恨逐美猴王
齐天大圣	全日制十年制学校小学课本（试用本）《语文》第八册	中小学通用教材小学语文编写组、人民教育出版社	1980 年 6 月第一版、1981 年 10 月江西第二次印刷	节选、改编	第四回　官封弼马心何足 名注齐天意未宁

表 4-2　中学语文教科书

课文名称	教科书名称、册次	编者、出版社	时间、版次	节选或改编	《西游记》相关回目
孙悟空三打白骨精	全日制十年制学校初中课本《语文》第三册	中小学通用教材中学语文编写组、人民教育出版社	1978 年 3 月第一版、1979 年 3 月第一次印刷	节选	第二十七回　尸魔三戏唐三藏 圣僧恨逐美猴王
孙悟空三打白骨精	初中实验课本《语文》（试用本）第二册	中央教育科学研究所教改实验小组、教育科学出版社	1981 年 10 月第一版、1982 年 1 月第一次印刷	节选	第二十七回　尸魔三戏唐三藏 圣僧恨逐美猴王

续 表

课文名称	教科书名称、册次	编者、出版社	时间、版次	节选或改编	《西游记》相关回目
美猴王	初中试用课本《语文》第六册	华东师范大学中文系、华东师范大学第二附中中学语文试用教材编写组，华东师范大学出版社	1981年12月第一版第一次印刷	节选	第一回 灵根育孕源流出 心性修持大道生
美猴王	初级中学课本《语文》第二册	人民教育出版社中学语文编辑室、人民教育出版社	1982年5月第一版、1984年10月河南第二次印刷	节选	第一回 灵根育孕源流出 心性修持大道生
三借芭蕉扇	六年制重点中学高中语文（试教本）《文学读本》下册	人民教育出版社中学语文室、人民教育出版社	1986年7月第一版、1987年10月第二次印刷	节选	第五十九回 唐三藏路阻火焰山 孙行者一调芭蕉扇 第六十回 牛魔王罢战赴华筵 孙行者二调芭蕉扇 第六十一回 猪八戒助力败魔王 孙行者三调芭蕉扇

（三）编者阐释

1. 对《西游记》的总体评价

中小学通用教材中学语文编写组编，人民教育出版社1978年3月第一版、1979年3月第一次印刷全日制十年制学校初中课本《语文》第3册第26课《孙悟空三打白骨精》，和华东师范大学中文系、华东师范大学第二附中中学语文试用教材编写组编，华东师范大学出版社1981年12月第一版第一次印刷初中试用课本《语文》第6册第20课《美猴王》的题下注释完全一样：

作者吴承恩（1500—1582），字汝忠，明代山阳县（现在的江苏省淮安县）人。他以元、明以来民间流传的和已经写成戏曲、小说的唐朝高僧玄奘取经的故事为素材，创造了长篇神话小说《西游记》。这部小说以幻想的形式，曲折地反映了封建社会的丑恶现实和复杂矛盾，在一定程度上表现了人民群众的智慧和蔑视神权、不畏邪恶、敢于斗争的精神。

广东省中小学教材编写组编，广东人民出版社 1979 年 4 月第一版、1979 年 7 月第一次印刷《全日制十年制学校初中课本语文教学参考资料》第 3 册第 26 课《孙悟空三打白骨精》的“题解”对《西游记》的介绍仍然主要从其思想性方面入手[1]：

《西游记》是明代神话小说。明代社会是封建集权专制的社会。统治阶级为了维护岌岌可危的地位，实行君主专制主义统治。《西游记》作者吴承恩对现实有着深刻的不满，自称“胸中磨损斩邪刀，欲起平之恨无力”(《二郎搜山图歌》)。但在当时不能采取直接揭露现实的方式，于是运用讽喻手法，通过浪漫主义神话小说反映现实。《西游记》正是通过孙悟空大闹天宫和保护唐僧取经的故事，反映了我国古代劳动人民蔑视神权、反抗压迫，坚决向一切灾害困难和邪恶势力作斗争的精神品质。同时也讽刺揭露了封建社会的丑恶现象。在作者笔下，那些妖魔鬼怪都是当时封建社会中压在人民头上的大大小小君主官吏，他们在孙悟空面前，一个个都没有好下场。孙悟空是人民理想、智慧、力量的化身。他有善于观察、能辨真伪的“火眼金睛”，他那敢于斗争，善于斗争的精神，对我们是有借鉴作用的。

中央教育科学研究所教改实验小组编，教育科学出版社 1981 年 10 月第一版、1982 年 1 月第一次印刷初中实验课本《语文》(试用本)第 2 册第 44 课《孙悟空三打白骨精》后附的《〈西游记〉简介》称其为“我国古典文学中的一部优秀神话小说”，并对《西游记》做了全面的介绍，包括作者、成书过程、主要内容、中心人物和艺术成就。其中的后三个方面照录如下：

《西游记》全书一百回，以唐僧玄奘取经的故事为线索，以神猴孙悟空为主角，通过闹天宫、闯地府和同白骨精之类妖魔进行斗争一系列故事的描述，曲折地反映了广大劳动人民蔑视封建统治、反抗压迫，同一切灾害和邪恶势力作坚决斗争的精神。小说的前七回写孙悟空出生、求仙和得道之后大闹天宫。小说里的天宫实际上是封建王朝的缩影，孙悟空等对天宫的反抗和在水帘洞的平等自在的生活

---

1 广东省中小学教材编写组编《全日制十年制学校初中课本语文教学参考资料》(第三册)，广州：广东人民出版社，1979 年 4 月第一版、1979 年 7 月第一次印刷第 145—146 页。

是农民阶级斗争意志和生活理想的反映。八至十三回写如来说法、观音访僧、魏征斩龙、唐太宗入冥、刘全进瓜和玄奘奉召取经，这段故事思想意义较低，只是起了在情节上的组织作用。十四至一百回写孙悟空被迫皈依佛教，在玄奘西行路上遇到八十一魔难[1]。在佛力的支持下，由八戒、沙僧协助孙悟空，一路斩妖除怪，化险为夷，终于到达西天。这一部分是全书的主体，唐僧师徒四人取经途中所遇到的困难，一方面来自高山深渊、峡谷洞府的妖魔，一方面来自现实社会一些国家祸国殃民的君臣，通过对他们的描写表现了对邪恶势力的批判，同时也表现了孙悟空为民除害的正义精神。

小说里的中心人物孙悟空，是经作者理想化了的英雄形象。他坚强勇敢，刚毅乐观，蔑视一切权威和封建势力，是一个具有反抗精神的英雄。作者通过这一神奇的英雄人物，寄托了自己扫荡邪魔，安民保国的愿望。

《西游记》在艺术上也是卓有成就的。作者把神话题材和社会现实熔铸在一起，使作品既充满了浪漫主义的奇思遐想，又具有合理真实的现实意义。作品情节曲折，故事与故事之间错落有致，脉络分明；语言简练，生动诙谐，写人物往往寥寥几笔便神采焕发，跃然纸上；善意的嘲笑和辛辣的讽刺使作品妙趣横生，完美地表达了深刻的思想内容。但是，《西游记》中也存在着不少封建性的糟粕。由于历史和阶级的局限，作者不能摆脱封建的正统思想和宿命论观念，书中充满了“圣君贤臣”“佛法无边”“轮回报应”的说教，这些在阅读中是应该注意批判的。

从以上几处对《西游记》的思想内容、人物形象等方面的介绍来看，都还没有摆脱从阶级立场出发并从社会历史的角度来解读、评价作品的桎梏。

人民教育出版社中学语文编辑室编，人民教育出版社 1982 年 5 月第一版、1984 年 10 月河南第二次印刷初级中学课本《语文》第 2 册第 3 课《美猴王》对《西游记》和吴承恩的介绍如下：

《西游记》是我国古代一部有名的长篇神话小说。全书共一百回，是从唐僧取经的故事演化而成的。小说主要描写了孙悟空大闹天宫和孙悟空、猪八戒、沙僧保护唐僧去西天取经同妖魔鬼怪顽强斗争的经过，突出地表现了孙悟空的神通广

---

1 原文如此。

大以及机智勇敢、不畏强暴的战斗精神，同时也用幻想的形式曲折地反映了当时的社会矛盾。作品想象丰富，情节引人入胜，语言生动诙谐。吴承恩（1500—1582），明朝人。

人民教育出版社中学语文室编，人民教育出版社1986年7月第一版、1987年10月第二次印刷六年制重点中学高中语文（试教本）《文学读本》下册的《古代小说鉴赏常识》在介绍传统小说的史传色彩时认为，《西游记》在叙事写人方面也有史传文学的特点：不仅唐僧取经是实有其人其事，而且"《西游记》是连缀了若干个取经故事而成的，每个故事从开端到结束，无不有头有尾，都属于我国传统史书中'纪事本末'体的类型"；此外，它还继承了史学家的"史笔"传统，即除了语言精炼、叙事详备，还"通过具体的细节描写来体现作者的爱憎是非感"。这篇课文还提到传统小说受说唱文艺的影响，而分"章回"，拟"话本"等。编者在《三借芭蕉扇》前的作者简介中，主要从思想内容方面对《西游记》作了全面的评价：

《西游记》的故事是以唐代高僧玄奘（公元602—664）到印度游学，取回佛经的真人真事为基础的。唐僧取经的故事在唐宋时期已广泛流传，并且逐渐丰富和发展起来。吴承恩把这些故事加以整理，经过多方润色和重新组织，在形象塑造、情节发展上大大改观。在他的手笔下，《西游记》成了一部卓越的文学作品。

《西游记》主要反映了中国人民克服困难、勇敢前进的精神，反映了中国人民摧毁社会上一切邪恶势力以及征服大自然的愿望和信心。《西游记》着重塑造了孙悟空、猪八戒和唐僧的形象。孙悟空是中国人民优秀品质的化身。在"大闹天宫"里，他是一个敢于向最高统治者抗争的叛逆者；在取经过程中，他又是一个正直、勇敢、机智、顽强，善于和各式各样的妖魔作斗争的英雄。猪八戒则既有憨厚、单纯、有本领、能劳动这些好的一面，又有害怕困难、贪图安逸、爱占小便宜、好耍花巧却又往往弄巧成拙的一面，是个引人发笑的喜剧性的人物。唐僧则是个老好人，面对困难束手无策，又非常强调封建礼教和佛家戒律，甚至达到迂腐的不识大体不辨是非的程度。这就高度概括了在克服困难共同前进的道路上的三种类型的人物。至于他们所遇到的妖魔鬼怪，有的是自然灾害的幻化，有的是社会上邪恶势力的象征，它们都是横在前进路上的困难，阻扰着理想的实现。

总之,《西游记》虽然是用浪漫主义的手法写作的,但都是以社会现实作基础的,二者达到了高度的艺术的结合。这样来读《西游记》,才能真正理解这部伟大作品的社会意义。

《西游记》里也存在着宿命论、因果报应和佛法无边的思想,但都属于次要的,我们在阅读时应该加以鉴别。

这个介绍提及《西游记》中的一些不足,但认为这是次要的,而且已不再主要从阶级立场出发去评价,也不要求去“批判”,而只是提醒“鉴别”(就是知道,进而区分)。

2. 对节选部分的阐释

湖北省中小学教学教材研究室编、湖北人民出版社1979年1月第一版第一次印刷湖北省小学试用课本《语文》第10册第1—5课是《伟大的榜样》、《永远不忘周总理的教诲》、《华伯伯的恩情》、《词一首》(《水调歌头·粉碎“四人帮”》)、《逮“熊”》(附:《孙悟空三打白骨精》)。《词一首》(《水调歌头·粉碎“四人帮”》)中对“还有精生白骨,自比则天武后”的注释是:“精生白骨,就是指白骨精。白骨精是我国旧小说中吃人的妖魔。这里用来比喻‘四人帮’反党集团中的江青就象白骨精一样。则天武后,即武则天,她是中国的第一个女皇帝。这两句的意思是:白骨精江青把自己比做武则天,梦想当现代的‘女皇’。”《孙悟空三打白骨精》(从“一天,唐僧带着他的徒弟孙悟空、猪八戒等来到一座高山前”,到“悟空口吐神火,把白骨精活活烧死”)的课后练习有三题:

1. 唐僧说:“人以慈悲为本,就是妖怪也要劝它弃恶从善,不准杀害它。”这句话错在哪里?孙悟空是怎样揭穿白骨精的妖术,使唐僧觉醒过来的?

2. 查字典,给带点的字词注音,并说说它们的意思。

威风凛凛　怒火万丈　无可奈何

寡不敌众　瓮中之鳖　得意忘形

3. 用普通话把《孙悟空三打白骨精》这个神话故事有层次地讲出来。

单元练习二的第一题是“组织学生开展一次军事体育活动,然后座谈反修防特的重要意义”。

江西省南昌市小学语文教材编写组、江西省中小学教材编写组编,江西人民出版社1979年5月第一版第一次印刷江西省小学试用课本《语文》第9册中的课文还带有明显的意识形态色彩，如其第 1—10 课是《毛主席视察韶山学校》《华伯伯的恩情》《光辉的榜样》《开国大典》《任弼时同志二三事》《小溪的新家》《伟大的友谊》《列宁参加义务劳动》《写文章要有中心》《给徐特立同志的一封信》。最后 4 课(第 28—31 课)是《孙悟空三打白骨精》、《寓言二则》(《学弈》《守株待兔》)、《一个善于宰牛的人》、《奇异的琥珀》。虽然这一单元后面也有“基础训练”，但是选《孙悟空三打白骨精》(从“一天，唐僧带着他的徒弟孙悟空、猪八戒和沙和尚来到一座高山前”，到“悟空口吐神火，把白骨精活活烧死”)明显是为了进行思想政治教育(课文应该是根据连环画《孙悟空三打白骨精》改写的，不过编者并未注明)。这从其课后练习以及教学参考书中的内容可以看出。其课后练习有四题：

图 4－1　江西省小学试用课本《语文》(1979)

1. 填空：

一座(　　)　一个(　　)　一股(　　)　一缕(　　)　一把(　　)

一只(　　)

2. 默读课文，复述课文。

3. 找出课文中赞扬孙悟空敢于斗争、善于斗争精神的词语。

4. 唐僧说：“人以慈悲为本，就是妖怪也要劝它弃恶从善，不准杀害它。”这句话为什么是错误的？

如果说第一、二题是为了让学生掌握语文基础知识和语文基本技能，那么第三、四题就是借此进行思想政治教育。这在与之配套的《江西省小学语文课本第九册教学参考资料》中体现得更加明显。教学参考资料所确定的《孙悟空三打白骨精》的“教学要求”有两点：“1. 认识吃人妖魔白骨精凶残狡猾的本性和孙悟空善于察辨、见妖必除、敢于斗争、善于斗争的精神。联系实际，深入批判‘四人帮’反党罪行。2. 学会本课生字词；能复述课文；学习用人物本身的语言行动来刻画人物性格的写作方法。”[1]其“课文分析”认为节选部分的“中心思想”是“揭露了吃人妖魔白骨精狡猾凶残的本性，颂扬了孙悟空的爱憎分明、见妖必除、机智勇敢和顽强不屈的精神”[2]。接着，像“文化大革命”期间的语文教科书那样联系形势来阐发其现实意义[3]：

今天，阅读孙悟空三打白骨精的故事，对于充分认识“四人帮”的反革命面目，有一定的借鉴意义。古代神话中的白骨精和“四人帮”中的江青都是同一类型的坏蛋。狡猾多变是它们惯用的伎俩。白骨精千变万化是为了骗吃唐僧的肉，江青要阴谋诡计是为了篡党夺权梦想当女皇，复辟资本主义。妖精、“四人帮”都是害人虫。但是不论他们[4]怎样千变万化，诡计多端，吃人的本性是不会改变的。因此要特别警惕象白骨精那样的骗子，要有孙悟空那种见妖必除的彻底革命精神，把革命进行到底。

其“教学建议”为“本文有些地方流露出封建道德的说教。如‘人以慈悲为本，就是妖怪也要劝它弃恶从善，不准杀害它’，这种地主阶级人性论的观点要加以批判”[5]。教科书和教学参考书所用的解读方法，还是阶级分析法。

上海市中小学教材编写组编，上海教育出版社 1978 年 6 月第一版、1979 年 6 月第二版、1979 年 6 月第二次印刷上海市小学课本《语文》四年级第一学期中的选文仍侧重思想政治教育，如前四个单元(第 1—12 课)的课文为《时间就是生命》、《马克思研究学问的故事》、《可敬的高士其爷爷》、《民歌三首》(《我来了》《高山顶上修条河》《堆稻》)、《国庆节之夜》、《树海》、《梧桐树下的“小邻居”》、《太阳》、《小溪流的歌》、《在抗洪斗争中》、《江南人民的使者》、《智取敌堡》。最后一个单元的 4 课(第 31—34 课)为《寓言二则》(《掩耳盗铃》《南辕北辙》)、《神笔》、《猎人海力

1 江西省中小学教材编写组编《江西省小学语文课本第九册教学参考资料》，南昌：江西人民出版社，1979 年 6 月第一版第一次印刷第 84 页。

2 江西省中小学教材编写组编《江西省小学语文课本第九册教学参考资料》，南昌：江西人民出版社，1979 年 6 月第一版第一次印刷第 85 页。

3 江西省中小学教材编写组编《江西省小学语文课本第九册教学参考资料》，南昌：江西人民出版社，1979 年 6 月第一版第一次印刷第 85—86 页。

4 前文写作“它们”。

5 江西省中小学教材编写组编《江西省小学语文课本第九册教学参考资料》，南昌：江西人民出版社，1979 年 6 月第一版第一次印刷第 86 页。

布》、《孙悟空三打白骨精》。《孙悟空三打白骨精》(从“一天,唐僧带着他的徒弟孙悟空、猪八戒和沙和尚来到一座高山前”,到“悟空口吐神火,把白骨精活活烧死”)的题下注释称:“根据连环画《孙悟空三打白骨精》改写。”连环画《孙悟空三打白骨精》是根据《西游记》创作的。所以,这篇课文相当于二度创作。如课文的第一部分写白骨精变村姑、变老太婆、变老头都被孙悟空识破,并被打死或逃走,这和《西游记》原著中的情节基本一致。第二部分就和《西游记》原著中的情节不完全一致,而是嫁接、糅合了《西游记》其他回目中与“三打白骨精”并无直接关系的情节[1]:

唐僧不但认不出妖怪,而且不准打妖怪,最后还把敢于打妖怪的孙悟空赶回花果山去了。

白骨精等到孙悟空走后,就很容易地把唐僧等捉进了白骨洞,然后派小妖去请它母亲,准备一起吃唐僧。

八戒因寡不敌众,边打边跑,逃出了妖洞,就直奔花果山,去请大师兄孙悟空回来,搭救师父。

孙悟空回到花果山后,因妖怪未除,很觉不安,一听到妖怪又出来作祟,就立即赶往白骨洞。在妖洞附近正好碰见了老妖婆——白骨精的母亲。悟空先把老妖婆打死,然后,自己变成老妖婆的模样,决定用计揭穿白骨精的妖术,使唐僧觉醒。

“老妖婆”走进妖洞,白骨精带领众妖上前迎接。“老妖婆”故意走到唐僧面前,眯着眼问:“你就是唐僧吗?你的大徒弟孙悟空呢?”唐僧叹了一口气说:“他一天接连打死三个好人,被我赶走了。”白骨精听了大笑起来,说:“母亲,那是女儿为了吃唐僧,三次用计,才使他把孙悟空赶走的。”“老妖婆”故意吃惊地问:“女儿是怎样用的计,难道他们都识不破么?”白骨精得意忘形地说:“母亲不信,让我再变给你看看。”话音刚落,白骨精忽然不见了。它再次变成村姑,变成老太婆,又变成了老头。

唐僧亲眼看到了白骨精的三次变化,才明白是上了妖怪的当。他气愤地说:

1 从所增加的情节来看,连环画《孙悟空三打白骨精》可能是根据同名绍剧而改编的,因为绍剧《孙悟空三打白骨精》中有白骨精在唐僧面前交代三次变形的诈术的情节。董志新著《毛泽东读〈西游记〉》,沈阳:万卷出版公司,2011年版第145页。

"妖怪,你几次三番欺骗我,是何道理?"白骨精大笑说:"就是为了吃你的肉!"唐僧呆了一会,无可奈何地说:"我三次救了你的命,你就行个方便,放我们走吧。"白骨精冷笑着说:"蠢和尚,要我放你,这是做梦!"唐僧料知性命难保,十分后悔不听孙悟空的话。他想起孙悟空,不禁失声喊道:"悟空,我不该是非不分,人妖颠倒,把你赶跑。悟空啊,你在哪里?"这时,"老妖婆"大叫一声:"师父,悟空在这里!"

大家正在惊疑,那妖形怪状的"老妖婆",一转眼变成了威风凛凛的孙悟空,手中高举金箍棒,直向白骨精当头打去。白骨精大吃一惊,慌忙招架。八戒等协助悟空齐力奋战,把白骨精手下的大小妖怪歼灭干净。白骨精正想逃跑,只见悟空晃动身躯,一晃一个,变出十几个孙悟空,把白骨精团团围住。这时,白骨精犹如瓮中之鳖,无路可逃。悟空口吐神火,把白骨精活活烧死。

其课后练习也有四题:

一、孙悟空为什么不顾唐僧的劝阻,三次怒打白骨精?

二、唐僧说:"人以慈悲为本,就是妖怪也要劝它弃恶从善,不准杀害它。"这句话错在哪里?

三、孙悟空是怎样揭穿白骨精的妖术,使唐僧觉醒过来的?

四、联系现实斗争,谈谈学习本课后受到的启发。

图 4-2 上海市小学课本《语文》(1978、1979)

从将《孙悟空三打白骨精》置于全册的最后,以及上述四个题目的内容及要求来看,仍然是在告诫学生不能忘记对敌斗争、不能被敌人制造的假象迷惑。

中小学通用教材小学语文编写组编,人民教育出版社 1980 年 6 月第一版、1981 年 10 月江西第二次印刷全日制十年制学校小学课本(试用本)《语文》第 8 册的课文的意识形态色彩减淡,趣味性增强:《燕子》《梅雨潭》《伟大的友谊》《心愿》《古诗四首》《帐篷》《手》《赶集》《劳动的开端》《猫》《我爱故乡的杨梅》

《挑山工》《大理石街》《蟋蟀的住宅》《采燕窝》《革命烈士诗二首》《狼牙山五壮士》《半夜鸡叫》《插秧比赛》《跳水》《诺言》《蛇与庄稼》《我和狮子》《老牛》《我的伯父鲁迅先生》《素不相识的大娘》《鸟的天堂》《火烧云》《古诗四首》《草船借箭》《齐天大圣》《寓言三则》《渔夫和金鱼的故事》《十六年前的回忆》《梅山脚下》《老水牛爷爷》《抢险》。其第 11 单元第 25 课是提到了《水浒传》的《我的伯父鲁迅先生》，第 13 单元（第 29—31 课）由《古诗四首》、《草船借箭》（《三国演义》）和《齐天大圣》（《西游记》）组成。《齐天大圣》（从"孙悟空离开天宫，回到了花果山"，到"就叫太白金星传旨，封孙悟空为'齐天大圣'，让他看管王母娘娘的蟠桃园"）写孙悟空嫌弼马温这个官职太小，就回到了花果山，在水帘洞外插上写有他自我封号"齐天大圣"的旗帜。玉皇大帝命令李天王和哪吒前去捉拿，孙悟空先后打败了巨灵神和哪吒。玉皇大帝虽然气得发抖，但是因为怕孙悟空打到凌霄宝殿，只得封他为"齐天大圣"，并让他看管王母娘娘的蟠桃园。课文生动有趣，不再是用作政治批判的工具并赋予特定政治意涵的《孙悟空三打白骨精》。其课后练习是理解词语含义和简要复述课文：

1. 说说下面句子中带点的词的意思。

（1）巨灵神提起斧子来到水帘洞外，只见东门外许多猴子在那里弄枪使棒。

（2）孙悟空听了大怒，喝道："休得夸口！"

（3）巨灵神哪里敌得过孙悟空。

（4）巨灵神笑道："怎敢说大话！看你年纪尚幼，留你一条性命。"

（5）李天王大惊失色道："快去启奏玉皇大帝，要多派些兵将来方可取胜。"

2. 简要复述课文。

中小学通用教材中学语文编写组编，人民教育出版社 1978 年 3 月第一版、1979 年 3 月第一次印刷全日制十年制学校初中课本《语文》第 3 册最后一单元（第 9 单元）中的第 22—26 课，仍然是《木兰诗》《冯婉贞》《李愬雪夜入蔡州》《愚公移山》《孙悟空三打白骨精》。第 26 课《孙悟空三打白骨精》的"思考和练习"的取向与之前的相比并没有变化：

一、白骨精一心想吃唐僧肉，玩弄了哪些阴谋诡计？唐僧、猪八戒和孙悟空对白骨精持怎样不同的态度？从三打白骨精可以看出孙悟空有哪些可贵品质？思考这些问题，深入学习毛主席的光辉诗篇《七律·和郭沫若同志》，谈谈体会。

二、这篇课文以白骨精想吃唐僧肉为线索，先后写了白骨精三次变形，唐僧等三次受骗，孙悟空三次识破，最后把白骨精打死。这当中既写了白骨精和孙悟空等的矛盾，也写了孙悟空和唐僧等的矛盾。这两种矛盾相交叉，逐步展开。阅读时要注意体会这个特点。

三、课文描写孙悟空、唐僧、猪八戒和白骨精这几个形象，都很生动。对话表现了不同的性格特征。找出几个例子来说明这一点。

四、《西游记》夹杂着不少宣扬封建迷信思想的糟粕。下列语句宣扬了哪些错误思想，试加以批判。

1. 吉人自有天相。

2. 父母在，不远游；游必有方。

3. 扫地恐伤蝼蚁命，爱惜飞蛾纱罩灯。

五、讲讲孙悟空三打白骨精的故事。要求不失本意，层次清楚，语言生动。

从其作为这一册的最后一课以及其课后“思考和练习”的内容仍可看到“文化大革命”时期的思想政治教育的留存，如其第一题的思想性不必多说，第二题则是指孙悟空与白骨精的矛盾是“敌我矛盾”，而孙悟空与唐僧等人的矛盾是“人民内部矛盾”，第四题看起来是理解句子，实际上其用意在于批判“宣扬了哪些错误思想”。不过，第三、五题明显地有了加强语文基础知识和基本技能教学的倾向。

与之配套的广东省中小学教材编写组编，广东人民出版社 1979 年 4 月第一版、1979 年 7 月第一次印刷《全日制十年制学校初中课本语文教学参考资料》第 3 册确立了第 26 课《孙悟空三打白骨精》的“教学要求”：“理解孙悟空这个神话艺术形象的现实意义。学习本文通过人物富有性格特征的语言和行动表现人物性格的写作方法，领会把两种不同矛盾交叉在一起，逐步展开故事情节的写作特点。”[1] 在分析完课文的基本情节和人物形象后，编者总结道：“这则故事主要是通过白骨精（代表阴险狡诈、搞阴谋诡计、危害人民的人）和唐僧（愚昧糊涂、受骗上当、敌我不分的人）、孙悟空（代表正直、机智和勇敢斗争的人）的矛盾斗争，来表现对封建社会的不满和批判的。对他们之间斗争的描写，反映了人妖、善恶之间斗争的必

1 广东省中小学教材编写组编《全日制十年制学校初中课本语文教学参考资料》（第三册），广州：广东人民出版社，1979 年 4 月第一版、1979 年 7 月第一次印刷第 145 页。

要性和复杂性，不仅对认识当时社会有一定的帮助，对于今天仍然很有发人深省的借鉴作用。”[1]关于课后练习第四题中的三句话所体现的“错误思想”，编者认为，第一句是“迷信的说法”，第二句是“儒家宣扬孝道的话”，第三句是“佛家宣扬的惜生乐善的教义，其实是剥削阶级惯用的欺骗人民群众，掩饰其压迫剥削人民的反动本质的鬼话”[2]。

中央教育科学研究所教改实验小组编，教育科学出版社1981年10月第一版、1982年1月第一次印刷初中实验课本《语文》（试用本）的“说明”称该书主要是用来培养学生的阅读能力的。其第2册第9单元是小说。单元“要求”有三点：“1. 初步认识什么是‘典型人物’，及其在小说中的作用。练习分析人物。2. 了解作家老舍的生平经历和他的主要作品。3. 认识《西游记》的思想内容及其社会意义。”单元前的知识短文《小说中的人物》介绍了如何塑造典型人物的典型性格。课文（第39—44课）为《梁生宝买稻种》（柳青）、《在烈日和暴雨下》（老舍，附：《人民艺术家——老舍》）、《谢惠敏》（刘心武）、《项链》（莫泊桑）、《永不掉队》（刚察尔）、《孙悟空三打白骨精》（吴承恩，附：《〈西游记〉简介》）。《孙悟空三打白骨精》的“预习”除了要求查字典掌握“帘”“忖”等词的读音，还要求学生读课文、讲故事，讲的时候要注意详略及引用能表现人物性格特征的对话，还要注意：“白骨精一心想吃唐僧肉，玩弄了哪些阴谋诡计？唐僧、猪八戒和孙悟空对白骨精持怎样不同的态度？”“练习”有四题：“1. 填空：战战____ jīng jīng 嫉____dù 挑____ suō、xián____弃 yīn____勤 2. 从‘三打白骨精’可以看出孙悟空有哪些可贵品质？3. 本文中夹杂着一些宣扬封建思想的糟粕。请你指出，试加批判。4. 讲孙悟空三打白骨精的故事。要求重点突出，层次清楚，语言生动。”其中第三题是要求批判其中的“宣扬封建思想的糟粕”。

华东师范大学中文系、华东师范大学第二附中中学语文试用教材编写组编，华东师范大学出版社1981年12月第一版第一次印刷初中试用课本《语文》第6册第7单元的第20、21课是《美猴王》和《接外孙贾母惜孤女》。《美猴王》（从“海外有

---

1 广东省中小学教材编写组编《全日制十年制学校初中课本语文教学参考资料》（第三册），广州：广东人民出版社，1979年4月第一版、1979年7月第一次印刷第150页。

2 广东省中小学教材编写组编《全日制十年制学校初中课本语文教学参考资料》（第三册），广州：广东人民出版社，1979年4月第一版、1979年7月第一次印刷第151页。

一国土，名曰傲来国”，到“秋收芋栗延时节，冬觅黄精度岁华”）的课后“练习参考题”有四题：

一、课文记叙了石猴出世到成为美猴王的过程。给课文划分段落，说说作者是怎样详略得当地把这一过程记叙清楚的。

二、说说作者运用了什么手法把猴子写得活灵活现。

三、神话小说借助于想象和幻想的形式反映现实。试就课文说说《西游记》是怎样曲折地反映了作者的思想和当时的现实生活。

四、中国古代白话小说在叙述中常插入一些诗词，这与白话小说产生于说唱文学有关（我们这里节选的一个片断已删去了一些，但也保留了一些）。说说这些诗词在叙述中有什么作用，是否可以删去。

第三题是在探讨《西游记》的思想内容，第四题则是探讨此前选择古代小说作为课文的语文教科书不太关注的诗词的作用。

人民教育出版社中学语文编辑室编，人民教育出版社 1982 年 5 月第一版、1984 年 10 月河南第二次印刷初级中学课本《语文》第 2 册第 1 单元是寓言、神话小说、民间童话，4 篇课文依次是《〈伊索寓言〉二则》（《赫尔墨斯和雕像者》《蚊子和狮子》）、《古代英雄的石像》（叶圣陶）、《美猴王》（吴承恩）、《两棵奇树》（《民间童话故事选》）。《古代英雄的石像》以石头的口吻写道：“哪吒，孙行者，武二郎武松，不都是英雄么？这些虽说是小说里的人物，可是也在人的心里扎了根，这就小说跟历史也差不了多少。”《美猴王》（从“东胜神洲，海外有一国土，名曰傲来国”，到“独自为王，不胜欢乐”）的课后“思考和练习”有四题：

图 4－3　初级中学课本《语文》(1982)

一、这篇课文主要是叙述“美猴王”的来历，紧紧抓住石猴的特点进行描写，把一个天地生成、智慧灵巧、本领高强、深孚众望的“美猴王”的形象刻画得栩栩如生。仔细阅读课文，划分段落层次，看看是怎样把“美猴王”的来历一步一步交代清楚的。

二、熟读课文，抓住主要情节，口头讲述“美猴王”的故事。

三、课文写石猴进入水帘洞只用了“他瞑目蹲身，将身一纵，径跳入瀑布泉中”一些话。请你展开想象，着重描写石猴初露头角前的心理活动，将这件事写成二三百字的一个片段。

四、课外阅读《西游记》。

人民教育出版社中学语文室编，人民教育出版社1986年7月第一版、1987年10月第二次印刷六年制重点中学高中语文（试教本）《文学读本》下册的第5单元是“古代小说鉴赏”，内容包括知识短文《古代小说鉴赏常识》和8篇“鉴赏课文”：《柳毅传》（李朝威）、《错斩崔宁》、《青梅煮酒论英雄》（罗贯中）、《智取生辰纲》（施耐庵）、《三借芭蕉扇》（吴承恩）、《促织》（蒲松龄）、《严监生和严贡生》（吴敬梓）、《林黛玉进贾府》（曹雪芹）。可见，包括节选自“四大名著”的课文在内的8篇课文被编者认为是古代小说中有代表性的作品的代表性片断，而且这8篇课文是作为印证古代小说鉴赏常识的材料来使用的，或者说借此学习以掌握鉴赏古代小说的基本方法。《三借芭蕉扇》（从“话表三藏师徒四众，进前行处，渐觉热气蒸人”，到“坎离既济真元合，水火均平大道成”）前的“鉴赏提示”称：阅读这段故事，首先应该注意它刻画出人物性格的方法有什么特点，与前面学过的几篇课文有什么不同；其次还应该进一步掌握方法以鉴别神魔小说怎样便是有进步意义的，怎样便是宣传封建迷信的。课后的“鉴赏要点”之一和二则围绕这两点从艺术形式和思想内容两方面做了详细的分析。首先是作为神魔小说的代表，其擅长用幻想的手段来刻画人物性格，用聚合的方式来塑造人物形象：

《西游记》是一部神魔小说，它在刻画人物上有独自的特点，最主要的就是运用幻想的方法显示人物性格。例如本文中孙悟空的形象就是这样刻画的。在本文里，着重刻画了孙悟空的勇敢坚定和机智。在“三借芭蕉扇”的过程中，他遇到了许多困难，可他再接再厉，百折不挠，终于凭他的机智和本领取得了胜利。这一切都是用幻想的方法来写的。在一借芭蕉扇时，他被罗刹女一扇飘出了五万余里，他心知道厉害，却毫不气馁，只想“问灵吉菩萨一个消息，好回旧路”。罗刹女不敌回洞，他于是变作蟭蟟虫儿，趁罗刹女喝茶时钻进她的腹内，逼她交出芭蕉扇。作者就是用这些幻想的方法刻画出孙悟空善于随机应变，深入对方内部，据其要害，迫其服输的机智的性格。在二借芭蕉扇的情节中，先是写他用假扇去扇火，结果把两股毫毛都烧净了，他又是毫不畏缩，在土地的指引下立刻去找牛魔王，并且随机应变，变作牛魔王的模样，迷惑了罗刹女，骗取了真扇。这也是用幻想的方法写出了孙悟空的不怕挫折和机智的性格。在三借芭蕉扇的情节中，则是先写孙悟空由于过分高兴，麻痹大意，致使好不容易到手的芭蕉扇得而复失，这却使他"狠得暴躁如雷，掣铁棒，劈头便打"。接着着重写了他和牛魔王的争斗，他们比变化，赛法力。孙悟空既能识破对手的伎俩，用相应的手段克敌制胜；又能施法象，把自己变得"身高万丈，头如泰山，眼如日月，口似血池，牙似门扇"，和牛魔王较量高低。这里也是用幻想的手法来表现孙悟空在失败面前不但不气馁，而且更加发狠进行战斗，以及本领高强的性格。他在猪八戒和众神将的帮助下，终于制服了牛魔王，借到了芭蕉扇，断了火焰山的火根，继续走上了取经的道路。由此可见，神魔小说里刻画人物性格是离不开幻想的手段的。同时也可以认识到，神魔小说里这些用幻想手段进行的描写，如果不是为了刻画人物的性格，就变成只是猎奇的东西，没有什么艺术价值了。

神魔小说刻画人物的另一个特点，如果所刻画的人物是动植物的幻化，就既要使他们具有人的思想感情，又要具有原来的动植物形态和习性的特点。例如本文中的牛魔王是一只大白牛的幻化，他的生活却和人一样，可以与孙悟空结拜兄弟，又可以与罗刹女结为夫妻，并且能到万岁狐王家去被玉面公主招赘为夫。他出门要骑"辟水金睛兽"，打仗要使混铁棍，还能在书房里面静玩丹书。玉面狐狸受了气，他会满面陪笑，整容赔礼；孙悟空找上门来，他会责其无礼，奋勇厮杀。另一方面，他又力气大，脾气犟，这又和牛的特性一致。在写他现出原身和孙悟空相斗时，是"东一头，西一头，直挺挺光耀耀的两只铁角，往来抵触；南一撞，北一撞，毛森森筋暴暴的一条硬尾，左右敲摇"，更分明是一幅斗牛图。采取这种刻画人物的方法，主要是因为小说所反映的是社会生活人情世态，不把它们写成人，就无法达到这个目的；同时，如果完全脱离了动植物的形态和习性的特点，就会全无现实的依据，引不起读者的联想，削弱了人物的形象。《西游记》中的孙悟空和猪八戒的形象之所以塑造得那样生动，和这种写法有密切的关系，值得好好体会。

接着编者分析了判断神魔小说是否宣传了封建迷信的标准：

神魔小说虽然写的都是神佛和妖魔，但不能仅仅从这一点就把它看作是宣传封建迷信。这主要看作品的实际内容和作品的整个形象表现了怎样的社会意义。

就以《西游记》来说，它“显然表现了这样的思想：我们要完成一种事业，一定会遇到许多困难，而且必须战胜这些困难”(引自何其芳《胡适文学史观点批判》)。其中的妖魔不过是阻碍完成这种事业的形形色色的困难的化身，唐僧四众实际表示的是与困难作斗争所持的不同的精神状态，众神佛则基本上都是克服困难中外在的辅助力量。所以《西游记》虽然写的都是神魔，却不是把神魔作为崇拜的偶像，而是唤起人们去向横在前进路上的社会的、自然的障碍进行斗争的精神，鼓舞人民去战胜它们、征服它们，因此，《西游记》实际上是一部反映社会现实的具有进步意义的作品。如果一部神魔小说的实际内容和整个形象所宣扬的只是对神佛的信仰和顺从，对妖魔的畏惧和屈服，那么，它也就只能起教人逆来顺受、听天由命、消磨意志、无所作为的消极作用，因而成为封建迷信的宣传品。这是我们鉴别神魔小说的内容好坏的重要标准。

以上两点，与其说是结合《西游记》全书来鉴赏节选部分，还不如说是借节选部分来分析《西游记》全书的特色。其课后的两道练习题，就是针对以上两点来设置的，也是促进学生进一步体会《西游记》的上述内容与形式方面的特点：

一、“过火焰山”这个情节在元末明初人杨讷的《西游记》杂剧中就出现了。在这个剧本里，孙悟空只是和铁扇公主恶战一场，结果孙悟空败走，转而求告观音，于是观音差水部诸神降雨灭火。就是这个情节，到了吴承恩的笔下却成了“三借芭蕉扇”。在剧本里，铁扇公主没有丈夫，因为孙悟空无礼对她调戏，她才不肯借扇。在吴承恩的笔下，却成了牛魔王的妻子，红孩儿的母亲。吴承恩的这些改动好在哪里，试加以分析说明。

二、《封神演义》也是一部神魔小说，其中的哪吒也是人民所喜爱的英雄形象。试以“哪吒闹海”和“过火焰山”相比较，看看故事的思想内容和人物形象有什么相似的地方。

二 中小学语文教师的阐释

(一) 对《西游记》的总体评价

福建教育学院语文组编，福建人民出版社 1978 年 8 月第一版、1981 年 7 月第四版第四次印刷《全日制十年制学校初中课本语文教学参考资料》第 3 册在《孙悟空三打白骨精》中评论《西游记》时，一方面赞扬其“对于我们认识现实有一定借鉴意义”，如其“以幻想的形式，曲折地反映当时社会丑恶现实和复杂矛盾，颂扬蔑视神权，不畏邪恶的思想和精神”；一方面又指出其中“夹杂着不少宣扬封建迷信的糟粕，教学时应引导学生对之进行批判”[1]。

此外，王凤主编、湖北人民出版社 1983 年 6 月第一版《简明语文知识辞典》中词条“《西游记》”内容如下[2]：

长篇小说。明代吴承恩作。一百回。在民间流传的唐僧取经故事和有关话本、杂剧的基础上，经过再创造而成。前七回写孙悟空出世和大闹天宫，是封建社会人民的反抗思想和革命情绪在神话中的曲折反映。后面写孙悟空等保护唐僧往西天取经，一路上历尽艰险，见恶必除，斗志昂扬，坚忍卓绝，显示了中国人民向一切灾害困难和邪恶势力作斗争的可贵精神。全书前后有其一致性。作者运用幻想和夸张手法，使人物和情节既很神奇，又充满生活气息，幽默气氛贯穿全书，出色地继承与发展了古代神话故事的浪漫主义创作方法，受到广大读者的喜爱。

此处在评述其思想内容时，主要还是像“文化大革命”时期那样从阶级立场出发，不过没有像“文化大革命”时期的有些评价那样认为其思想内容有局限性。

（二）对节选部分的阐释

福建教育学院语文组编，福建人民出版社 1978 年 8 月第一版、1981 年 7 月第四版第四次印刷《全日制十年制学校初中课本语文教学参考资料》第 3 册中《孙悟空三打白骨精》的“教学要求”中没有明显的思想教育的要求而主要是语文训练的任务：“理解本文所塑造的孙悟空、唐僧和白骨精等艺术形象的意义”及“理解本文通过富有特征的人物语言和动作来表现人物性格，以及把两种不同矛盾交叉在一起逐步展开故事情节等写作特点”[3]。不过，在其“课文分析”中处处能见到阶级分

---

1 福建教育学院语文组编《全日制十年制学校初中课本语文教学参考资料》（第三册），福州：福建人民出版社，1978 年 8 月第一版、1981 年 7 月第四版第四次印刷第 85 页。

2 王凤主编《简明语文知识辞典》，武汉：湖北人民出版社，1983 年 6 月第一版、1984 年 12 月第二次印刷第 250 页。

3 福建教育学院语文组编《全日制十年制学校初中课本语文教学参考资料》（第三册），福州：福建人民出版社，1978 年 8 月第一版、1981 年 7 月第四版第四次印刷第 83 页。

析法和“文化大革命”话语方式的痕迹，如分析白骨精见到猪八戒称“长老”、见到唐僧称“师父”，尤其是见唐僧不肯吃她的东西便叫道“师父啊”，一添加这个“啊”字，就装得更亲切，“甜言蜜语中藏着毒药，包着祸心”；如梳理其内容后指出，“本篇写白骨精，可提醒人们警惕现实生活中的白骨精一样的人”；又如在总结其思想时指出其中有“宣扬封建迷信思想的糟粕”：“‘吉人自有天相’，这句话是迷信的说法，宣扬了唯心论的观点。‘父母在，不远游’，这句话是儒家宣扬孝道的反动主张。‘扫地恐伤蝼蚁命，爱惜飞蛾纱罩灯’，这句话是剥削阶级伪善的所谓‘修心’的说教。‘出家人耳听善言，不堕地狱’，这是唯心主义的因果报应论，是一种迷信思想。”[1]

《教学研究》编辑室编、浙江教育学院 1981 年 7 月出版的《全日制十年制学校中学课本初中语文一、三、五册教学参考要点》对第 3 册第 28 课《孙悟空三打白骨精》的内容介绍和上述《全日制十年制学校初中课本语文教学参考资料》中的差不多。如称：“本文是《西游记》里一段很有现实意义的神话故事。写白骨精的‘三变’，暴露了白骨精的阴险毒辣和刁滑奸诈的凶恶本性；写唐僧、猪八戒的三次受骗，反映了唐僧、猪八戒是非混淆、敌我不分的糊涂思想；写孙悟空的‘三打’，赞扬了孙悟空除恶务尽、英勇斗争的精神和明辨真伪的本领。”[2]另外，其还像上文一样分析了节选部分中的“封建迷信思想”。

北京师范大学出版社编辑部编，北京师范大学出版社 1985 年 9 月第一版第一次印刷《初中语文教案》第 2 册的第 1—4 课是《伊索〈寓言〉二则》(《赫尔墨斯和雕像者》《蚊子和狮子》)、《古代英雄的石像》、《美猴王》和《两棵奇树》。前两篇是中外寓言，后两篇分别是神话故事和民间故事。《初中语文教案》总结了《美猴王》(石猴出世，山间生活，自荐探泉，发现洞天，携众搬家，被拥为王)的写作特点：一是想象丰富，将神、猴、人三者的特征巧妙地结合到石猴身上，二是语言生动活泼、简洁明快。如“他瞑目蹲身，将身一纵，径跳入瀑布泉中”。然后，归纳了其中心思想：“本文通过石猴神奇出世、高登王位的故事，刻画了美猴王的智慧灵巧、本领高强、深孚众望的生动形象，歌颂他不避艰险、敢说敢干的无畏精神，曲折地反映了

---

1 福建教育学院语文组编《全日制十年制学校初中课本语文教学参考资料》(第三册)，福州：福建人民出版社，1978 年 8 月第一版、1981 年 7 月第四版第四次印刷第 85 页。

2 《教学研究》编辑室编《全日制十年制学校中学课本初中语文一、三、五册教学参考要点》，杭州：浙江教育学院，1981 年 7 月版第 60—61 页。

人民群众对自由美好生活的向往和追求。”[1]

三 中小学课外阅读中的《西游记》

1978年颁布的《全日制十年制学校中学语文教学大纲(试行草案)》所呈现的“课文初选目录”中初中三年级第17、18课分别是“经验总结,待选”和“调查报告,待选”[2]。1979年1月出版的《全日制十年制学校初中课本语文教学参考资料》第6册第17、18课的课题分别是《普通劳动者》(王愿坚)和《取经》(贾大山)。小说《取经》号召人们在从事各项工作时要从《共产党宣言》等马克思、列宁、毛泽东著作中寻找经验[3]。取名“取经”,就是以《西游记》中唐僧去西天取经来比喻汲取经验。华东师范大学中文系、华东师范大学第二附中语文试用教材编写组编,华东师范大学出版社1980年12月第一版、1982年1月第二次印刷初中试用课本《语文》第4册第11课是《〈大唐西域记〉五则》(玄奘),包括《凌山及大清池》《素叶水城》《千泉》《呾逻私城》《小孤城》。虽然教科书没有提到《西游记》,但是介绍了他去天竺“取经求法”,老师上课时必然会提到玄奘就是《西游记》中去西天取经的唐僧的原型。人民教育出版社中学语文编辑室编,人民教育出版社1982年5月第一版、1984年10月河南第二次印刷初级中学课本《语文》第2册第1单元第2课《古代英雄的石像》提到了“哪吒”“孙行者”这些《西游记》中的典型人物形象。

人民教育出版社中学语文编辑室编,人民教育出版社1981年11月第一版、1984年2月湖北第三次印刷初级中学课本《语文》第1册第7课《从百草园到三味书屋》,只对《荡寇志》作了注释(“清朝俞万春著的污蔑和歪曲农民起义的反动小说”)。中央教育科学研究所教改实验小组编,教育科学出版社1981年5月第一

---

1 北京师范大学出版社编辑部编《初中语文教案》(第二册),北京:北京师范大学出版社,1985年9月第一版第一次印刷第23、24页。

2 课程教材研究所编《20世纪中国中小学课程标准·教学大纲汇编(语文卷)》,北京:人民教育出版社,2001年版第450页。

3 湖北省中小学教学教材研究室编《全日制十年制学校初中课本语文教学参考书》(第6册),武汉:湖北人民出版社,1979年1月第一版第一次印刷第115页。

版、1984 年 5 月第四次印刷初中实验课本《语文》(试用本)第 1 册第 13 课《从百草园到三味书屋》,也只对《荡寇志》作了注释("清代俞万春著的污蔑和歪曲农民起义的反动小说")。人民教育出版社中学语文编辑室编,人民教育出版社 1982 年 2 月第一版、1983 年 8 月第四次印刷六年制重点中学初中语文课本(试教本)《阅读》第 1 册第 1 课《从百草园到三味书屋》,仍只对《荡寇志》作了注释("清朝俞万春著的污蔑和歪曲农民起义的反动小说")。此后出版的语文教科书不再像这之前的"文化大革命"时期的语文教科书中这一课的注释那样对《西游记》也作注释,这说明此时《西游记》已经成为儿童耳熟能详的书,而不是像《荡寇志》那样冷僻而需要注释说明的书。

儿童阅读完节选自《西游记》的或与之相关的课文后会主动去阅读全书,有时也会被要求去阅读。如人民教育出版社中学语文编辑室编,人民教育出版社 1982 年 5 月第一版、1984 年 10 月河南第二次印刷初级中学课本《语文》第 2 册第 3 课《美猴王》的"思考和练习"四就是"课外阅读《西游记》"。与之配套的广东、广西、江西、湖北、湖南五省(区)教学参考书编委会编,人民教育出版社 1982 年 7 月第一版、1983 年 10 月第一次印刷《初级中学语文第二册教学参考书》在《美猴王》中确立了两个"教学要点":"理解这篇神话故事抓住特点描写人物的方法。启发学生课外阅读《西游记》的兴趣";其"教学建议"二是"举行《西游记》故事会,由学生讲自己熟悉的某一段《西游记》故事,以引起课外阅读《西游记》的兴趣"[1]。又如北京师范大学出版社编辑部编、北京师范大学出版社 1985 年 9 月第一版第一次印刷《初中语文教案》第 2 册第 3 课《美猴王》的"课外作业"二是"阅读《西游记》,适当的时候可举行故事会"[2]。

一些语文教师在开列课外阅读书目时也会将《西游记》列入其中。如辽宁省实验中学程燕老师给学生开列的课外书包括毛泽东诗词,鲁迅、郭沫若、巴金、冰心的作品,以及《高玉宝》《西游记》《唐诗三百首》等[3]。

---

1 广东、广西、江西、湖北、湖南五省(区)教学参考书编委会编《初级中学语文第二册教学参考书》,北京:人民教育出版社,1982 年 7 月第一版、1983 年 10 月第一次印刷第 13、16 页。

2 北京师范大学出版社编辑部编《初中语文教案》(第二册),北京:北京师范大学出版社,1985 年 9 月第一版第一次印刷第 24 页。

3 程燕《正确引导课外阅读 丰富学生想象力》,《人民教育》,1993 年第四期第 48 页。

第二节

《西游记》与基础工具性强化期的语文教育（1987—1997）

受教育科学化思潮以及追求语文学科独立性的立场的影响，这一时期的语文教育特别强调知识、技能的教学，并开始建构独立的语文知识、技能体系。文学作品主要作为学习语文基础知识的材料、训练语文基本技能的凭借。同时，标准化考试被引进到中国，选择题、判断题等“客观题”成为主要的题型。名为参考答案而实际为标准答案的评分方式，也导致在解读文学作品时像在解读实用文章一样追求统一的理解，教学时教师提供的往往是唯一的、确定的答案。语文教育也因此受到了社会各界的广泛批评。

一　中小学语文教学大纲、教材的接受与阐释

（一）大纲规定

1986 年，《全日制小学语文教学大纲》和《全日制中学语文教学大纲》颁布。1988 年，《九年义务教育全日制小学语文教学大纲（初审稿）》和《九年义务教育全日制初级中学语文教学大纲（初审稿）》颁布。1990 年，《全日制中学语文教学大纲（修订本）》颁布。1991 年，《中小学语文学科思想政治教育纲要（试用）》颁布。这些课程文件逐步强调了语文学科的工具性质，强调语文基础知识的学习和语文基本技能的训练。《全日制中学语文教学大纲》详细地列出了初一至高三的 61 个听说读写能力点和 19 个基础知识点[1]。《全日制中学语文教学大纲（修订本）》列出了更为详细的初一至高三的 60 个能力训练点和 21 个基础知识点[2]。1992 年，《九年义务教育全日制小学语文教学大纲（试用）》和《九年义务教育全日制初级中学语文教学大纲（试用）》颁布。两者尤其是其中的后者更是将语文教育的科学化

1　课程教材研究所编《20 世纪中国中小学课程标准・教学大纲汇编（语文卷）》，北京：人民教育出版社，2001 年版第 480—484 页。

2　课程教材研究所编《20 世纪中国中小学课程标准・教学大纲汇编（语文卷）》，北京：人民教育出版社，2001 年版第 505—510 页。

推向了极致，如将“教学内容”分为能力训练、基础知识和课外活动三部分，并详细地列出了各种能力训练点和基础知识点[1]。

在1986年颁布的《全日制中学语文教学大纲》的“教材基本篇目”中，涉及“四大名著”的篇目，初中部分有《鲁提辖拳打镇关西》《葫芦僧判断葫芦案》，高中部分有《林教头风雪山神庙》《群英会蒋干中计》《林黛玉进贾府》[2]，并没有出现《西游记》中的选目。在1988年颁布的《九年义务教育全日制初级中学语文教学大纲（初审稿）》的“教材基本篇目”中，涉及“四大名著”的有《鲁提辖拳打镇关西》《葫芦僧判断葫芦案》[3]，也没有出现《西游记》中的选目。在1990年颁布的《全日制中学语文教学大纲（修订本）》的“基本课文篇目”中，涉及“四大名著”的篇目，初中部分有《鲁提辖拳打镇关西》《葫芦僧判断葫芦案》，高中部分有《林教头风雪山神庙》《群英会蒋干中计》《林黛玉进贾府》[4]，仍然没有出现《西游记》中的选目。不过，这并不意味着在实际出版的语文教科书中就没有。1991年8月颁布的《中小学语文学科思想政治教育纲要（试用）》在“教育内容举要”中所列出的小学阶段的课文篇目中出现了《西游记》中的《齐天大圣》[5]。1992年颁布的《九年义务教育全日制初级中学语文教学大纲（试用）》中的“基本课文篇目”中涉及“四大名著”的篇目有《鲁提辖拳打镇关西》《葫芦僧判断葫芦案》[6]，没有出自《西游记》中的篇目。

---

1 课程教材研究所编《20世纪中国中小学课程标准·教学大纲汇编（语文卷）》，北京：人民教育出版社，2001年版第525—528页。

2 课程教材研究所编《20世纪中国中小学课程标准·教学大纲汇编（语文卷）》，北京：人民教育出版社，2001年版第485、488、489、490、491页。

3 课程教材研究所编《20世纪中国中小学课程标准·教学大纲汇编（语文卷）》，北京：人民教育出版社，2001年版第500页。

4 课程教材研究所编《20世纪中国中小学课程标准·教学大纲汇编（语文卷）》，北京：人民教育出版社，2001年版第510、513、514、515、516页。

5 课程教材研究所编《20世纪中国中小学课程标准·教学大纲汇编（语文卷）》，北京：人民教育出版社，2001年版第229页。

6 课程教材研究所编《20世纪中国中小学课程标准·教学大纲汇编（语文卷）》，北京：人民教育出版社，2001年版第530页。

（二）教材收录

表 4－3　小学语文教科书

课文名称	教科书名称、册次	编者、出版社	时间、版次	节选或改编	《西游记》相关回目
齐天大圣	五年制小学课本《语文》第八册	人民教育出版社语文一室、人民教育出版社	1988 年 4 月第二版、1988 年 10 月第一次印刷	节选、改编	第四回　官封弼马心何足　名注齐天意未宁
齐天大圣	六年制小学课本（试用本）《语文》第十册	人民教育出版社语文一室、人民教育出版社	1988 年 5 月第二版、1995 年 10 月甘肃第一次印刷	节选、改编	第四回　官封弼马心何足　名注齐天意未宁
美猴王 齐天大圣 火云洞降服红孩儿	“注音识字，提前读写”实验课本《读物》第七册	12 省实验教材编写委员会、语文出版社	1991 年 5 月第一版、1995 年 5 月第五次印刷	节选、改编	第一回　灵根育孕源流出　心性修持大道生 第四回　官封弼马心何足　名注齐天意未宁 第四十回　婴儿戏化禅心乱　猿马刀归木母空 第四十一回　心猿遭火败　木母被魔擒 第四十二回　大圣殷勤拜南海　观音慈善缚红孩
孙悟空三打白骨精	“注音识字，提前读写”实验课本《读物》第六册	12 省实验教材编写委员会、语文出版社	1992 年 10 月第二版、1994 年 10 月第四次印刷	节选、改编	第二十七回　尸魔三戏唐三藏　圣僧恨逐美猴王
路遇火焰山　一借芭蕉扇 巧变小飞虫　二借芭蕉扇 假扮牛魔王　三借芭蕉扇 大战牛魔王　越过火焰山	九年义务教育五年制小学“注音识字，提前读写”实验课本《语文》第四册	12 省实验教材编写委员会、语文出版社	1994 年 10 月第三版、1994 年 10 月第四次印刷	节选、改编	第五十九回　唐三藏路阻火焰山　孙行者一调芭蕉扇 第六十回　牛魔王罢战赴华筵　孙行者二调芭蕉扇 第六十一回　猪八戒助力败魔王　孙行者三调芭蕉扇

续 表

课文名称	教科书名称、册次	编者、出版社	时间、版次	节选或改编	《西游记》相关回目
孙悟空三打白骨精	九年义务教育五年制小学课本《语文》(试用本)第八册	河南省义务教育五年制小学语文教材编写组、河南人民出版社	1996 年 6 月第一版、1996 年 9 月第一次印刷	节选、改编	第二十七回 尸魔三戏唐三藏 圣僧恨逐美猴王

表 4 - 4 中学语文教科书

课文名称	教科书名称、册次	编者、出版社	时间、版次	节选或改编	《西游记》相关回目
美猴王	九年制义务教育初中语文试验课本《语文》第二册	广西教育学院教研部、广西教育出版社	1987 年 5 月第一版、1991 年 11 月第二版第二次印刷	节选	第一回 灵根育孕源流出 心性修持大道生
美猴王	初级中学课本《语文》第二册	人民教育出版社语文一室、人民教育出版社	1988 年 6 月第二版、1992 年 9 月第六次印刷	节选	第一回 灵根育孕源流出 心性修持大道生
美猴王	河北省义务教育三年制初级中学教材《语文》第二册	郑祥五、孟宪和，教育科学出版社	1994 年 12 月第一版、1996 年 11 月第三次印刷	节选	第一回 灵根育孕源流出 心性修持大道生
美猴王	九年义务教育三年制初级中学教科书《语文》第二册	北京师范大学附属实验中学、北京市教育局教学研究部，北京出版社、开明出版社	1995 年 1 月第一版第一次印刷	节选	第一回 灵根育孕源流出 心性修持大道生
龙宫索宝	义务教育初级中学课本(试用)《语文》第一册	浙江省义务教育教材编委会、浙江教育出版社	1997 年 6 月第二版、1998 年 2 月第八次印刷	节选	第三回 四海千山皆拱伏 九幽十类尽除名
美猴王	九年义务教育三年制初级中学试用课本《语文》第二册	颜振遥、四川教育出版社	1997 年 9 月第三版、1997 年 10 月第五次印刷	节选	第一回 灵根育孕源流出 心性修持大道生

（三）编者阐释

中小学通用教材中学语文编写组根据《全日制十年制学校中学语文教学大纲（试行草案）》编写、人民教育出版社 1978 年 3 月第 1 版第一次印刷全日制十年制学校初中课本（试用本）《语文》第 3 册，于 1979 年 3 月被河南人民出版社重印（第一次印刷），其第 22—26 课仍然是《木兰诗》《冯婉贞》《李愬雪夜入蔡州》《愚公移山》《孙悟空三打白骨精》。其中的《孙悟空三打白骨精》的题下注释和课后练习没有变化。

1. 对《西游记》的总体评价

人民教育出版社语文一室编，人民教育出版社 1988 年 6 月第二版、1992 年 9 月第六次印刷初级中学课本《语文》第 2 册第 3 单元第 13 课《美猴王》的题下注释称：

《西游记》是我国古代一部有名的长篇神话小说。全书共一百回，是从唐僧取经的故事演化而成的。小说主要描写了孙悟空大闹天宫和孙悟空、猪八戒、沙僧保护唐僧去西天取经同妖魔鬼怪顽强斗争的经过，突出地表现了孙悟空的神通广大以及机智勇敢、不畏强暴的战斗精神，同时也用幻想的形式曲折地反映了当时的社会矛盾。作品想象丰富，情节引人入胜，语言生动诙谐。

这个总评没有再像此前的语文教科书那样指出其中含有封建迷信思想之类的缺点。

人民教育出版社语文一室编，人民教育出版社 1988 年 6 月第三版、1988 年 10 月第七次印刷《初中语文教学参考书》第 2 册第 13 课《美猴王》在“吴承恩和《西游记》”中对作者和作品作了全面的介绍[1]：

吴承恩（1500—1582），字汝忠，号射阳山人，明代淮安府山阳县（今江苏淮安）人。他出生在一个由“学官”沦落为小商人的家庭。少年时期就很有文才，《天启淮安府志》说他“性敏而多慧，博极群书。为诗文下笔立成，清雅流丽，有秦少游之风”。然而，他在科举道路上很不得志，直到四十多岁（一说三十多岁）才补为岁贡生。他一生性格倔强，“平生不肯受人怜，喜笑悲歌气傲然”（《赠沙星士》）。六十

1 人民教育出版社语文一室编《初中语文教学参考书》（第二册），北京：人民教育出版社，1988 年 6 月第三版、1988 年 10 月第七次印刷第 80—81 页。

多岁时曾出任长兴县丞，“未久，耻折腰，遂拂袖而归”。他不满当时的社会现实，自称“胸中磨损斩邪刀，欲起平之恨无力；救月有矢救日弓，世间岂谓无英雄”（《二郎搜山图歌》）。他从少年时代就喜好并搜集神奇的故事传说，常常偷偷地买“野言稗史”“私求隐处读之”。因而具有丰富的民间神话和传说的知识，吸收了丰富的营养，提高了艺术表现能力。他晚年写成鸿篇巨著《西游记》，在书中寄托了自己的理想和愿望。

《西游记》是一部长篇神话小说，共一百回。它是我国文学史上杰出的古典名著之一，是民间创作和作家创作相结合的成果。《西游记》的内容可以分为三部分，前七回写孙悟空大闹天宫，八至十二回写唐僧取经的缘起，十三回以后写唐僧师徒往西天取经，主要是写孙悟空一路上降妖伏魔的斗争。作者通过生动的描写，曲折地反映社会现实，对黑暗的封建社会和凶残的统治阶级进行了严厉的鞭挞，赞扬了敢于战胜一切困难，反抗一切邪恶势力的斗争精神。

孙悟空是《西游记》中最光辉的艺术形象，他是人民群众心目中理想的英雄人物的化身。作者在这一艺术形象上寄寓了自己的理想。孙悟空性格的主要特征是敢于斗争，不怕困难，积极乐观，勇武机智。他的坚定性格与唐僧的软弱、猪八戒的动摇，构成了鲜明的对比。

图 4-4　九年义务教育五年制小学课本《语文》(1996，河南)

《西游记》的局限性，表现在作者没有（也不可能）从根本上否定封建制度，所追求的理想是王道政治。书中在一些地方宣传了宿命论和因果报应的思想。

《西游记》是一部积极浪漫主义的杰作。全书构思奇特，想象丰富，情节紧张，迭宕[1]多姿，引人入胜。在人物塑造上较多地运用夸张的笔触，通过幻想境界的矛盾冲突展现人物性格，并且常把动物的自然属性与人物的社会属性巧妙地结合在一起。语言也活泼

1　应作“跌宕”。

图 4-5　九年义务教育五年制小学课本《语文》(1996,河南)

晓畅,诙谐幽默,饶有风趣。

教学参考书不仅介绍了吴承恩的生平与创作之间的联系,还分析了《西游记》的思想内容和艺术形式方面的优点,仅提及其局限。

12 省“注·提”教材编写委员会编,语文出版社 1994 年 10 月第一版、2000 年 10 月第七次印刷《九年义务教育五年制小学“注音识字,提前读写”试用课本教学参考书》第 4 册在第 10 单元《西游记》的“参考资料”中,在介绍完其主要内容后,为了防止读者认为其中有迷信思想,还特意强调了神话和迷信的区别:“神话是关于神仙或神化的古代英雄的故事,是古代人民对自然现象和社会生活的一种天真的解释和美好的向往。神话跟迷信不同,它往往表现了古代人民对自然力的斗争和对理想的追求,富有积极的浪漫主义精神。”[1]

浙江省义务教育教材编委会编,浙江教育出版社 1997 年 6 月第二版、1998 年 2 月第八次印刷义务教育初级中学课本(试用)《语文》第 1 册第 6 课《龙宫索宝》的题下注释对《西游记》的简介如下:

《西游记》是我国古代著名的长篇神话小说,共一百回。作者以幻想的形式反映当时的社会矛盾,描叙了唐僧师徒去西天取经的过程,塑造了孙悟空这个机智勇敢、不畏强暴、敢于斗争的神话英雄形象。故事情节曲折,想象丰富,语言生动风趣,历来受到人们的喜爱。

2. 对节选部分的阐释

人民教育出版社语文一室编,人民教育出版社 1988 年 4 月第二版、1988 年 10 月第一次印刷五年制小学课本《语文》第 8 册第 9 单元第 27—30 课是《古诗三首》《草船借箭》《寓言三则》《齐天大圣》,第 10 单元第 31—34 课是《十六年前的回忆》

1　12 省“注·提”教材编写委员会编《九年义务教育五年制小学“注音识字,提前读写”试用课本教学参考书》(第四册),北京:语文出版社,1994 年 10 月第一版、2000 年 10 月第七次印刷第 223 页。

《我的伯父鲁迅先生》《老水牛爷爷》《诺言》。《齐天大圣》的课后练习，与中小学通用教材小学语文编写组编，人民教育出版社 1980 年 6 月第一版、1981 年 10 月江西第二次印刷全日制十年制学校小学课本（试用本）《语文》第 8 册第 11 单元中的几乎相同，只是将第二题的“简要复述课文”改为“按下面的提纲，简要地复述课文。（1）天兵天将将擒拿孙悟空。（2）孙悟空打败了巨灵神。（3）孙悟空战败哪吒三太子。（4）玉皇大帝封孙悟空为‘齐天大圣’”。

人民教育出版社语文一室编，人民教育出版社 1988 年 5 月第二版、1995 年 10 月甘肃第一次印刷六年制小学课本（试用本）《语文》第 10 册的第 6 单元第 16、17 课是《草船借箭》、《寓言三则》（《滥竽充数》《画蛇添足》《买椟还珠》），附录的课文是《齐天大圣》，第 7 单元第 18—20 课是《十六年前的回忆》《我的伯父鲁迅先生》《老水牛爷爷》，附录的课文是《山间又响马铃声》。第 6 单元的知识短文是《分清事情的前因后果》。《齐天大圣》的课后习题，与人民教育出版社语文一室编，人民教育出版社 1988 年 4 月第二版、1988 年 10 月第一次印刷五年制小学课本《语文》第 8 册中《齐天大圣》的相同。

进入 20 世纪 90 年代，在小学语文教科书中节选自《西游记》的课文相对于以前仍然显得较少，在有些教科书中甚至见不到。如人民教育出版社语文一室编、人民教育出版社 1992 年 4 月第一版义务教育五年制小学教科书（实验本）《语文》第 6 册第 19 课《三味书屋》，和人民教育出版社小学语文室编著、人民教育出版社 1995 年 10 月第一版九年义务教育六年制小学教科书《语文》第 7 册第 2 课《三味书屋》都提到了鲁迅描画《西游记》中的绣像，不过并未在这两套语文教科书中见到节选自《西游记》的课文。

图 4-6 “注音识字，提前读写”实验课本《读物》(1991)

12 省实验教材编写委员会编，语文出版社 1991 年 5 月第一版、1995 年 5 月第五次印刷“注音识字，提前读写”实验课本《读物》第 7 册第 5 单元的第

39—47 课是《在大熊猫的故乡》(一至五)、《美猴王》、《齐天大圣》、《火云洞降服红孩儿》、《新孙悟空》。《美猴王》《齐天大圣》《火云洞降服红孩儿》的副标题是《〈西游记〉故事选》(一至三)。《火云洞降服红孩儿》,写唐僧被牛魔王的儿子红孩儿掳去准备蒸着吃,猪八戒也不幸进洞被缚,孙悟空假扮牛魔王被识破,只得请观音菩萨降服红孩儿,最终救出了唐僧和猪八戒,并一把火烧掉了火云洞。《新孙悟空》,写孙悟空接到月亮上的嫦娥姐姐的电话,说有一大批新孙悟空在那里大闹天宫。孙悟空跑去一看,原来是各种人造地球卫星:测地卫星、地球资源卫星、气象卫星、天文卫星、导航卫星、侦察卫星。孙悟空或和他们对话,或观察他们的行动,最后确认他们各自有任务,没有一个是来故意捣乱的。他将结果告诉了嫦娥,并对卫星们说:"欢迎你们,我的兄弟姐妹——新孙悟空们!"

图 4-7 "注音识字,提前读写"实验课本《读物》(1991)

12 省实验教材编写委员会编,语文出版社 1992 年 10 月第二版、1994 年 10 月第四次印刷"注音识字,提前读写"实验课本《读物》第 6 册第 80—84 课是《磨刀不误砍柴工》、《寓言二则》(《空中楼阁》《欲速则不达》)、《孙悟空三打白骨精》、《张良求师》、《墨子智斗鲁班》。此时的《孙悟空三打白骨精》(从"一天,唐僧带着他的徒弟孙悟空、猪八戒和沙和尚来到一座高山前",到"悟空口吐神火,把白骨精烧成了灰烬")就是一个儿童"读物",而不是被当成一个有政治意涵的文本。

12 省实验教材编写委员会编,语文出版社 1994 年 10 月第三版、1994 年 10 月第四次印刷九年义务教育五年制小学"注音识字,提前读写"实验课本《语文》第 4 册的最后一单元(第 10 单元)是《西游记》单元,其第 35—38 课将《西游记》中的"三借芭蕉扇"分成《路遇火焰山 一借芭蕉扇》《巧变小飞虫 二借芭蕉扇》《假扮牛魔王 三借芭蕉扇》《大战牛魔王 越过火焰山》来呈现。与之配套的 12 省"注·提"教材编写委员会编,语文出版社 1994 年 10 月第一版、2000 年 10 月第七次印刷《九年义务教育五年制小学"注音识字,提前读写"试用课本教学参考书》第四册在第 10

单元的“说明”中称：“故事围绕‘借扇’展开情节，颂扬了孙悟空不畏邪恶、敢于斗争的精神和为民造福的美德，表达了人民惩罚强暴、征服自然的强烈愿望。通过本组课文的教学，还可让学生了解祖国的灿烂文化，激发学生的阅读兴趣。”此外，还要求应用这四篇课文进行识字、写字、听话、说话、写话等练习[1]。

图 4－8　九年义务教育五年制小学课本《语文》（1996，河南）

河南省义务教育五年制小学语文教材编写组编，河南人民出版社 1996 年 6 月第一版、1996 年 9 月第一次印刷九年义务教育五年制小学课本《语文》（试用本）第 8 册第 10 单元的第 28—30 课是《孙悟空三打白骨精》《草船借箭》和《寓言二则》（《滥竽充数》《画蛇添足》）。《孙悟空三打白骨精》（从“一天，唐僧带着他的徒弟孙悟空、猪八戒和沙和尚来到一座高山前”，到“孙悟空口吐一团大火，将白骨精烧成了灰烬”）的课后练习有五题：

1. 读课文，回答问题。

（1）白骨精是怎样欺骗唐僧的？它为什么要这样做？

（2）孙悟空怎样识破了白骨精的真相？

（3）孙悟空用什么办法揭穿了白骨精的妖术？

2. 按下面的意思给课文分段。

（1）孙悟空三次棒打白骨精。

（2）孙悟空用计揭穿了白骨精的妖术。

（3）孙悟空把白骨精烧成了灰烬。

3. 读读写写。

山势　残害　本性　性命　怒火万丈

1　12 省“注・提”教材编写委员会编《九年义务教育五年制小学“注音识字，提前读写”试用课本教学参考书》（第四册），北京：语文出版社，1994 年 10 月第一版、2000 年 10 月第七次印刷第 220 页。

妖怪　索性　狡辩　作祟　弄虚作假

识破　责怪　协助　举棒　齐力奋战

4. 在括号里填写合适的词语。

一个(　　)　一座(　　)　一股(　　)　一声(　　)

一团(　　)　一缕(　　)　一把(　　)　一起(　　)

5. 朗读课文,简要复述课文。

人民教育出版社语文一室编,人民教育出版社 1988 年 6 月第二版、1992 年 9 月第六次印刷初级中学课本《语文》第 2 册第 3 单元第 11—15 课全部是小说:《鲁提辖拳打镇关西》(施耐庵)、《分马》(周立波)、《美猴王》(吴承恩)、《求雨》(赵树理)、《梁生宝买稻种》(柳青)。单元"教学要求"是"了解小说的一般特点""学习从情节入手分析人物性格""理解主题思想"。单元后的听说训练是"复述"。单元知识短文是《记叙的详略》。《美猴王》(从"东胜神洲,海外有一国土,名曰傲来国",到"独自为王,不胜欢乐")的"学习重点"是"神话小说的一般特点"和"美猴王的特点"。其"自读提示"写道:

本文从石猴出世写起,以石猴如何当上猴王为线索,通过他发现水帘洞和带领群猴进住水帘洞这两件事,层次清楚地写出石猴的来历和称王的过程。把一个聪明灵巧、本领超群、有胆有识、深孚众望的猴王形象刻画得栩栩如生。文章通过富有猴王特点的语言、动作,在同群猴的对比中,把美猴王的形象塑造得鲜明生动。

其课后"练习"有四题:

一、美猴王既有人的感情,又有猴的特点。哪些语句表现了他具有人的思想感情,哪些语句表现了他具有猴的特征?把这些语句分别找出来。

二、课文写石猴进入水帘洞,写了他的一系列动作。请根据这些描写,想象石猴自告奋勇的心理活动,口头描述出来。

三、有人说课文的故事离奇,太"迷信"了;有人说这故事引人入胜,是神话小说的幻想,太好了。请说说你的看法。

四、如有条件,课外可阅读《西游记》。

其中第三题将"迷信"二字加上引号,而且后半句提示这是"神话小说",就是提醒学生注意这不是在宣扬封建"迷信"的思想,而是神话小说所采用的一种"幻想的形式”。

人民教育出版社语文一室编，人民教育出版社1988年6月第三版、1988年10月第七次印刷《初中语文教学参考书》第2册第13课《美猴王》分析了节选部分的特点，如集猴、人、神特点于一身的艺术形象，神奇瑰丽的想象和优美生动的语言。对其语言的分析如下[1]：

语言优美生动，流利明快，富于表现力。如写石猴出世的山间生活：“食草木，饮涧泉，采山花，觅树果；与狼虫为伴，虎豹为群，獐鹿为友，猕猴为亲；夜宿石崖之下，朝游峰洞之中。”这些短句，写出石猴的灵巧活泼和自由欢乐，流利明快而音调和谐。写石猴探泉时，用“瞑”“蹲”“纵”“跳”这些动词，突出了他的灵巧机智、本领高强。

此外，对迷信和神话也作了区分[2]：

迷信是指信仰神仙鬼怪等，也泛指盲目的信仰和崇拜。神话是古代人民对自然现象和社会生活的一种天真的解释和美丽的向往，它富有积极的浪漫主义精神。在原始时代，由于生产力的低下限制了人们的认识水平，他们同自然作斗争的过程中，不可能了解并掌握自然的规律，在自然的力量面前，显得十分无能。因此，就把自然界各种变化的动力都归之于神的意志和权力。他们认为这些变化莫测的现象都有一个神在指挥着、控制着。于是他们心目中，一切自然力都被他们的想象形象化、人格化了。随后他们又在生产劳动中依照自己的英雄人物形象，创造了许多神的故事，在口头流传，这就产生了神话。神话虽然由人们的幻想构成，但这幻想是依据现实生活做基础的，是客观现实和生活斗争的反映。我国古代有许多优秀的神话，如“精卫填海”“夸父逐日”，明显地反映了原始人同自然作斗争的坚决意志。

后来，阶级社会产生了，统治阶级用“神”来麻醉人民、统治人民。但神话和迷信根本不同。神话是要同自然作斗争的，是想战胜自然的，而宗教迷信的神则是人类万物的主宰，是至高无上的，不可抗拒的。神话对世界采取积极态度，敢于反

---

1 人民教育出版社语文一室编《初中语文教学参考书》(第二册)，北京：人民教育出版社，1988年6月第三版、1988年10月第七次印刷第77页。

2 人民教育出版社语文一室编《初中语文教学参考书》(第二册)，北京：人民教育出版社，1988年6月第三版、1988年10月第七次印刷第78—79页。

抗神的权威，富于革命性；宗教迷信是消极的，宣传人对神的无力和无能。

其后一篇课文《求雨》，就抨击了解放前地主祈求龙王降雨这种向"神"屈服的迷信行为，而赞扬了解放后中国共产党领导广大农民开启这种"人定胜天"的不屈斗争。

1989年后，中小学校加强了思想政治教育。除了前文提到的1991年8月国家教委颁布的《中小学语文学科思想政治教育纲要（试用）》，人民教育出版社还出版了语文补充教材。前者规定将《西游记》中的《齐天大圣》作为基本篇目，在后者中也出现了《西游记》的身影。如人民教育出版社语文二室编，人民教育出版社1991年9月第三版、1992年1月广西第一次印刷《高级中学课本语文补充教材》第1册共有14课：《一次重温历史的旅行》（柯灵）、《戚继光》（梁锦瑞）、《远洋渔歌》（孙为刚）、《关汉卿不朽》（夏衍）、《瑰伟绝特滕王阁》（魏巍）、《汉字是中华民族的杰出创造》（曹先擢）、《阅尽千山方识君——发达而优美的汉语》（史有为）、《祖国颂诗两首》[《我站在祖国地图前》（纪宇）、《祖国啊，我亲爱的祖国》（舒婷）]、《念奴娇·昆仑》（毛泽东）、《血写的课文》（雁翼）、《绝句·律诗五首》[《马上作》（戚继光）、《复台》（郑成功）、《塞外杂咏》（林则徐）、《去岁初抵鮀江，今仍客游至此，思之怃然》（丘逢甲）、《黄海舟中日人索句，并见日俄战争地图》（秋瑾）]、《毛泽东、周恩来同志的"衣食住行"》（权延赤）、《刑场上的婚礼》（齐怀）、《苏武》（班固）。补充教材的"说明"称："根据国家教育委员会《中小学语文学科思想政治教育纲要（试用）》，我们编写了高级中学语文补充教材，以适应当前加强中国近代、现代史和国情教育的需要。"这些课文的主题主要是激励学生热爱中华民族、伟大祖国，反抗列强的侵略，继承革命精神。1966—1976年经常出现在中学语文教科书中的《念奴娇·昆仑》再次出现在这册教科书中，而且照录了原词中提及《西游记》的原注："前人所谓'战罢玉龙三百万，败鳞残甲满天飞'，说的是飞雪。这里借用一句，说的是雪山。夏日登岷山远望，群山飞舞，一片皆白。老百姓说，当年孙行者过此，都是火焰山，就是他借了芭蕉扇扇灭了火，所以变白了。"其课前的"预习提示"称：1935年夏，长征途中的毛泽东登上岷山、远望昆仑，"展望中国革命前景，满怀壮志豪情"。词的"上阕着重写山，突出昆仑的高大、壮丽，同时描写了它的威力和给人类带来的灾难，最后两句'千秋功罪，谁人曾与评说'既慨叹古今，又抒发胸臆。下阕着重写人的思绪，作者以浪漫的笔调，夸张地宣告要将昆仑截断分赠，使整个世界都凉热宜人，抒写了作者立志改造自然，改造旧世界，造福全人类的远大理想和坚定信念”。“学习这首词，重点体会作者博大的胸怀和热爱人民、造福人类的思想。”其课后的“思考和练习”有三题。第一、二题要求理解其思想内容：“结合词的内容，思考最后两句作者表现的理想和抱负”，“结合上下文，分析‘千秋功罪，谁人曾与评说’句在文中所起的作用”。第三题的题干是“下列各句运用了什么修辞方法，选择正确答案”，要求选择“飞起玉龙三百万，搅得周天寒彻”“而今我谓昆仑：不要这高，不要这多雪”“一截遗欧，一截赠美，一截还东国”这三句运用了比喻、夸张、呼告、对偶中的哪一种。

广西教育学院教研部编，广西教育出版社 1987 年 5 月第一版、1991 年 11 月第二版第二次印刷九年制义务教育初中语文试验课本《语文》[1] 第 2 册第 7 章是“修辞知识”。“修辞知识”中的第 2 单元是“选句”，内容是如何选择主动与被动、肯定与否定句式等。这一单元的课文(第 44—47 课)是小说《社戏》(鲁迅)、《多吃了几斤盐》(刘绍棠)、《快乐王子》(王尔德)、《美猴王》(吴承恩)。其“自学提示”要求学生熟悉课文内容、标画出体现孙悟空具有人的感情和猴的特征的语句、说出其发现洞的过程及其进洞动作的特点。其课后的“思考与应用”有三题：

一、本课用生动流畅的语言，写出了一个天生地成、智慧灵巧、本领高强、深孚众望的美猴王形象。你能举例说出本文的语言特点吗？

二、本课是一篇神话小说(节选)，《古代英雄的石像》是一篇童话故事，都是通过作者的想象与构思写出来的。试比较一下童话与神话的特点。

三、寒假中阅读《西游记》全书，并抄下有用的词语和向自己邻居的小朋友讲《西游记》的故事。

《美猴王》之后的“语文知识”短文《童话 神话 寓言》，分别分析了这三种文体的特征。

根据上海中小学课程教材改革委员会编、上海教育出版社 1994 年 6 月第一版第一次印刷《九年义务教育课本语文教学参考资料(S 版)》(七年级第一学期)的篇目来看，与之对应的《语文》教科书的第 7 单元的课文是《鲁提辖拳打镇关西》《童区寄传》，扩展阅读是《孙悟空三打白骨精》《和少年朋友谈谈〈西游记〉》。其“单元

1　本书每章分为 3 个单元，每单元由 3—8 篇课文组成。

说明"称:《孙悟空三打白骨精》是让学生理解作者通过语言、动作来塑造孙悟空的形象,《和少年朋友谈谈〈西游记〉》使学生对《西游记》有一个整体的认识。《孙悟空三打白骨精》写道:"本文主要通过记叙孙悟空三打白骨精的故事,生动地表现了孙悟空疾恶如仇、聪明机智、忠于职守、有情有义的思想性格。同时告诉人们:不要被事物的假象所迷惑,要善于识别好坏真伪,对于恶势力,要敢于斗争,善于斗争。"[1]《和少年朋友谈谈〈西游记〉》总结了《西游记》在写作方面的两个特点:"1. 书中描写的一切不是完全空幻的,有现实生活的影子。2. 通过幻想和夸张的手法,表现作者对理想事物的追求。"[2]

郑祥五、孟宪和主编,教育科学出版社 1994 年 12 月第一版、1996 年 11 月第三次印刷河北省义务教育三年制初级中学教材《语文》第 2 册第 6 单元的课文(第 21—24 课)是小说:《分马(导读)》(周立波)、《梁生宝买稻种(欣赏)》(柳青)、《鲁提辖拳打镇关西(导读)》(施耐庵)、《美猴王(阅读)》(吴承恩)。导读课教阅读方法。阅读课则要求运用导读课中所学的阅读方法开展阅读活动。欣赏课则是自由阅读并获得审美愉悦。教科书所设定的《美猴王(阅读)》的"学习目标"有三个:"1. 进一步掌握人物言行描写的方法。2. 了解神话小说的特点。3. 认识祖国悠久的历史,灿烂的文化,了解作者生平事迹及其贡献,激发热爱祖国优秀文学艺术的感情。""学法指导"要求学生写出"新课导语"(包括学习目标、课文重点以及作家、作品简介),学会写"阅读提要"(包括文章的结构层次、各层意思以及主题思想、写作特点等),会设计一套"思考练习"题目,要勾画出美猴王的语言、动作的句段并概括他的性格特征,研讨神话小说的特点。"课上练习"有三题:"1. 把同桌设计的'思考练习'认真做一遍。2. 课文描写了石猴进出水帘洞的一系列动作。请你据此想象出他当时的心理活动,进行口头描述。3. 有人说课文故事离奇,太迷信了;有人说故事引人入胜,是神话小说中的合理幻想,太好了。说说你的看法。"课后还要求写一篇读书随笔。

北京师范大学附属实验中学、北京市教育局教学研究部编,北京出版社、开明

1 上海中小学课程教材改革委员会编《九年义务教育课本语文教学参考资料(S版)》(七年级第一学期),上海:上海教育出版社,1994 年 6 月第一版第一次印刷第 134 页。

2 上海中小学课程教材改革委员会编《九年义务教育课本语文教学参考资料(S版)》(七年级第一学期),上海:上海教育出版社,1994 年 6 月第一版第一次印刷第 135—136 页。

出版社 1995 年 1 月第一版第一次印刷九年义务教育三年制初级中学教科书《语文》第 2 册第 3 单元“肖像 · 言行 · 心理”的第 9—14 课为《故乡》(鲁迅)、《变色龙》(契诃夫)、《小橘灯》(冰心)、《美猴王》(吴承恩)、《核桃的秘密》(刘真)、《人，又少了一个》(聂华苓)。书前列出了《知识、能力训练要点一览表》。这一单元“读”的训练点是“阅读以描写人物为主的作品，能从肖像、语言、行动、心理的描写中分析人物的思想性格”。“写”的训练点有三个：“1. 写自己熟悉的人，能对人物进行一定的肖像、语言、行动的描写。2. 能写一个表现自己在某种情况下心理状态的片断。3. 启事。”“听与说”的训练点是“复述(二)创造性复述”。“汉语知识”是“虚词(一)副词介词”。“单元提示”分别就“肖像”“言行”“心理”介绍相关的语文知识。单元后的“基础知识与能力训练(三)”就是围绕《知识、能力训练要点一览表》中开列的基础知识和基本技能来设置练习。其前言称：这套书的编写，以国家教委制订的《九年义务教育全日制初级中学语文教学大纲(试用)》为依据，以“阅读为基础，写作为体系，读写有机结合，兼顾听说”为总体思路，设计新的教学体系。其中初一年级是记叙文的“分点教学”，围绕记叙文读写的 30 个基础知识和基本技能点编写教材、组织教学。可见，包括《鲁提辖拳打镇关西》在内的所有课文都属于“记叙文”，都是读写知识和技能教学的材料。《美猴王》的课后练习自然也是如此：

思考与练习

一、熟读课文，复述故事。

二、从下面每段文字后的括号里挑选恰当的词语填空，说说这些描写(主要是动作描写)分别突出了石猴和群猴的什么性格特点。

1. 那猴在山中，却会行走跳跃，__草木，__涧泉，__山花，__树果；与狼虫__，虎豹__，獐鹿__，猕猿__；夜__石崖之下，朝__峰洞之中。

(觅、食、宿、饮、采、游、为群、为亲、为友、为伴)

2. 他__目__身，将身一__，径__入瀑布泉中，忽__睛__头观看，那里边却无水无波，明明朗朗的一架桥梁。他__了身，__了神，仔细再看，原来是座铁板桥。桥下之水，冲贯于石窍之间，倒挂流出去，遮闭了桥门。却又__身__桥头，再__再__，却似有人家住处一般，真个好所在。

(纵、跳、抬、睁、住、定、走、欠、看、上、瞑、蹲)

3. 胆小的，一个个__头__颈，__耳__腮，大声叫喊，__一会，也都进去了。__过桥头，一个个抢__盆__碗，__灶__床，__过来，__过去……

（抢、争、伸、搬、移、缠、抓、缩、挠、占、跳、夺）

三、按顺序写出本文的情节，说说其中哪些是详写，为什么要详写。

四、神话是一种通过丰富的想象、幻想和夸张塑造一些超自然的形象来反映社会生活的文学体裁。你是怎样理解作者塑造美猴王这个艺术形象的意义的？

五、辨字组词。

暑 署 著 挈 契 锲 碣 竭 喝 要 耍 瞑 螟 镌 携

六、课外活动

阅读《西游记》。

浙江省义务教育教材编委会编，浙江教育出版社1997年6月第二版、1998年2月第八次印刷义务教育初级中学课本（试用）《语文》第1册第2单元《富有表现力的祖国语言》中的"阅读训练"有3课（第6—8课）：《龙宫索宝》（吴承恩）、《笑》（高士其）、《政论两则》[《打扫房子和洗脸》《开动机器》（毛泽东）]。其单元导语写道："本单元的学习，要求着重领会祖国语言的丰富、优美及其表现力，从而增强热爱祖国语言的感情，培养学习祖国语言的兴趣。"《龙宫索宝》（从"悟空会聚群猴，计有四万七千余口"，到"只见四个老猴，领着众猴，都在桥边等候"），写孙悟空到龙宫索取定海神针作为武器——如意金箍棒——的过程。其中人物的语言、动作的描写十分生动传神。如：

图4-9 义务教育初级中学课本（试用）《语文》（1997）

正说处，后面闪过龙婆、龙女道："大王，观看此圣，决非小可。我们这海藏中，那一块天河定底的神珍铁，这几日霞光艳艳，瑞气腾腾，敢莫是该出现，遇此圣也？"龙王道："那是大禹治水之时，定江海深浅的一个定子，是一块神铁，能中何用？"龙婆道："莫管他用不用，且送与他，凭他怎么改造，送出宫门便了。"老龙王依言，尽向悟空说了。悟空道："拿出来我看。”龙王摇手道：“扛不动！抬不动！须上仙亲去看看。”悟空道：“在何处？你引我去。”龙王果引导至海藏中间，忽见金光万道。龙王指定道：“那放光的便是。”悟空撩衣上前，摸了一把，乃是一根铁柱子，约有斗来粗，二丈有余长。他尽力两手挝过道：“忒粗忒长些！再短细些方可用。”说毕，那宝贝就短了几尺，细了一围。悟空又颠一颠道：“再细些更好！”那宝贝真个又细了几分。悟空十分欢喜，拿出海藏看时，原来两头是两个金箍，中间乃一段乌铁；紧挨箍有镌成的一行字，唤做“如意金箍棒”，重一万三千五百斤。心中暗喜道：“想必这宝贝如人意！”一边走，一边心思口念，手颠着道：“再短细些更妙！”拿出外面，只有二丈长短，碗口粗细。

这段文字通过个性化的语言、动作、心理描写等写出了不同人物的性格特征，写得具体、生动。其课后的练习共有六题，主要是进行语文训练：第一题是思考“孙悟空为什么要索宝”等问题并运用课文中的语句条理清晰地复述课文。第二题是勾画和评点第三、四段中写孙悟空的对话和动作的词语。第三题是推敲词语（如能否用“如碉堡要塞”替换原文中的“似铁桶金城”等）。第四题是解释“不遂我意”中的“遂”等文言词语的含义。第五题是课外阅读《西游记》。第六题是给《西游记》中孙悟空索宝回花果山后的一段描述（从“悟空满面春风，高登宝座”，到“将宝贝还变做个绣花针儿藏在耳内复归洞府”）中没有标点的部分加上标点。

颜振遥编著，四川教育出版社 1997 年 9 月第三版、1997 年 10 月第五次印刷九年义务教育三年制初级中学试用课本《语文》第 2 册的选学课文第 19—22 课是小说《柏林之围（节选）》（都德）、《美猴王》（吴承恩）、《梁生宝买稻种》（柳青）、《求雨》（赵树理），必学课文第 22 课是《鲁提辖拳打镇关西》。因为这套教科书是颜振遥创立的语文自学辅导教学法的试用课本，所以有很多便于自学辅导的材料，主要包括课文之前的“学习要求”“复习旧知识”“课文和辅读”。如“学习要求”是“一、速读后能说出课文大意。二、评点课文段落层次和动词的使用。三、略知《西游记》和它的作者，能用猜读法、跳读法在课外看《西游记》”。“课文和辅读”的第一条是学会用猜读法、跳读法，第二条介绍了古白话与现代汉语的区别，第三条是“用评点法显现课文段落层次和动词用得准确的地方”。课文的旁边是评点批注，第一条评点是“名曰：名字叫”。课后练习题围绕“学习要求”设题，第一题是速读完课文后填空，第二题是填写动词，第三题是揣摩《齐天大圣》中的“哪吒三太子六般兵器变做千千万万，孙悟空金箍棒变做万万千千，两人在半空中混战，密如雨点，疾似流星”中“千千万万”与“万万千千”并用的新意，第五题是要求在课外用跳读法阅读《西游记》。

图 4－10　江苏省九年义务教育五六年制小学通用《语文补充阅读》(1995)

二　中小学语文教师的阐释

目前没有见到这段时间中小学语文教师对《西游记》及其节选部分阐发了有新意的见解。

三　中小学课外阅读中的《西游记》

学生除了阅读节选自《西游记》的课文，还会观看改编自《西游记》的影视作品。如江苏省中小学教学研究室编、江苏教育出版社 1988 年 5 月第一版第一次印刷江苏省小学实验课本(试用本)《语文》第 7 册第 50 课在介绍红外卫星导弹时就以孙悟空的火眼金睛作比：“你们看过《大闹天空》吗？孙悟空有一双‘火眼金睛’。我的爷爷也有一双‘火眼金睛’，比孙悟空的本领还大呢。他还有许多红外微型导弹，百发百中，还会跟踪追击。”一些课文也会提到《西游记》，除了经常在初中语文教科书中出现的《从百草园到三味书屋》，小学语文教科书中也出现了根据其改编的《三味书屋》。如人民教育出版社语文一室编著，人民教育出版社 1992 年 4 月第一版、1994 年 9 月第三次印刷义务教育五年制小学教科书(实验本)《语文》第 6 册第 19 课《三味书屋》中写道：“当年鲁迅就在那里读书、习字，有时还画画，把纸蒙在《西游记》一类的小说上描绣像。”李吉林主编，江苏教育出版社 1995 年 6 月第一版、1999 年 6 月第五次印刷江苏省九年义务教育五六年制小学通用《语文补充阅读》第 1 册第 4 单元《学说几句话》的第 3 篇《读〈猪八戒吃西瓜〉》。课文很短：“妈妈给我买了一本《猪八戒吃西瓜》的故事书，我立刻坐在小板凳上津津有味地看起来。”

人民教育出版社语文一室编，人民教育出版社 1988 年 6 月第二版、1992 年 9 月第六次印刷初级中学课本《语文》第 2 册第 13 课《美猴王》的课后练习四就要求“如有条件，课外可阅读《西游记》”。人民教育出版社语文一室编，人民教育出版社 1988 年 6 月第三版、1988 年 10 月第七次印刷《初中语文教学参考书》第 2 册第 13 课《美猴王》的“教学建议”二是“可指导学生课外阅读《西游记》，可适当讲讲孙悟空形象的社会意义”[1]。广西教育学院教研部编，广西教育出版社 1987 年 5 月第一版、1991 年 11 月第二版第二次印刷九年制义务教育初中语文试验课本《语文》第 2 册第 47 课《美猴王》的“思考与应用”三就是“寒假中阅读《西游记》全书，并抄下有用的词语和向自己邻居的小朋友讲《西游记》的故事”。阎福新、李曙新、胡中柱主编，教育科学出版社 1994 年 6 月第三版第一次印刷河北省义务教育三年制初级中学教材《语文》第 1 册附录 2“课外阅读参考篇目”列了五部作品：《西游记》、《伊索寓言》、《安徒生童话选》、《一千零一夜》(《天方夜谭》)、《爱从这里开始》。上海中小学课程教材改革委员会编，上海教育出版社 1994 年 6 月第一版第一次印刷《九年义务教育课本语文教学参考资料(S 版)》(七年级第一学期)指出，“教师可布置学生课外阅读《西游记》，并写一点读书体会”[2]。北京师范大学附属实验中学、北京市教育局教学研究部编，北京出版社、开明出版社 1995 年 1 月第一版第一次印刷九年义务教育三年制初级中学教科书《语文》第 2 册第 12 课《美猴王》的课后练习中的“课外活动”就是“阅读《西游记》”。浙江省义务教育教材编委会编，浙江教育出版社 1997 年 6 月第二版、1998 年 2 月第八次印刷义务教育初级中学课本(试用)《语文》第 1 册第 6 课《龙宫索宝》的课后练习五是“课外阅读《西游记》”。颜振遥编著，四川教育出版社 1997 年 9 月第三版、1997 年 10 月第五次印刷九年义务教育三年制初级中学试用课本《语文》第 2 册选学课文第 20 课《美猴王》的课后练习四也要求课外用跳读法阅读《西游记》。既然语文教科书要求学生在课外阅读《西游记》，肯定会有不少学生会在课外阅读此书。

---

1 人民教育出版社语文一室编《初中语文教学参考书》(第二册)，北京：人民教育出版社，1988 年 6 月第三版、1988 年 10 月第七次印刷第 79 页。

2 上海中小学课程教材改革委员会编《九年义务教育课本语文教学参考资料(S 版)》(七年级第一学期)，上海：上海教育出版社，1994 年 6 月第一版第一次印刷第 136 页。

人民教育出版社中学语文室编著，人民教育出版社 1999 年 1 月第二版、1999 年 6 月第四次印刷高中语文实验课本《写作与说话》第 5 册附录中有陈锋的《撩开中学生阅读世界的神秘面纱——中学生课外阅读情况调查》。这份材料称：全国中学语文教学研究会阅读研究中心和《中学生阅读》编辑部在 1996 年组织了“中学生课外阅读情况调查”活动，共调查了北京、上海、辽宁、四川、浙江、安徽等 10 个省、市 39 所中学近万名学生的课外阅读情况，发现中学生课外阅读的热情比此前几年略高，而阅读武侠、言情小说的热情降低。就“四大名著”的阅读来说，广东省汕头市的调查结果显示：阅读过的人数的占比由多到少依次为《西游记》(44.5%)、《三国演义》(35.1%)、《水浒传》(27.1%)、《红楼梦》(25.4%)。读过《西游记》的人数最多，“大约同调查对象是刚从初中升上来的高一年级学生，比较偏爱神话故事有关”。北京九中的关于喜爱阅读的书目的调查显示：阅读过四大名著的人数的占比由多到少依次为《红楼梦》(45%)、《西游记》(25%)、《水浒传》(20%)、《三国演义》(18%)[1,2]。

第三节

《西游记》与基础工具性弱化期的语文教育（1998—1999）

语文教育在 1997 年受到社会各界的大批判甚至被骂为“误尽苍生”之后，遭遇了“世纪末的尴尬”，社会各界也开始反思和建构，一场新的语文教育改革正在孕育。虽然真正的语文教育改革要到 2000 年之后，不过被广为诟病的“双基”教育、“标准化”考试等的工具性与科学化的色彩已经开始弱化、消退。

一　中小学语文教学大纲、教材的接受与阐释

（一）大纲规定

1997 年第 11 期《北京文学》刊发了批判中小学语文教育的《中学语文教学手

1　人民教育出版社中学语文室编著高中语文实验课本《写作与说话》(第五册)，北京：人民教育出版社，1999 年 1 月第二版、1999 年 6 月第四次印刷第 377、380 页。

2　陈锋《撩开中学生阅读世界的神秘面纱——中学生课外阅读情况调查》，《中学语文教学》，1997 年第 9 期第 1—4 页。

记》(王丽)、《女儿的作业》(邹静之)和《文学教育的悲哀》(薛毅),由此引发了对语文教育的大批判。随后刊发相关文章的各种报刊可谓汗牛充栋,将其结集成书而出版的主要有《中国语文教育忧思录》(教育科学出版社,1998 年版)、《审视中学语文教育》(汕头大学出版社,1999 年版)和《问题与对策——也谈中国语文教育》(教育科学出版社,2000 年版)等。这些论著批评语文教科书中缺乏一流作家的一流作品,语文教学将文学作品作为思想教化和"语文训练"的工具,而非作为涵养学生审美情趣的凭借,所以其教学内容的选择,多为揭示作品中所含的道德、思想(尤其是其中所含的意识形态),以及按文章学、语言学的做法分析其静态的言语形式,而不是让学生体会其中的情感、趣味而获得审美享受,等等。这种社会舆论对语文教育的影响甚至超过了语文教学大纲对语文教育的影响。

(二) 教材收录

此前收录《西游记》的语文教科书继续在重印,在此期间新编的语文教科书中出现节选《西游记》的内容作为课文的,目前所见只有下表中的这两套。

表 4-5　基础工具性弱化期节选《西游记》的内容作为课文的新编语文教科书

课文名称	教科书名称、册次	编者、出版社	时间、版次	节选或改编	《西游记》相关回目
孙悟空三打白骨精	九年义务教育五年制小学课本《语文》第八册	河南省义务教育五年制小学语文教材编写组、河南人民出版社	1998 年 11 月第二版、2000 年 11 月第一次印刷	节选、改编	第二十七回　尸魔三戏唐三藏 圣僧恨逐美猴王
八戒智激美猴王	九年义务教育三年制初级中学课本《语文》第三册	张志公、北京大学出版社	1998 年 5 月第二版、2000 年 4 月第三次印刷	节选	第三十回　邪魔侵正法 意马忆心猿 第三十一回　猪八戒义激猴王 孙行者智降九怪

(三) 编者阐释

1. 对《西游记》的总体评价

张志公主编,北京大学出版社 1998 年 5 月第二版、2000 年 4 月第三次印刷九年义务教育三年制初级中学课本《语文》第3册第19课《八戒智激美猴王》对《西游记》和吴承恩的介绍很简略：

《西游记》是一部长篇神话小说，全书一百回，作者吴承恩，明朝人。

2. 对节选部分的阐释

河南省义务教育五年制小学语文教材编写组编，河南人民出版社1998年11月第二版、2000年11月第一次印刷九年义务教育五年制小学课本《语文》第8册第9单元第26—28课，与河南省义务教育五年制小学语文教材编写组编，河南人民出版社1996年6月第一版、1996年9月第一次印刷九年义务教育五年制小学课本《语文》(试用本)第8册第10单元第28—30课相比，课文没有变化，只是《孙悟空三打白骨精》的课后练习题由五道变成了三道，不过仍然是在围绕"双基"设题：

1. 读课文，回答问题。

(1) 白骨精是怎样欺骗唐僧的？它为什么要这样做？

(2) 孙悟空怎样识破了白骨精的真相？

(3) 孙悟空用什么办法揭穿了白骨精的妖术？

2. 读读写写。

山势　残害　本性　性命　识破　责怪

妖怪　索性　狡辩　作祟　协助　举棒

弃恶从善　弄虚作假　得意忘形　无可奈何

热气腾腾　几次三番　怒火万丈　齐力奋战

3. 朗读课文，简要复述课文。

张志公主编，北京大学出版社1998年5月第二版、2000年4月第三次印刷九年义务教育三年制初级中学课本《语文》第3册的"说明"称："语文课'是以知识为先导、以实践为主体、并以实践能力的养成为依归的课'。"本教材为"双线推进结构"。第一条线是"实用语文能力的训练"，教授语文知识，进行听、说、读、写技能的训练。第二条线是"文学作品欣赏能力的培养"，"渗透文学知识，培养初步欣赏文学作品的能力"。"两条线的内容是相通的，但不强求配合"。第3册第5单元是"神话故事"。其中的知识短文是《神话故事》，课文(第17—20课)是《盘古开天辟地》(袁珂)、《哪吒闹海》、《八戒智激美猴王》(吴承恩)、《普罗密修斯》。作文训练是《行动描写》。语法是《主动句和被动句》。《哪吒闹海》是陈金华根据《封神演义》改写的，选自《传奇故事 365 夜》。《普罗密修斯》选自《希腊的神话传说》。故事的主人公多是坚强不屈、舍生取义的人。这一单元的“训练重点”是“了解神话故事的特点”与“理解重要词语的含义和表达作用”。《八戒智激美猴王》（从“正行之际，忽闻得有人言语”，到“大圣和八戒，携手驾云西进”），除了用来作为说明《西游记》是“用神话故事的形式曲折的[1]反映现实生活”的例证，还用作训练学生的语文能力和培养其文学作品欣赏能力的材料。这从课前的“提示”和课后大量的“练习”中可以看出。其“提示”写道：

本文节选自《西游记》三十回和三十一回，写八戒请孙悟空下山救师父的经过。

孙悟空和猪八戒，是《西游记》塑造得最成功的两个形象。本文虽然是节选，但两个人物的性格也刻画得十分鲜明、生动，阅读时要认真体会。

课外阅读《西游记》。

这主要是将其作为一个文学作品，提醒学生体会人物刻画的效果，并在课外阅读全书进行文学欣赏。“练习”则从听、说、读、写能力训练的角度设题：

一、你读过《西游记》吗？给同学讲讲课文涉及的下列情节，要讲清楚，并力求生动。

1. 唐僧恨逐孙悟空

2. 黑松林唐僧遇难

3. 公主救唐僧

4. 黄袍怪擒沙僧

5. 唐僧变虎

6. 白龙马战黄袍怪

二、说说你对下面问题的理解。

1. 如果八戒不用“激将法”，孙悟空会不会随八戒回去救师父？

2. 八戒爱说谎，读者却很喜爱他，这是为什么？

三、孙悟空被逐后，对师父依然一片深情。说说课文中怎样描写了他对师父

---

1 原文如此。

的深情。

四、下面是写猪八戒的两段文字，说说各写出了他怎样的特点。

1. 八戒就地扯个谎，忙道：“师父在马上正行，叫声‘徒弟’，我不曾听见，沙僧又推耳聋，师父就想起你来，说我们不济，说你是个聪明伶俐之人，声叫声应，问一答十。因这般想你，专专教我来请你的。”

2. 那呆子下了山，不上三四里路，回头指着骂道：“这个猴子，不做和尚，倒做妖怪！这个猢狲！我好意来请他，他却不去！——你不去便罢！”走几步，又骂几声。

五△ 分析下面句中加点词语的含义和表达作用。

1. 行者笑道：“抬起头来我看。”那呆子把嘴往上一伸道：“你看么！”行者忍不住笑道：“猪八戒。”（两次笑的含义一样吗？）

2. 行者闻言，跳下崖来，搀住八戒道：“贤弟，累你远来，且和我耍耍儿去。”（“搀”，写出了孙悟空怎样的感情？）

3. 行者道：“你也是到此一场，看看我的山景何如。”那呆子不敢苦辞，只得随他走走。

行者道：“贤弟，请你往水帘洞里去耍耍。”八戒坚辞。

（八戒一向怕猴哥，为什么竟然由“不敢苦辞”一变而为“坚辞”？）

六△ 下面加点语句写出了猪八戒的特点，说说各写了他怎样的特点。

1. 八戒低着头，拱着嘴道：“我和你兄弟也做了几年，又推认不得！”

2. “我因许远无一个人家，辛苦了，略在草里睡睡。不想沙僧别了师父，又来寻我。”

当然，上述题目在训练学生的语文能力的同时，也在培养其文学欣赏能力，如词句的鉴赏、人物的欣赏等。

二 中小学语文教师的阐释

目前没有见到这段时间内有中小学语文教师对《西游记》及其节选部分阐发了有新意的见解。

三 中小学课外阅读中的《西游记》

《西游记》肯定是学生在课外常读的也是喜欢阅读的对象。另外，完成语文教科书中节选自《西游记》的课文的学习，有些也需要在课外阅读《西游记》全书。如张志公主编，北京大学出版社 1998 年 5 月第二版、2000 年 4 月第三次印刷九年义务教育三年制初级中学课本《语文》第 3 册第 19 课《八戒智激美猴王》的课前“提示”提醒学生“课外阅读《西游记》”。其实如果没有读过，其课后“练习”第一题就无法完成。

第五章

《西游记》与新世纪的语文教育（2000—　）

新世纪开始，语文教育的工具性被进一步弱化。课程专家称中国基础教育课程、教材开始“以学生发展为本”，由过去的“双基”变为“四基”（即强调要在过去重视基础知识、基本技能的基础上，“提高学生的发展性学力和创造性学力”），加强“道德教育和人文教育”，等等。[1] 随着人文主义思潮的高涨，这一时期的语文教科书中的选文不再以思想性而是以趣味性、文化性为主要的选择标准。教科书中的选文以文学作品为主，节选自《西游记》的课文，不再主要被作为学习语言文字基础知识、训练语文基本技能的材料，而主要被作为文学欣赏、文化熏陶的材料，所以在课后的练习题中有关字词句的理解与运用的题目变少，有关课文的内容和形式的理解与评价的题目变多，而且题目趋于开放性，答案趋向多元。教学内容的确定开始注重对文学作品的欣赏、对文化内涵的探析，如新编高中语文教科书的编者就建议教师在使用教科书时要注意“文化的观念”“审美的观念”“个性的观念”“时代的观念”等[2]。教学方法的运用多是要求学生讨论、探究或实践，并表达自己的体验与理解。

第一节 《西游记》与工具性弱化、人文性彰显期的语文教育（2000—2001）

21世纪初，新一轮的基础教育改革拉开序幕。提倡素质教育，培养创新型人

1 吕达《新世纪中国基础教育课程教材改革》，《人民教育》，2001年第六期第24页。

2 赵晓非《高中语文第一册简介》，《人民教育》，2000年第七期第44页。

才，成为基础教育改革的基本目标。“人”的意识的再次觉醒，“人文教育”的重要性再次被强调。不过，真正的改革是在新的语文课程标准颁布后，在这之前颁布的过渡性质的语文教学大纲，预示着工具性将进一步被弱化，而人文性开始得到强化。

一 中小学语文教学大纲、教材的接受与阐释

（一）大纲规定

面对社会各界对语文教育的大批判，新一轮的语文教育改革开始启动。2000年颁布了《九年义务教育全日制初级中学语文教学大纲（试用修订版）》和《全日制普通高级中学语文教学大纲（试验修订版）》。这两份课程标准只是过渡性质的语文课程文件，因为2001年7月就颁布了新的语文课程标准。不过，这两份大纲和1986年之后颁布的大纲相比，有三个明显的变化：一是删除了“各年级语文基本能力和基础知识教学要求”，也就是弱化了被广为诟病的“双基”教育。二是进一步强调了文化、文学的地位。两份教学大纲不再像1996年颁布的《全日制普通高级中学语文教学大纲（供试验用）》那样称语文是“最重要的文化载体”[1]（仍视为“工具”，只不过视为“文化”工具），而是直接称其为“人类文化的重要组成部分”[2]。《九年义务教育全日制初级中学语文教学大纲（试用修订版）》在阅读“教学内容和要求”中，强调“学习欣赏文学作品，感受作品中的形象，欣赏优美、精彩的语言”，“诵读古代诗词和浅易文言文，能借助工具书理解内容，背诵一定数量的名篇”；在“语文常识”中，除了要求掌握一些语法和修辞知识，还要求“了解课本涉及的重要作家和作品知识”，“了解散文、诗歌、小说和戏剧文学的基本常识”，“课外自读每学年不少于80万字（其中文学名著2—3部）”[3]。《全日制普通高级中学语文教学大纲（试验修订版）》在阅读“教学内容和要求”中，强调“感受文学形象，品味文学

1 课程教材研究所编《20世纪中国中小学课程标准·教学大纲汇编（语文卷）》，北京：人民教育出版社，2001年版第535页。

2 课程教材研究所编《20世纪中国中小学课程标准·教学大纲汇编（语文卷）》，北京：人民教育出版社，2001年版第541页。

3 课程教材研究所编《20世纪中国中小学课程标准·教学大纲汇编（语文卷）》，北京：人民教育出版社，2001年版第542—543页。

作品的语言和艺术技巧的表现力，初步鉴赏文学作品”，“诵读古典诗词和浅易文言文，理解词句的含义和作品的思想内容，背诵一定数量的名篇”，“了解课文涉及的重要作家和作品知识，了解中国文学发展简况”，“课外自读文学名著（10 部以上）、科普书刊和其他读物，不少于 300 万字”[1]。两份大纲在“教学中要重视的问题”中，均强调“要从语文学科的特点出发，使学生在潜移默化的过程中，提高思想认识，陶冶道德情操，培养审美情趣”[2]。三是取消了“基本课文篇目”，不过强调古代作品要占课文总数的 30%左右，所以即使在教学大纲中没有列出的“四大名著”中的篇目，在教科书中肯定也会出现。另外，两份教学大纲附录了“古诗文背诵推荐篇目”和“课外阅读推荐书目”，在后者中出现了“四大名著”。如《九年义务教育全日制初级中学语文教学大纲（试用修订版）》列出了 10 部“课外阅读推荐书目”：《西游记》《水浒》《朝花夕拾》《骆驼祥子》《繁星·春水》《鲁滨逊漂流记》《格列佛游记》《名人传》《童年》《钢铁是怎样炼成的》。[3]《全日制普通高级中学语文教学大纲（试验修订版）》列出了 20 部“课外阅读推荐书目”：《论语》《三国演义》《红楼梦》《呐喊》《女神》《子夜》《家》《雷雨》《围城》《谈美书简》《哈姆莱特》《堂·吉诃德》《歌德谈话录》《巴黎圣母院》《欧也妮·葛朗台》《匹克威克外传》《复活》《普希金诗选》《老人与海》《泰戈尔诗选》[4]。这些作品大致可以分为中国古代作品、现当代作品和外国文学作品。中国古代作品只有《论语》和“四大名著”。

（二）教材收录

在北京教育科学研究院基础教育教学研究中心编著、北京出版社 2001—2002 年出版的九年义务教育六年制小学试用课本《语文》的第 1—8 册中几乎见不到节选自“四大名著”的课文或提及“四大名著”的课文，直到第 9 册才出现《赤壁之战》

---

1 课程教材研究所编《20 世纪中国中小学课程标准·教学大纲汇编（语文卷）》，北京：人民教育出版社，2001 年版第 549 页。

2 课程教材研究所编《20 世纪中国中小学课程标准·教学大纲汇编（语文卷）》，北京：人民教育出版社，2001 年版第 543、549 页。

3 课程教材研究所编《20 世纪中国中小学课程标准·教学大纲汇编（语文卷）》，北京：人民教育出版社，2001 年版第 546—547 页。

4 课程教材研究所编《20 世纪中国中小学课程标准·教学大纲汇编（语文卷）》，北京：人民教育出版社，2001 年版第 554 页。

和《景阳冈武松打虎》，到第10册才出现《草船借箭》，此外在其第1—12册中没有见到节选自《西游记》和《红楼梦》的课文。在人民教育出版社中学语文室编著、人民教育出版社2001—2002年出版的九年义务教育四年制初级中学教科书《语文》第1—6册中没有见到节选自“四大名著”的课文，只是在第7册中收录了《杨修之死》和《葫芦僧判断葫芦案》。在第1—8册中没有见到节选自《西游记》和《水浒传》的课文。在人民教育出版社中学语文室编著、人民教育出版社2001—2002年出版的全日制普通高级中学教科书《语文》（试验修订本·必修）中，第4册收录了《林黛玉进贾府》《智取生辰纲》《失街亭》，第6册收录了《诉肺腑》《宝玉挨打》《香菱学诗》《抄检大观园》，没有节选《西游记》中的片段作为课文，只是在第5册第5课《我国古代小说的发展及其规律》（吴组缃）中多次以“四大名著”为例来说明时涉及了《西游记》，如称《西游记》是文人根据民间创作再创作而成，里面写了很多非凡的人物或不寻常的英雄，不过无论是书中所写的人还是事都有一定的现实依据等。

表5-1 中学语文教科书

课文名称	教科书名称、册次	编者、出版社	时间、版次	节选或改编	《西游记》相关回目
美猴王	九年义务教育三年制初级中学教科书《语文》第二册	北京市教育科学研究院基础教育教学研究中心、北京师范大学附属实验中学，北京出版社、开明出版社	2000年1月第四版、2000年1月第一次印刷	节选	第一回 灵根育孕源流出 心性修持大道生
三调芭蕉扇	全日制普通高级中学语文实验课本（必修）《文学读本》下册	人民教育出版社中学语文室、人民教育出版社	2001年12月第一版、2002年12月第二次印刷	节选	第五十九回 唐三藏路阻火焰山 孙行者一调芭蕉扇 第六十回 牛魔王罢战赴华筵 孙行者二调芭蕉扇 第六十一回 猪八戒助力败魔王 孙行者三调芭蕉扇

续 表

课文名称	教科书名称、册次	编者、出版社	时间、版次	节选或改编	《西游记》相关回目
美猴王	九年义务教育三年制初级中学教科书《语文》第二册	北京市教育科学研究院基础教育教学研究中心、北京师范大学附属实验中学,北京出版社、开明出版社	2002 年 1 月第六版、2004 年 1 月第三次印刷	节选	第一回　灵根育孕源流出 心性修持大道生

（三）编者阐释

1. 对《西游记》的总体评价

人民教育出版社中学语文室编著,人民教育出版社 2001 年 12 月第一版、2002 年 12 月第二次印刷全日制普通高级中学语文实验课本(必修)《文学读本》下册第 5 单元中的《三调芭蕉扇》之前的“作者简介”,对吴承恩和《西游记》作了全面的介绍。关于吴承恩,除了介绍他自幼喜欢野史奇闻和神怪传说,还介绍他生活的时代专制、黑暗及其不满现实的志趣。编者最后写道:“他绝意仕进,专心著述,在前人作品和民间传说的基础上,经过多年的熔炼和构想,进行艺术的再创作,完成了著名长篇小说《西游记》。书中所表现的对自由生活的追求和向往,以及对黑暗现实的批判精神,正寄托了作者的理想和愿望。”对《西游记》的评介如下:

《西游记》写的是西天取经的故事。这个故事从历史到小说,经历了漫长的演变过程。唐代高僧玄奘(602—664)到印度游学,取回佛经,这是有历史记载的。此后,唐僧西天取经的故事在民间广为流传。在宋代就出现了以这个故事为题材的话本小说,到元代这个故事已经基本上定型。吴承恩在前人创作和民间传说的基础上,对有关素材重新整理,多方润色,在塑造形象、发展情节、锤炼语言等方面,刻意求工,精益求精,把《西游记》写成一部别开生面的长篇神魔小说,成为深受广大群众喜爱的文学名著。

《西游记》不是按照现实生活的本来面目直接反映现实生活,而是通过浪漫神奇的想象,夸张地描写了现实生活中并不存在的神魔人物和虚幻情节,而这些人物性格和情节的变化,在作品展现的艺术世界里是合情合理的,也是可信的。虚幻的冲突蕴含着复杂的社会矛盾，神奇的想象又曲折地反映着活生生的现实生活。全书通过西天取经的故事，表现了中国人民锐意进取、百折不回的斗争精神和摧毁邪恶、征服自然的坚定意志。书中着重塑造了孙悟空、猪八戒和唐僧的形象，这三种不同类型的代表人物，他们各有来历，各有特点，又互相依靠，互相制约，在通向理想目标的道路上，克服困难，共同前进。他们在取经路上所遇到的各种妖魔鬼怪，有的是社会上邪恶势力的象征，有的是自然灾害的幻化，必须扫除这些前进路上的障碍，才能最后达到理想的境界。《西游记》的写法是浪漫主义的，但它的内容又是以社会现实为基础的。二者紧密结合起来，就使得这部神魔小说不仅具有很高的美学价值，而且具有很强的社会意义，这是难能可贵的。

与人民教育出版社中学语文室编，人民教育出版社1986年7月第一版、1987年10月第二次印刷六年制重点中学高中语文(试教本)《文学读本》下册第5单元中的《三借芭蕉扇》之前的“作者简介”中对吴承恩和《西游记》的介绍不同。和以前强调作品的主旨是批判和反抗黑暗的统治不同，此处明确表示其主旨是表达对自由生活的追求与向往。这在以前的评介文字中是很少见到的。此外完全不提其中存在着宿命论、因果报应和佛法无边等消极思想。对作品的内容并没有做过多的说明。对其艺术的介绍，就像单元课文前的知识短文《古代小说常识》特意强调文学家在民间说唱体文本的基础上的个人创作的重要作用一样，强调《西游记》经过艺术加工后在故事情节和人物形象方面所呈现出的特点。

北京市教育科学研究院基础教育教学研究中心、北京师范大学附属实验中学编，北京出版社、开明出版社2000年1月第四版、2001年1月第一次印刷九年义务教育三年制初级中学教科书《语文》第2册第12课《美猴王》，和北京市教育科学研究院基础教育教学研究中心、北京师范大学附属实验中学编，北京出版社、开明出版社2002年1月第六版、2004年1月第三次印刷九年义务教育三年制初级中学教科书《语文》第2册第11课《美猴王》的题下注释相同，对《西游记》的简介仍都带有过去从社会阶级斗争的角度去评析的色彩：

《西游记》是我国古代著名的长篇神话小说。全书共一百回，是从唐僧取经的故事演化而成的。小说主要描写了孙悟空大闹天宫和孙悟空、猪八戒、沙僧保护唐僧去西天取经同妖魔鬼怪顽强斗争的经过，突出地表现了孙悟空的神通广大以及机智勇敢、不畏强暴的战斗精神，同时也用幻想的形式曲折地反映了当时的社会矛盾。作品想像丰富，情节引人入胜，语言生动诙谐。

2. 对节选部分的阐释

北京市教育科学研究院基础教育教学研究中心、北京师范大学附属实验中学编，北京出版社、开明出版社 2000 年 1 月第四版、2000 年 1 月第一次印刷九年义务教育三年制初级中学教科书《语文》第 2 册第 3 单元“肖像・言行・心理”中的第 9—14 课是《故乡》(鲁迅)、《变色龙》(契诃夫)、《小橘灯》(冰心)、《美猴王》(吴承恩)、《核桃的秘密》(刘真)、《人，又少了一个》(聂华苓)。单元后的“基础知识与基本能力(三)”分为“读与写”“口语交际”和“汉语知识”，介绍语文基础知识，训练语文基本技能。该册的前言称其以《九年义务教育全日制初级中学语文教学大纲(试用)》为依据编写，以“阅读为基础，写作为体系，读写有机结合，兼顾口语交际”为总体思路，不过也提到了“在教学过程中，培养社会主义的道德品质和健康高尚的审美情趣，激发热爱祖国的思想感情”。在训练读写技能时，初一是以记叙文为主要材料的“分点教学”；初二是以实用文体和文学文体分类的单元综合教学，以说明文分步教学和文学欣赏为重点；初三是议论文分步教学和“系列性比较”教学。可见，这套依据过渡性质的课程文件编写的过渡性质的教科书，还是以培养学生的听说读写基本语文能力为主，只是兼顾了文学欣赏能力的培养。虽然这个单元里的课文都是小说，但是编者还是将其当成一般的“记叙文”来对待，以此作为学习语文基础知识、训练语文基本技能的材料，这从《美猴王》的课后所呈现的练习题也可以看出，其“思考与练习”的六道题与 1995 年版本中的相比没有任何变化。

人民教育出版社中学语文室编著、人民教育出版社全日制普通高级中学语文实验课本(必修)《文学读本》的前言称：该书的目的就是要提高学生的文学鉴赏能力。上、下册共分古代诗歌鉴赏、现代诗歌鉴赏、古代散文鉴赏、现代散文鉴赏、古代小说鉴赏、现代小说鉴赏、古代戏剧鉴赏、现代戏剧鉴赏八个单元。2001 年 12 月第一版、2002 年 12 月第二次印刷下册第 5 单元古代小说鉴赏包括“古代小说常识”“鉴赏课文”和“单元练习”三部分。其中“鉴赏课文”包括《柳毅传》(李朝威)、《青梅煮酒论英雄》(罗贯中)、《智取生辰纲》(施耐庵)、《三调芭蕉扇》(吴承恩)、《杜十娘怒沉百宝箱》(冯梦龙)、《促织》(蒲松龄)、《严监生与严贡生》(吴敬梓)、《林黛玉进贾府》(曹雪芹)。与人民教育出版社中学语文室编，人民教育出版社

1986年7月第一版、1987年10月第二次印刷六年制重点中学高中语文(试教本)《文学读本》下册相比,其主要的变化是用《杜十娘怒沉百宝箱》替换了原来的《错斩崔宁》。关于《西游记》中的选文,除了把课文题目"三借芭蕉扇"改为"三调芭蕉扇",课前的"鉴赏提示"只介绍课文所涉及的三回内容,不再提示要注意区分神魔小说和封建迷信的区别;课后的"鉴赏要点",与此前版本中的相比,内容没变,仍然从小说在激烈的矛盾冲突中塑造人物性格及人物思想性格和动植物的体态习性的巧妙结合两方面来鉴赏,只是在文字上做了压缩和删节,把判断神魔小说是否宣传了封建迷信的标准的文字删除了。课后的练习也有变化:

一、元末明初人杨讷的《西游记》杂剧中就有"过火焰山"这个情节。在剧本里,铁扇公主没有丈夫,因为孙悟空无礼调戏她,她才不肯借扇,于是恶战一场,孙悟空败走,只得转而求告观音,差水部诸神降雨灭火。就是这个情节,到了吴承恩的笔下却成了"三调芭蕉扇",铁扇公主成了牛魔王的妻子、红孩儿的母亲,等等。小说《西游记》作这样的改动,好在哪里?

二、三调芭蕉扇的故事情节波澜起伏,摇曳生姿,层层推进,环环相扣,气势恢宏,引人入胜,充分表现了孙悟空机智灵活的战略战术和百折不挠的斗争精神。试以故事情节发展的过程为线索(包括矛盾的起因、发展、深化、高潮、结局)把文章的脉络理清楚,这样便于把握全文的内容和精神。

三、《西游记》中还有一个精彩的段子名叫"孙悟空三打白骨精",内容是叙述三藏师徒取经途中遇上白骨精的故事。试把铁扇公主与白骨精这两个形象加以比较,看她们在本质上有什么区别,孙悟空对她们的态度有哪些不同。

与此前的版本相比,更强调鉴赏作品的艺术形式,而不是探究其思想内容。

北京市教育科学研究院基础教育教学研究中心、北京师范大学附属实验中学编,北京出版社、开明出版社2002年1月第六版、2004年1月第三次印刷九年义务教育三年制初级中学教科书《语文》第2册第3单元第9—12课是《变色龙》(契诃夫)、《小橘灯》(冰心)、《美猴王》(吴承恩)、《爸爸的看护者》(亚米契斯)。该册的前言称其也是以《九年义务教育全日制初级中学语文教学大纲(试用修订版)》为依据编写的,与上述2000年版的编辑旨趣相同。只是2000年版中《美猴王》课后的"思考与练习"的第五题辨别词语被删除,第六题被独立成"课外活动":"阅读小说《西游记》或观看电视剧、动画片《西游记》,有声有色地讲述一段孙悟空的经历。”

二 中小学语文教师的阐释

这几年，可能因为多数地方在中小学教师职称评审时并无严格的论文发表数量的要求，所以中小学语文教师发表的文章不多，也未曾见到对《西游记》的总体评价和对节选部分的阐释有新意的文章。

三 中小学课外阅读中的《西游记》

北京教育科学研究院基础教育教学研究中心编著、北京出版社 2001 年 6 月第三版第一次印刷九年义务教育六年制小学试用课本《语文》第 9 册（修订版）第 26 课《少年时代的毛泽东》，写毛泽东在少年时代不喜欢读经史而喜欢读“杂书”：“他非常喜欢读小说，《说唐》《说岳》《西游记》《封神榜》《水浒传》《三国演义》等等，他总是读了又读，甚至能把书中的情节背下来。每当放牛或干完农活儿，他就给别人讲述，跟大家讨论。”既然“伟大的人民领袖”毛泽东在少年时代都读这些小说，那么正处在少年时代的小学生必然会以他为榜样也读这些课外书。

上述北京市教育科学研究院基础教育教学研究中心、北京师范大学附属实验中学编，北京出版社、开明出版社 2000 年 1 月第四版、2000 年 1 月第一次印刷九年义务教育三年制初级中学教科书《语文》第 2 册第 12 课《美猴王》以及 2002 年版第 2 册第 11 课《美猴王》的课外活动，都要求阅读《西游记》。

人民教育出版社中学语文室编著，人民教育出版社 2001 年 12 月第一版、2002 年 12 月第二次印刷全日制普通高级中学语文实验课本（必修）《文学读本》下册中《三调芭蕉扇》的课后练习三要求比较铁扇公主和白骨精的形象，也是在引导学生阅读《西游记》原著。

一些教师、校长也主张学生课外阅读《西游记》。如山东高密一中李希贵主张“什么年龄读什么书”，要让儿童在小学时就读《西游记》，因为会“被孙悟空上天入地式的神话世界撼动心魄”，如果错过了这个黄金时段到成年后再来阅读，可能就会觉得“满书胡思乱想，都是些痴人说梦的故事”[1]。

第二节 《西游记》与人文实践性强化期的语文教育（2002— ）

新世纪的语文教育趁着千禧年求新、求变的时代思潮开始了狂飙突进式的改革，竞相引进了西方各种新的教育理论、观念、做法，其根本出发点就是立“人”，从“人”的全面发展的角度来改革课程、编写教材和实施教学。相应地，以前被忽视的人的情感、态度、价值观等非能力因素，以及人文教育、人的主体性重新被重视。语文教育也开始强调人文性，教科书中的文学作品增多，强调审美教育，重视读者的主体性和创造性，鼓励多元解读，追求创造性的解读成果。

2001年7月、2003年4月，《全日制义务教育语文课程标准（实验稿）》和《普通高中语文课程标准（实验）》相继颁布。2011年12月，《义务教育语文课程标准（2011年版）》颁布。根据这些语文课程标准编写的语文教科书纷纷出版，《西游记》中的选目及对其阐释的结果都发生了很大的变化。

一 中小学语文课程标准、教材的接受与阐释

（一）课标规定

《全日制义务教育语文课程标准（实验稿）》和《普通高中语文课程标准（实验）》对语文课程性质重新进行了界定，指出“工具性与人文性的统一，是语文课程的基本特点”[2,3]。2011年颁布的《义务教育语文课程标准（2011年版）》指出，“语文课程是一门学习语言文字运用的综合性、实践性课程……工具性与人文性的统

1 李希贵《让语文素养融进血液》，《人民教育》，2001年第1期第41页。

2 中华人民共和国教育部制订《全日制义务教育语文课程标准（实验稿）》，北京：北京师范大学出版社，2001年版第1页。

3 中华人民共和国教育部制订《普通高中语文课程标准（实验）》，北京：人民教育出版社，2003年版第1页。

一，是语文课程的基本特点”[1]。人文性是指课文内容及文字本身包含着浓郁的人文因素，课堂教学中师生关系及教学活动充满着人文情怀。综合性是指课文内容涉及各种学科，也指教学中听说读写活动的综合，以及课程实施过程中课内与课外的综合。实践性是指听说读写的能力只有在实践活动中才能形成。为此，课程标准设计了“知识与能力”“过程与方法”“情感态度与价值观”的三维课程目标。教科书也多选择充满人文情怀的文学作品，并以人文主题的方式来组织单元。课堂教学方式也由过去的围绕课本授受，变为自主、合作和探究，出现了“综合性学习”（或者叫“综合实践活动”）、“小组合作学习”、“研究性学习”等新的学习方式。阅读教学注重学生的情感体验，提倡创造性阅读（或者叫“个性化阅读”“多元解读”）。语文学习（阅读）注重课内外结合。各个学段对文学作品阅读教学的内容、要求、方法和评价等都做出了规定。这些变化必然会影响到有关《西游记》的选目及阐释。

此外，《全日制义务教育语文课程标准（实验稿）》在“关于课外阅读的建议”中列出了学生9年课外阅读的书目，包括童话、寓言、故事、诗歌、散文、长篇文学名著、当代文学作品、科普科幻及政治、历史、文化读物等，其中长篇文学名著有《西游记》《水浒》《骆驼祥子》《鲁滨逊漂流记》《格列佛游记》《名人传》《童年》《钢铁是怎样炼成的》等[2]。《普通高中语文课程标准（实验）》在“关于课外诵读篇目和课外读物的建议”中列出了文化经典著作、小说、诗歌、散文、剧本、语言文学理论著作、当代文学作品、科学与人文读物等，其中小说有《三国演义》《红楼梦》《呐喊》《子夜》《家》《边城》《堂·吉诃德》《巴黎圣母院》《欧也妮·葛朗台》《匹克威克外传》《复活》《老人与海》、莫泊桑短篇小说、契诃夫短篇小说、欧·亨利短篇小说等。[3]《义务教育语文课程标准（2011年版）》在“关于课外读物的建议”中列出了童话、寓言、故事、诗歌、散文、长篇文学名著、当代文学作品、科普科幻读物等，其中长篇文

1 中华人民共和国教育部制定《义务教育语文课程标准（2011年版）》，北京：北京师范大学出版社，2011年版第2页。

2 中华人民共和国教育部制订《全日制义务教育语文课程标准（实验稿）》，北京：北京师范大学出版社，2001年版第1页。

3 中华人民共和国教育部制订《普通高中语文课程标准（实验）》，北京：人民教育出版社，2003年版第28页。

学名著包括《西游记》《水浒》《骆驼祥子》《红岩》《鲁滨逊漂流记》《格列佛游记》《简·爱》《童年》《钢铁是怎样炼成的》等。[1] 可见，针对“四大名著”，课程标准建议初中阶段课外主要读《西游记》《水浒传》，高中阶段课外主要读《三国演义》《红楼梦》。

（二）教材收录

这一时期的语文教科书多数很重视“四大名著”，除了节选“四大名著”作为课文，还将《红楼梦》《三国演义》《西游记》《水浒传》一并提及。如郑国民、马新国主编，北京师范大学出版社 2008 年 5 月第五版、2013 年 7 月第六次印刷义务教育课程标准实验教科书《语文》二年级上册第 8 课《书的世界》课后“读一读，认一认”的第一组书名是“西游记 三国演义 水浒传 红楼梦”。将《西游记》列为第一、将《红楼梦》列为第四，大概是因为作者认为小学尤其是低年级的儿童喜欢也应该首先阅读《西游记》。如课程教材研究所小学语文课程教材研究开发中心编著，人民教育出版社 2005 年 11 月第一版、2008 年 11 月广西第一次印刷义务教育课程标准实验教科书《语文》五年级下册第五组中的《草船借箭》《景阳冈》《猴王出世》、第七组中的《“凤辣子”初见林黛玉》以及选读课文《孔明智退司马懿》全部出自“四大名著”。课程教材研究所小学语文课程教材研究开发中心编著，人民教育出版社 2009 年 7 月第三版、2016 年 12 月第十四次印刷义务教育课程标准实验教科书《语文》五年级下册出自“四大名著”中的课文没有变化。

初中阶段，大多数是在初一年级节选《西游记》作为课文或者没有节选但是会将《西游记》作为专书来推介、导读，然后在初一或其他年级节选《水浒传》《三国演义》《红楼梦》作为课文。如课程教材研究所中学语文课程教材研究开发中心编著、人民教育出版社 2009—2013 年出版的义务教育课程标准实验教科书《语文》七年级上册第 6 单元“阅读”的第 26 课是节选自《西游记》的《小圣施威降大圣》，九年级上册第 5 单元第 17、18、20 课分别是节选自《水浒传》《三国演义》和《红楼梦》的《智取生辰纲》《杨修之死》和《香菱学诗》。这一时期节选自《西游记》的课文也发生了一些变化，不仅更追求节选部分的趣味性，而且所节选的部分更趋向多样化。

---

1 中华人民共和国教育部制定《义务教育语文课程标准（2011 年版）》，北京：北京师范大学出版社，2011 年版第 28 页。

表 5-2　小学语文教科书

课文名称	教科书名称、册次	编者、出版社	时间、版次	节选或改编	《西游记》相关回目
三借芭蕉扇	九年义务教育六年制小学"注音识字,提前读写"实验教科书《语文》第九册	"'注音识字,提前读写'与素质教育课程教材改革研究"课题组教材编委会、教育科学出版社	2003 年 5 月第一版、2004 年 5 月第二次印刷	节选、改编	第五十九回　唐三藏路阻火焰山　孙行者一调芭蕉扇 第六十回　牛魔王罢战赴华筵　孙行者二调芭蕉扇 第六十一回　猪八戒助力败魔王　孙行者三调芭蕉扇
三借芭蕉扇(一) 三借芭蕉扇(二)	义务教育课程标准实验教科书《语文》二年级下册	语文出版社教材研究中心、十二省小语教材编写委员会,语文出版社	2005 年 11 月第二版、2009 年 12 月第七次印刷	节选、改编	第五十九回　唐三藏路阻火焰山　孙行者一调芭蕉扇 第六十回　牛魔王罢战赴华筵　孙行者二调芭蕉扇 第六十一回　猪八戒助力败魔王　孙行者三调芭蕉扇
猴王出世	义务教育课程标准实验教科书《语文》五年级下册	课程教材研究所小学语文课程教材研究开发中心、人民教育出版社	2005 年 11 月第一版、2008 年 11 月广西第一次印刷	节选	第一回　灵根育孕源流出　心性修持大道生
美猴王	义务教育课程标准实验教科书《语文》五年级(下)	董小玉、西南师范大学出版社	2005 年 11 月第一版、2013 年 11 月第九次印刷	节选、改编	第一回　灵根育孕源流出　心性修持大道生
三借芭蕉扇	义务教育课程标准实验教科书《语文》四年级下册	杨再隋、曾果伟,湖南教育出版社	2006 年 12 月第一版、2015 年 11 月第八次印刷	节选、改编	第五十九回　唐三藏路阻火焰山　孙行者一调芭蕉扇 第六十回　牛魔王罢战赴华筵　孙行者二调芭蕉扇 第六十一回　猪八戒助力败魔王　孙行者三调芭蕉扇

续 表

课文名称	教科书名称、册次	编者、出版社	时间、版次	节选或改编	《西游记》相关回目
齐天大圣大战二郎神	义务教育课程标准实验教科书《语文》五年级上册	语文出版社教材研究中心、十二省小语教材编写委员会，语文出版社	2007年6月第二版、2013年6月第八次印刷	节选、改编	第六回 观音赴会问原因 小圣施威降大圣
猴王出世	义务教育课程标准实验教科书《语文》五年级上册	丁华芳、马新云等，山东教育出版社	2007年7月第一版、2016年7月第二版第十次印刷	节选、改编	第一回 灵根育孕源流出 心性修持大道生
三打白骨精	义务教育课程标准实验教科书《语文》六年级（下册）	张庆、朱家珑，江苏教育出版社	2007年12月第二版第一次印刷	节选、改编	第二十七回 尸魔三戏唐三藏 圣僧恨逐美猴王
猴王出世	义务教育课程标准实验教科书《语文》五年级上册	郭振有、陶月华，河北教育出版社	2008年5月第二版、2015年7月第九次印刷	节选、改编	第一回 灵根育孕源流出 心性修持大道生
猴王出世	义务教育课程标准实验教科书《语文》五年级下册	课程教材研究所小学语文课程教材研究开发中心、人民教育出版社	2009年7月第三版、2016年12月第十四次印刷	节选	第一回 灵根育孕源流出 心性修持大道生
猴王出世	义务教育课程标准实验教科书《语文》六年级上册	张翼健、张笑庸，长春出版社	2011年5月第三版、2014年4月第四次印刷	节选、改编	第一回 灵根育孕源流出 心性修持大道生
美猴王	义务教育课程标准实验教科书《语文》六年级下册	郑国民、马新国，北京师范大学出版社	2011年12月第三版、2013年12月第三次印刷	节选	第一回 灵根育孕源流出 心性修持大道生

表 5-3　中学语文教科书

课文名称	教科书名称、册次	编者、出版社	时间、版次	节选或改编	《西游记》相关回目
如意金箍棒 平顶山功曹传信	义务教育课程标准实验教科书·语文自读课本八年级下册《随鸟走天涯》	课程教材研究所中学语文课程教材研究开发中心，人民教育出版社	2002 年 12 月第一版、2005 年 10 月第八次印刷	节选	第三回　四海千山皆拱伏 九幽十类尽除名 第三十二回　平顶山功曹传信 莲花洞木母逢灾
唐三藏路阻火焰山 孙行者一调芭蕉扇	北京市义务教育课程改革实验教材《语文》第十五册八年级上学期用	蒋绍愚主编，北京教育科学院、北京出版社合编，北京出版社	2003 年 6 月第一版、2014 年 6 月第十一次印刷	节选	第五十九回　唐三藏路阻火焰山 孙行者一调芭蕉扇
万寿山大仙留故友 五庄观行者窃人参	普通高中课程标准实验教科书·语文（选修）《中国古代小说选读》	山东省教学研究室、山东人民出版社	2005 年 8 月第一版第一次印刷	节选	第二十四回　万寿山大仙留故友 五庄观行者窃人参
镇元仙赶捉取经僧 孙行者大闹五庄观	普通高中课程标准实验教科书·语文（选修）《〈中国古代小说选读〉读本》	本书编写组、山东人民出版社	2005 年 10 月第一版、2007 年 11 月第七次印刷	节选	第二十五回　镇元仙赶捉取经僧 孙行者大闹五庄观
孙悟空大闹天宫	《初中语文自读课本》第四册	刘永平、北京师范大学出版社	2005 年 9 月第三版、2006 年 1 月第一次印刷	节选	第五回　乱蟠桃大圣偷丹 反天宫诸神捉怪 第六回　观音赴会问原因 小圣施威降大圣 第七回　八卦炉中逃大圣 五行山下定心猿
龙宫“借”宝	义务教育课程标准实验教科书《语文》七年级下册	王富仁、傅中和主编，河北省教育科学研究所编著，河北大学出版社	2005 年 12 月第一版、2014 年 11 月第十次印刷	节选	第三回　四海千山皆拱伏 九幽十类尽除名

续 表

课文名称	教科书名称、册次	编者、出版社	时间、版次	节选或改编	《西游记》相关回目
孙悟空大战红孩儿	普通高中课程标准实验教科书《语文》选修《中国小说欣赏》	人民教育出版社、课程教材研究所中学语文课程教材研究开发中心、北京大学中文系语文教育研究所,人民教育出版社	2007 年 2 月第一版、2015 年 12 月第十二次印刷	节选	第四十回　婴儿戏化禅心乱 猿马刀归木母空 第四十一回　心猿遭火败 木母被魔擒
大闹天宫	义务教育课程标准实验教科书《语文》七年级上册	张翼健、张笑庸,长春出版社	2007 年 6 月第三版、2015 年 5 月第九次印刷	节选	第七回　炼丹炉中逃美猴王 五行山脚下定心猿
花果山拥立美猴王 孙悟空棒打白骨精 火焰山宝扇灭火焰	九年义务教育课本《语文》六年级第二学期	上海市中小学(幼儿园)课程改革委员会、上海教育出版社	2008 年 12 月第三版、2011 年 11 月第四次印刷	节选	第一回　灵根育孕源流出 心性修持大道生 第二十七回　尸魔三戏唐三藏 圣僧恨逐美猴王 第六十一回　猪八戒助力败魔王 孙行者三调芭蕉扇
美猴王 孙悟空一调芭蕉扇	义务教育课程标准实验教科书《语文》七年级下册	洪宗礼、江苏教育出版社	2009 年 10 月第八版、2015 年 10 月第七次印刷		第一回　灵根育孕源流出 心性修持大道生 第五十九回　唐三藏路阻火焰山 孙行者一调芭蕉扇
美猴王	义务教育课程标准实验教科书《语文》七年级上册	史习江主编,语文出版社教材研究中心编,语文出版社	2011 年 5 月第一版、2013 年 5 月第三次印刷	节选	第一回　灵根育孕源流出 心性修持大道生

续 表

课文名称	教科书名称、册次	编者、出版社	时间、版次	节选或改编	《西游记》相关回目
小圣施威降大圣	义务教育课程标准实验教科书《语文》七年级上册	课程教材研究所中学语文课程教材研究开发中心、人民教育出版社	2013 年 3 月第二版、2013 年 6 月第一次印刷	节选	第六回　观音赴会问原因 小圣施威降大圣

（三）编者阐释

1. 对《西游记》的总体评价

王富仁、傅中和主编，河北省教育科学研究所编著，河北大学出版社 2005 年 12 月第一版、2014 年 11 月第十次印刷义务教育课程标准实验教科书《语文》七年级下册第 6 单元拓展链接《神魔皆有人情 精魅亦通世故——一部家喻户晓的文学巨著〈西游记〉》的第一部分《一个神奇的想象世界》，从成书年代、主要情节方面对《西游记》作了介绍，其中提到“《西游记》跟一般的古代小说不同，它是一部具有神话、童话性质特点的小说”。这可能是语文教科书的编者第一次将《西游记》归入童话。之所以视其为童话，可能如上海市中小学（幼儿园）课程改革委员会编，上海教育出版社 2011 年 7 月第四版、2014 年 5 月第四次印刷九年义务教育课本《语文》九年级第一学期书后附录一“明清小说概述”在介绍《西游记》时所说的，“孙悟空积极乐观，勇敢无畏，尤其是他的天真活泼，使我们可以在他身上找回自己童年的欢乐和机智”。

丁华芳、马新云等编，山东教育出版社 2007 年 7 月第一版、2016 年 7 月第二版第十次印刷义务教育课程标准实验教科书《语文》五年级上册收入了《猴王出世》的第 4 单元的“课外书屋”对《西游记》作了简介：

《西游记》是一部体现中华民族丰富想象力和创造力的古代神话小说。作者展开丰富、奇特的想象，讲述了唐僧师徒四人，历经千辛万苦，经过九九八十一难，到西天取回真经的故事，塑造了唐僧、孙悟空、猪八戒、沙僧等个性鲜明的神话人物形象。

张庆、朱家珑主编，江苏教育出版社 2007 年 12 月第二版第一次印刷义务教育课程标准实验教科书《语文》六年级(下册)第3单元第8课是《三打白骨精》。与之配套的《语文教学参考用书》在本课的“参考资料”中较详细地介绍了作者和《西游记》。在介绍《西游记》时除了介绍其故事的版本经历过《大唐西域记》《大唐大慈恩寺三藏法师传》《大唐三藏取经诗话》《西游记平话》等,还提到孙悟空的形象是从淮涡水神无支祁演变而来的。然后对其内容、形式、影响等作了介绍[1]:

吴承恩就是在前代传说和平话、戏曲的基础上将无支祁传说跟取经故事结合到一起,并熔铸进现实生活的内容,创作出了这部规模宏大的杰出神话小说《西游记》。

《西游记》由三部分内容组成。第一部分写孙悟空的出身和大闹天宫。第二部分写唐僧身世及取经缘由。第三部分写孙悟空皈依佛门,保护唐僧到西天取经,一路上降妖捉怪,和险恶的自然环境作斗争,历尽九九八十一难,终于取回真经,成了“正果”。

《西游记》在艺术上有着鲜明的特色。故事情节生动、奇幻、曲折,表现了丰富大胆的艺术想象力。书中人物既有浓厚的神奇色彩,又有强烈的现实感。神性(幻想性)、人性(社会性)、物性(自然性)三者的有机结合,是《西游记》人物塑造的一个突出特点。《西游记》的语言生动、流利,人物对话具有鲜明的个性特征,而且富有浓烈的生活气息,表现了一种幽默诙谐的艺术情趣,使整部作品充满了艺术魅力。

《西游记》在中国小说史上占有重要地位,是明代神魔小说的杰出代表,和《三国演义》《水浒传》一起成为中国人民家喻户晓的古典小说名著。

文中所说的“现实生活的内容”“现实感”是指人们的日常生活,而不是政治生活。可见,无论是对吴承恩的生平还是对《西游记》的思想内容的介绍,都没有再像以前那样从阶级立场出发来分析其积极意义,也没有批判其中的消极因素。

人民教育出版社、课程教材研究所中学语文课程教材研究开发中心、北京大学中文系语文教育研究所编著,人民教育出版社2007年2月第一版、2015年12月第十二次印刷普通高中课程标准实验教科书《语文》选修《中国小说欣赏》第2

1 芮琼主编义务教育课程标准实验教科书《语文教学参考用书》(六年级下册),南京:江苏教育出版社,2007年12月第二版第一次印刷第94—95页。

单元“谈神说鬼寄幽怀”中《西游记》的导读文字称：《西游记》是最好读又最难读的书，好读是因为故事有趣，难读是因为别有深意。书中写的是唐僧取经的故事，主角却由唐三藏换成了孙悟空，这关系到《西游记》的主旨：

俗语云“心猿意马”，“心猿”是一个非常典型的佛教用语，形容“心”像个淘气的猿猴一样躁动不安。而《西游记》正是围绕着这一意象展开的。小说中的许多回目、诗赞，都清楚明白地表达了作者把孙悟空当做“心”的物化形象来描写的意图。围绕着孙悟空来展开的主要情节“大闹天宫”“被如来佛祖压于五行山下”以及“一路降妖伏魔保护唐僧上西天取得真经”的故事，实际上暗含了“放心”“定心”与“修心”的全过程。作者试图用《西游记》这部小说宣扬一种精神境界，要求人们摆脱外物的迷惑，收束放纵不羁的“心”以求得“明心见性”，回到“良知”的自觉境界。所谓九九八十一难的魔生魔灭，孙悟空与各种妖魔鬼怪的斗法，不过是表达了“魔由心生，亦以心摄”的艰苦的“修心”过程。

编者以王阳明的“心学”为立论依据，以此来诠释《西游记》的主旨，参考了学术界的一些新的说法，而显得别有新意。关于《西游记》的主旨，与教科书配套的人民教育出版社、课程教材研究所中学语文课程教材研究开发中心、北京大学中文系语文教育研究所编著的《普通高中课程标准实验教科书〈语文〉选修〈中国小说欣赏〉教师教学用书》在第 2 单元的《西游记》的“综述”部分呈现了三种主要观点：“思想”说（又分为宣扬佛教思想说、禅宗思想说、道家思想说、心学说等）、“哲理”说（又分为表现了人生道路的某种规律、人“被动入世”的精神、情理之争、要在实践中改过和锻炼生存本领的意识等）以及看似“荒唐”又有一定合理性的“政治”说[1]。

张翼健、张笑庸主编，长春出版社 2007 年 6 月第三版、2015 年 5 月第九次印刷义务教育课程标准实验教科书《语文》七年级上册“阅读”部分第 19 课《大闹天宫》后的“积累”一也对《西游记》作了简介：

《西游记》共一百回。前七回叙述孙悟空出世、大闹天宫的故事。此后转而写他被迫皈依佛门，在八戒和沙僧的协助下，保护唐僧去西天取经，沿途降妖伏魔的

1 人民教育出版社、课程教材研究所中学语文课程教材研究开发中心、北京大学中文系语文教育研究所编著《普通高中课程标准实验教科书〈语文〉选修〈中国小说欣赏〉教师教学用书》，北京：人民教育出版社，2007 年 2 月第一版、2015 年 12 月第十二次印刷第 32—33 页。

经过。小说用幻想的形式反映社会矛盾，写出了个人的自由本质与不得不受制约的矛盾处境，歌颂了孙悟空不畏强暴、机智英勇以及百折不挠的斗争精神。作品运用浪漫主义的创作方法，想象丰富，情节曲折，语言生动诙谐，别具风格。对唐僧、猪八戒形象的塑造也颇有特色。

图5-1 北京市义务教育课程改革实验教材《语文》(2003)

此处简介认为《西游记》“写出了个人的自由本质与不得不受制约的矛盾处境”，这可能是此前出版的语文教科书在评价《西游记》时未曾有过的。与之配套的《语文教师教学用书》又指出，关于《西游记》的主旨有多种看法，被大多数人接受的是“对人性自由的向往和自我价值的肯定”“呼唤有理想、有能力、有个性的人性美”以及“对现实的批判”三种说法。[1]

洪宗礼主编，江苏教育出版社2009年10月第八版、2015年10月第七次印刷义务教育课程标准实验教科书《语文》七年级下册中的“名著推荐与阅读：《西游记》”所附录的资料在全面介绍《西游记》时提到，“在吴承恩笔下，取经一事的宗教意义已大大淡化，仅仅具有象征意义。它给读者的启示在于：为了实现某一崇高的目的，人们必须艰苦奋斗，长期坚持，勇敢地战胜一切敌人”。

2. 对节选部分的阐释

“‘注音识字，提前读写’与素质教育课程教材改革研究”课题组教材编委会编，教育科学出版社2003年5月第一版、2004年5月第二次印刷九年义务教育六年制小学“注音识字，提前读写”实验教科书《语文》第九册的“说明”称其在原来的“注音识字，提前读写”教材的基础上根据《全日制义务教育语文课程标准(实验

1 张笑庸、田泉主编《义务教育教科书语文教师教学用书》，长春：长春出版社，2016年7月第一版第一次印刷第364、365页。

稿)》重新编写而成。最后一单元(第 8 单元)的第 29—32 课是《水滴归海的联想》《把握时间》《鲁滨逊漂流记》《三借芭蕉扇》。最后一课《三借芭蕉扇》(从"这一日,唐僧师徒四人来到了火焰山",到"孙悟空把扇子还给了铁扇公主,师徒四人继续向西走去")对原著第五十九至六十回进行了压缩并用现代汉语改写。和此前出版的"注音识字,提前读写"语文教材不同的是,课后不再是围绕"双基"而设置的繁琐的练习题,只有两道题目,要求学生围绕课文内容谈自己的感受,在课外开展阅读等语文活动:"1. 孙悟空为什么第三次才成功借到芭蕉扇?前两次他失败的原因在哪里?联系实际谈谈你的看法。2. 阅读《西游记》的故事,再给同学们讲一讲。"

图 5-2 九年义务教育六年制小学"注音识字,提前读写"实验教科书《语文》(2003)

语文出版社教材研究中心、十二省小语教材编写委员会编,语文出版社 2005 年 5 月第二版、2014 年 6 月第十二次印刷义务教育课程标准实验教科书《语文》一年级上册的"识字二"《边看电视边识字》写道:"大风车闪着七色光,孙悟空来到动画城。唐老鸭追赶米老鼠,葫芦娃举起宝莲灯。"也就是说,在看电视节目《大风车》以及动画片《西游记》《米老鼠与唐老鸭》《葫芦兄弟》时,要注意识记屏幕上的文字。2005 年 11 月第二版、2009 年 12 月第七次印刷《语文》二年级下册第 8 单元第 30—33 课是神话、故事:《晏子劝齐王》《诺亚方舟》《三借芭蕉扇(一)》《三借芭蕉扇(二)》。单元导语称:孙悟空"聪明机智"。这在《三借芭蕉扇(一)》(从"孙悟空、猪八戒和沙和尚保护唐僧去西天取经",到"把自己屁股上的毫毛都烧光了")、《三借芭蕉扇

图 5-3 义务教育课程标准实验教科书《语文》(2005)

(二)》(从“孙悟空知道上了当，借来的是一把假芭蕉扇”，到“孙悟空还了芭蕉扇，师徒四人越过火焰山，继续向西天走去”)中体现得很明显。《三借芭蕉扇(一)》的课后练习是“朗读课文，你觉得课文哪些地方很有趣？和同学交流交流”。《三借芭蕉扇(二)》的课后练习是“朗读课文。你喜欢孙悟空吗？说说为什么”。单元前的导语称：晏子、孙悟空等人聪明机智、忠诚勇敢。“学习链接”写道：“《三借芭蕉扇》是《西游记》中的故事。《西游记》的作者吴承恩是明朝人。《西游记》和《三国演义》《水浒传》《红楼梦》被称为我国古代的四大名著。”2005 年 11 月第一版、2012 年 12 月第八次印刷《语文》四年级下册中“语文百花园五”之“语海畅游”第一题“词语真有趣”是用“和”组词造句：“山和水 太阳和月亮 鼓励和指导《水浒传》和《西游记》。”不过，在“四大名著”中编者更偏爱选《西游记》和《三国演义》，尤其是《西游记》，因为除选了上述《三借芭蕉扇》之外，五年级上册选了《武松打虎》《齐天大圣大战二郎神》，五年级下册选了《孔明借箭》，六年级上册选了《赤壁之战》，六年级下册选了涉及《水浒传》的《我的伯父鲁迅先生》。2007 年 6 月第二版、2013 年 6 月第八次印刷《语文》五年级上册第 5 单元“中华文化”第 21—25 课是《孔子》《“心正笔正”的柳公权》《黄帝》《梅兰芳》《唐玄奘西行取经》。其中《唐玄奘西行取经》是曹余章根据《大唐西域记》等著作改写的，记叙了玄奘去天竺取经的经过，其主旨是赞扬唐玄奘不畏艰险的精神和为促进中外文化交流所作出的贡献。课文

图 5－4　义务教育课程标准实验教科书《语文》(2005)

的最后写道："由于玄奘取经这件事本身带有传奇色彩，后来在民间流传了许多关于唐僧取经的神话，说他取经路上，遇到许多妖魔精怪，这当然是虚构出来的。到了明朝，小说家吴承恩根据民间传说做了艺术加工，写成优秀的长篇神话小说《西游记》。这部著作在我国文学史上占有很重要的地位，它也使得唐僧取经的故事家喻户晓。"第 6 单元"名著之旅"第 26—30 课是《天窗》《我是猫》《杨子荣借题发挥》《武松打虎》《齐天大圣大战二郎神》。单元导语称：学习本单元主要是欣赏名家笔下的精彩场面和人物形象，体验阅读名著的乐趣。《齐天大圣大战二郎神》（从"真君只到那水帘洞外，见那一群猴，齐齐整整，排作个蟠龙阵势"，到"复打到花果山，慌得那四大天王等众，提防愈紧"）中所写的孙悟空大战二郎神，是这个故事在《分部互用儿童教科书 · 儿童北部国语》（1934）第 1 册第 12 课《孙猴子的故事》中出现 70 多年后的再次出现。课文写孙悟空与二郎神打斗不过，便变成麻雀，二郎神就变成饿鹰飞去扑打，接着孙悟空变成大鹚冲天而去，二郎神便变作海鹤来啄，孙悟空又变作一条小鱼沉入涧水之中，二郎神便变作一只鱼鹰儿飘荡在水面……课后练习有两题："1. 默读课文，想一想：课文中哪些情节给你留下了深刻印象？为什么？跟同学说说你的想法。2. 齐天大圣是怎样判断出那只鱼鹰儿是二郎神变的？二郎神又是怎样判断那条鱼儿是齐天大圣变的？从课文中找出相关的语句读一读。""拓展"是"你想知道孙悟空大战二郎神的结果吗？你还想知

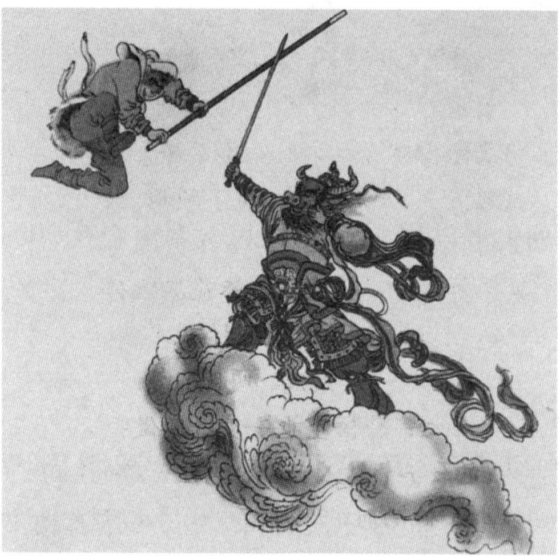

图 5－5　义务教育课程标准实验教科书《语文》（2007）

图 5－6　义务教育课程标准实验教科书《语文》（2007）

道孙悟空的其他故事吗？课后读一读《西游记》”。单元后的“语文百花园六”的口语交际的主题是“名著赏析会(一)：名家笔下的人物”，要求学生口头介绍武松、孙悟空、杨子荣等及其他名著中的人物的外貌、动作、语言、心理活动的描写片段。

课程教材研究所小学语文课程教材研究开发中心编著，人民教育出版社 2005 年 11 月第一版、2008 年 11 月广西第一次印刷义务教育课程标准实验教科书《语文》五年级下册第五组第 18—21 课是《将相和》《草船借箭》《景阳冈》《猴王出世》，第七组中“人物描写一组”的选文三是《“凤辣子”初见林黛玉》，选读课文的第 7 课是《孔明智退司马懿》。第五组的单元导语称：节选的这一单元是引导学生“开始中国名著之旅”，“学习本组课文，要理解主要内容，感受人物形象，体验阅读名著的乐趣”。《景阳冈》《猴王出世》是自读课文。单元《口语交际·习作五》中的口语交际要求将本单元的课文改编成课本剧演出。

图 5-7　义务教育课程标准实验教科书《语文》(2005，人教)

课程教材研究所小学语文课程教材研究开发中心编著，人民教育出版社 2009 年 7 月第三版、2016 年 12 月第十四次印刷义务教育课程标准实验教科书《语文》五年级下册中的《猴王出世》与上述 2005 年版的相比没有变化。

董小玉主编，西南师范大学出版社 2005 年 11 月第一版、2013 年 11 月第九次印刷义务教育课程标准实验教科书《语文》五年级(下)第 8 单元第 29—32 课是《诗词两首》《围魏救赵》《我爱你，中国汉字》《闻名中外的“三孔”》，课文与中国古代文学、文化相关。单元“积累与运用(八)”中的“自主阅读园地”中的阅读材料是《美猴王》(从“东胜神洲海外有一国土，名曰傲来国”，到“自此石猴高登王位，将‘石’

字隐了，遂称‘美猴王’”）。《美猴王》之前没有导读文字，不过其后的知识短文《自主批读》建议学生自主选择批读点，或旁批或眉批，写下自己的看法和感受。

图 5－8　义务教育课程标准实验教科书《语文》(2005，西南)

杨再隋、曾果伟主编，湖南教育出版社 2006 年 12 月第一版、2015 年 11 月第八次印刷义务教育课程标准实验教科书《语文》四年级下册第 14 课《神通广大的“小孙悟空”》，用孙悟空来比喻疏通脑部血管的小机器人：“神话里的孙悟空，变成小虫子钻进铁扇公主的肚子里；科学家造出的‘小孙悟空’，能够进入脑血管里做手术，神通更大哩！”第 7 单元的第 23—26 课是《古诗两首》(《饮湖上初晴后雨》《望洞庭》)、《空城计》、《童年读〈水浒传〉》和《三借芭蕉扇》。第 24、26 课分别节选、改编自“四大名著”中的《三国演义》和《西游记》，第 25 课是写童年时阅读《水浒传》的经历。单元练习“万花筒”中的“我知道”要求填空：“我国的四大古典文学名著是：罗贯中的《三国演义》，施耐庵的《________》，________的《________》，________的《________》。”接着是两个小孩的对话。小男孩说：“我是从电视片知道《三国演义》里的故事的。”小女孩说：“我喜欢看《红楼梦》的连环画。”《三借芭蕉扇》从“唐僧师徒四人去西天取经，有一天，他们来到一个地方，看见前面有一座大山，呼呼地燃着大火”，写到“孙悟空把芭蕉扇还给铁扇公主。师徒四人过了火焰山，继续西行”。其中就有二借芭蕉扇时孙悟空变成小飞虫趁铁扇公主不注意落在茶杯里被她喝下去，以及三借芭蕉扇时孙悟空变成牛魔王骗走芭蕉扇的情节。课后练习有两题：“1. 默读课文。把故事讲给别人听。2. 读一读，注意带点的词语。(1) 前面有一座大山，呼呼地燃着

图 5－9　义务教育课程标准实验教科书《语文》(2006)

大火。(2) 铁扇公主没留神,咕噜咕噜把孙悟空也喝到肚子里去了。(3) 天空起了乌云,沙沙地下起雨来,好凉快哟!"

丁华芳、马新云等编,山东教育出版社 2007 年 7 月第一版、2016 年 7 月第二版第十次印刷义务教育课程标准实验教科书《语文》五年级上册第 4 单元第 13—16 课是《将相和》《草船借箭》《景阳冈》和《猴王出世》。单元导语写道:

你一定听过或读过孙悟空的故事、哪吒的故事、武松的故事、诸葛亮的故事……这些故事都出自我国的古典名著。在浩如烟海的文学、历史名著中,还有许多栩栩如生的人物、引人入胜的故事,正等着我们去亲近,去感受,去细细品味。本组的几篇课文,正是从我国的古典名著中节选或根据名著改编的。让我们马上起程,开始中国名著之旅吧!

学习本组课文,要理解主要内容,感受人物形象,体验阅读名著的乐趣。有条件的同学,还可以读读原著中与课文相关的部分。

《将相和》改编自历史名著《史记》,其他三篇节选、改编自"四大名著"。《猴王出世》的课前导语写道:"提起神通广大的孙悟空,无人不知,无人不晓。你想知道他最初是什么样儿的吗? 读了下面这篇课文就能找到答案。认真阅读课文,看看石猴是从哪儿来的,又是怎样成为猴王的。把不懂的地方画下来,跟同学、老师讨论。如果有兴趣,还可以读读《西游记》。"其课后没有练习。不过,单元练习中也多处涉及《猴王出世》或《西游记》,如在"口语交际"中要求将课文改编成课本剧并演出;在"交流平台"中要求交流阅读《西游记》原著或原著节选的内容的心得;在

图 5－10　义务教育课程标准实验教科书《语文》(2007)

“日积月累”中要求学生积累出自《西游记》中的歇后语：“孙猴子的脸——说变就变。”

图 5－11　义务教育课程标准实验教科书《语文》(2007)

张庆、朱家珑主编，江苏教育出版社 2007 年 12 月第二版第一次印刷义务教育课程标准实验教科书《语文》六年级(下册)第 3 单元第 8—11 课是《三打白骨精》、《词两首》(《如梦令·常记溪亭日暮》《渔歌子》)、《螳螂捕蝉》、《读书要有选择》。单元后的知识短文“我读书 我快乐”的题目是《阅读〈西游记〉》。所以，从总体上看，编者还是想让学生通过读古代的优秀作品获得阅读的乐趣，读有关阅读的知识短文学习阅读方法。如《读书要有选择》就是探讨如何选择读物，第一点是“可以选读一些优秀的文学作品，特别是那些已有定评的古今中外名著”，因为“这类书籍具有深刻的思想内容和较高的艺术水准”。很显然，《西游记》是已有定评的中国古代文学名著。《三打白骨精》又是其中精彩的片段。与之配套的《语文教学参考书》称：这个故事“体现了孙悟空善于识别妖魔诡计和勇于降妖除魔的本领，赞扬了孙悟空的坚定、机智和勇敢”[1]。这里没有再像“文化大革命”时期及其结束之初的语文教科书那样，对文中的白骨精和唐僧大加批判。其课后练习有四题：

1. 朗读课文，复述课文。

2. 用钢笔描红。

妖　斋　蛤　蟆　咒　瞒

3. 读读下面的句子，体会带点的词对表现人物形象的好处。

(1) 唐僧一再推辞，八戒嘴馋，夺过罐子就要动口。

1　芮琼主编义务教育课程标准实验教科书《语文教学参考书》(六年级下册)，南京：江苏教育出版社，2007 年 12 月第二版第一次印刷第 90 页。

(2) 山坡上闪出一个年满八旬的老妇人。

(3) 唐僧一见，惊得从马上摔下来。

(4) 悟空把金箍棒藏在身边，走上前迎着妖精，笑道："你瞒得了别人，瞒不过我！我认得你这个妖精。"

4. 你还知道《西游记》中的哪些故事？与同学交流交流。

《阅读〈西游记〉》提到课文之外的《西游记》中的故事，如美猴王出世、齐天大圣大闹天宫、猪八戒大闹流沙河等，然后写道："你想体验阅读这些故事的乐趣吗？那就请你找一本《西游记》读读吧。如果读原著有困难，也可以读专为我们小学生改写的《西游记》。"此外，在本单元的练习中，还提到了四大名著中的《红楼梦》《三国演义》。如练习三的"语文与生活"中节选了《红楼梦》中刘姥姥在荣国府参加宴会的片段，让学生阅读并想象当时的场景。"口语交际"《漫话三国英雄》，让学生评说《三国演义》中的英雄人物并要求学生分角色表演剧本《三顾茅庐》的片段。其目的就是让学生去阅读包括"四大名著"在内的中外古典名著。

图 5－12　义务教育课程标准实验教科书《语文》(2007)

郭振有、陶月华主编，河北教育出版社 2008 年 5 月第二版、2015 年 7 月第九次印刷义务教育课程标准实验教科书《语文》五年级上册最后一单元(第 6 单元)第 26—30 课是《词二首》(《西江月·夜行黄沙道中》《如梦令》)、《猴王出世》、《水墨徽州》、《走路的人》、《布达拉宫》，自读课文是《各美其美》。《猴王出世》的课后练习有三题：

图 5－13　义务教育课程标准实验教科书《语文》(2008,河北)

图 5－14　义务教育课程标准实验教科书《语文》(2008,河北)

1. 默读课文,画出自己不懂的语句,用结合上下文或查字典的方法解决。

2. 反复朗读课文,背诵课文第一、第二自然段。

3. 词句积累。

> 山中无甲子,寒尽不知年。
>
> 花果山福地,水帘洞洞天。
>
> 石猴却又瞑目蹲身,往里一跳。众猴随后也都进去了。跳过桥头,一个个抢盆夺碗,占灶争床,搬过来,移过去。正是猴性顽劣,再无一个宁时,只搬得力倦神疲方止。

小建议:

本文根据我国四大古典文学名著之一的神话小说《西游记》第一回改编,课下找来读一读。

张翼健、张笑庸主编,长春出版社 2011 年 5 月第三版、2014 年 4 月第四次印刷义务教育课程标准实验教科书《语文》六年级上册第 8 单元"《西游记》与《水浒传》"中的课文分别是节选自两书的《猴王出世》和《武松打虎》。《猴王出世》的课后"思考与交流"有两题:"1. 石猴是怎样高登王位,成为'美猴王'的? 你是从文中的哪些内容中读到的? 2. 默读课文,你从文中哪些地方体会到美猴王的'猴'的特点?""拓展与运用"是"从'猴王出世'的石猴到'大闹天宫'的齐天大圣,美猴王有什么不同? 读一读原著,说说他的本领是怎样形成的"。"积累"则是要求理解词

图 5-15　义务教育课程标准实验教科书《语文》(2011)

语、识记句子："1. 读一读，联系上下文理解加点的词语。溪涧　镌刻　力倦神疲　喜不自胜　麋鹿瞑目　天造地设　滔滔不竭 2. 读一读，记一记。食草木，饮涧泉，采山花，觅树果　与猿鹤为伴，麋鹿为群　夜宿石崖之下，朝游峰洞之中　花果山福地，水帘洞洞天。"

郑国民、马新国主编，北京师范大学出版社 2011 年 12 月第三版、2013 年 12 月第三次印刷义务教育课程标准实验教科书《语文》六年级下册第一单元的主题是"乐趣"，课文是《养花》《古诗二首》《山中杂记》《爸爸带我去爬树》《美猴王》。将这些课文放置在一起的旨意是号召学生亲近自然、寻找乐趣。《美猴王》(从"东胜神洲，海外有一国土"，到"独自为王，不胜欢乐")课后的"提示与建议"是"你读过《西游记》吗？同学之间互相讲讲《西游记》中的故事"。

图 5-16　义务教育课程标准实验教科书《语文》(2011)

对《西游记》的节选、阐释的中学语文教科书有如下数种。

课程教材研究所中学语文课程教材研究开发中心编著，人民教育出版社 2002 年 12 月第一版、2005 年 10 月第八次印刷义务教育课程标准实验教科书·语文自读课本八年级下册《随鸟走天涯》前的"致同学们"称："自读课本也是课本，它与主要用于课内学习的教科书具有同等重要的地位。它们犹如鸟之两翼，缺一不可。"自读课本与教科书配套，将每册教科书中的六个专题细化成一二十个小专题。本册共26个专题，第25个专题“名著选读”的第71—74课是《如意金箍棒》（吴承恩）、《平顶山功曹传信》（吴承恩）、《哪吒闹海》（许仲琳）、《贝多芬》（罗曼·罗兰）。“致同学们”又称：“自读课本主要是在教师指导下进行自主阅读。”每篇课文后面编写了阅读提示“以利于作者——编者——教师——学生四者之间的对话交流”。“自读课本的阅读，就是独立阅读，自主阅读，个性化阅读。”《如意金箍棒》（从“次日，依旧排营”，到“一边商议进表上奏不题”）课后的阅读提示写道：

知道孙悟空的人一定忘不了他手中那可大可小、神奇无比的“武器”——金箍棒。那么金箍棒是怎么来的呢？本文所选的这一节就交代了它的来龙去脉。

作为中国四大古典名著之一，《西游记》几百年来一直深受读者的喜爱。生动曲折的故事，天马行空的幻想，孙悟空、猪八戒、唐僧、沙和尚、白骨精、牛魔王等各具特色的人物，都已深深印入人们的脑海。有条件的话，最好通读全书，加深对人物和故事的了解。

从这一节中，可以看出孙悟空有哪些本领，性格怎样？用自己的话评点一下。

《平顶山功曹传信》（从“行者闻言，把功曹叱退”，到“呆子惊疑且不题”）课后的阅读提示如下：

这段文字颇见唐僧师徒几人的性格。孙悟空的粗中有细，机智促狭，猪八戒的好吃懒做，憨厚可爱，唐僧的心慈面软，软弱爱哭，都刻画得入木三分，栩栩如生。语言多用日常口语，生动形象又幽默有趣，尤其是猪八戒的言行举止，读来简直令人忍俊不禁。

蒋绍愚主编，北京教育科学院、北京出版社合编，北京出版社2003年6月第一版、2014年6月第十一次印刷北京市义务教育课程改革实验教材《语文》第15册八年级上学期用第8单元是专题探究“阅读的想象能力”。其“单元提示”称：“这个单元学习的重点是培养学生在阅读文学作品时的想象能力”，“阅读文学作品的语言文字，理解语义，感受情感，在想象中把握语言文字所表达的人、事、景、物，并且综合成可感的艺术形象，从而来欣赏文学作品。运用想象能力不仅要调动语言、文学知识，而且要有一定的生活积累和文化素养。在理解内容、想象形象的同时，激发起喜怒哀乐的情感。总之，培养想象能力，要综合运用阅读能力，认真体验生活，丰富自己的情感，提高文化素养”。“导学”写道：“想象能力，是在头脑中把原有的表象思维加工成新的表象的能力。阅读文学作品，读解语言文字，理解

图 5-17　北京市义务教育课程改革实验教材《语文》(2003)

情意,脑海里浮现人物、景物,想象能力使我们把握文学作品中的艺术形象","吴承恩的《西游记》,是一部古代神魔小说。作者展开自由的想象翅膀,创造许多鲜明的神魔形象和荒诞有趣的幻想世界。孙悟空勇敢机智,神通广大,幽默诙谐。作者用惊人的想象力创造了这一神、猴、人合一的艺术形象"。可见,在编者看来,文学阅读要充分发挥自己的想象力,而《西游记》又是一个充满着惊人想象力的作品,所以最适合用来作为阅读材料。编者在《唐三藏路阻火焰山 孙行者一调芭蕉扇》(从"话表三藏遵菩萨教旨,收了行者,与八戒、沙僧剪断二心",到"毕竟不知大力王有甚缘故,且听下回分解")的正文之后写道:

读了"孙行者一调芭蕉扇",在你的想象中,孙行者的相貌是怎样的?他钻进铁扇公主肚子里,强借芭蕉扇,前前后后他的神态、心理又是怎样的?用一段话描绘一下你想象中的孙行者的形象。

如果你没读"孙行者二调芭蕉扇""孙行者三调芭蕉扇"的故事,那么你设想一下:孙行者怎样有礼有节地借到芭蕉扇?

如果你读了整个故事,那么你说说孙行者有什么教训。如果你是孙悟空,你怎样借调芭蕉扇?

在下面空缺内填上你的名字,讲讲你编的故事。同学之间互评一下各自的故事。

______________巧借芭蕉扇

山东省教学研究室编著,山东人民出版社 2005 年 8 月第一版第一次印刷普通高中课程标准实验教科书·语文(选修)《中国古代小说选读》分为"精悍隽永的笔记小说""诙谲绮丽的传奇小说""曲折生动的话本小说""宏富壮阔的章回小说",

以及活动性学习专题“走进中国古代小说”。每个单元分为节选课文、学习活动和课外自读。“宏富壮阔的章回小说”呈现的是以“四大名著”为主的明清章回小说。其中第9—11课是《司马徽再荐名士 刘玄德三顾草庐》(罗贯中)、《林教头风雪山神庙 陆虞候火烧草料场》(施耐庵)、《宝玉挨打》(曹雪芹)。课外自读是《万寿山大仙留故友 五庄观行者窃人参》(吴承恩)、《王孝廉村学识同科 周蒙师暮年登上第》(吴敬梓)。《万寿山大仙留故友 五庄观行者窃人参》(从“行者遂领师父上了大路”,到“那呆子只管絮絮叨叨的唧哝”)课后的“自读提示”结合全书对节选部分的人物形象塑造的特点及艺术手法进行了分析:

图5-18 《中国古代小说选读》(2005)

孙悟空是《西游记》中塑造得最为成功的神话英雄形象。本篇选文着重表现了他顽皮、机智、幽默的性格,但也显示出当年大闹天宫时反叛的特点。猪八戒是一个带有喜剧色彩的形象,他贪吃、好睡、恋色,头脑愚笨而又自作聪明。唐僧是一个善良而又肉眼凡胎的虔诚佛徒,坚执人参果是“三朝未满的孩童”。明末睡乡居士《二刻拍案惊奇·序》谈到《西游记》时说,“师徒四人,各一性情,各一动止,试摘取其一言一事,遂使暗中摩索,亦知其出自何人”,揭示了《西游记》个性化人物形象塑造的卓越成就。选文对五庄观两个小童的年龄、人参树、人参果以及镇元大仙与孙悟空斗争的描写,充满奇幻的浪漫主义想象,但人物都个性鲜明,具有现实真实感,因而给人的感觉是亦真亦幻,幻中有真。这正是《西游记》艺术上成功的奥秘。

《走进中国古代小说》中的“活动资料”是吴组缃的《我国古代小说的发展及其规律》和周先慎的《怎样分析和鉴赏中国古典小说》,两者都涉及了“四大名著”,尤其是前者还主要以《西游记》为例分析了古代小说中的幻想与现实问题。

与之配套的本书编写组编,山东人民出版社2005年10月第一版、2007年11月第七次印刷普通高中课程标准实验教科书·语文(选修)《〈中国古代小说选读〉

读本》中的单元名称与《中国古代小说选读》中的相同，只是每个单元由“作品赏读”“活动拓展”“经典助读”和“学法导读”构成。第四单元的“作品赏读”第18—23课为《陨大星汉丞相归天 见木像魏都督丧胆》(罗贯中)、《梁山泊好汉劫法场 白龙庙英雄小聚义》(施耐庵)、《惑奸谗抄检大观园》(曹雪芹)、《镇元仙赶捉取经僧 孙行者大闹五庄观》(吴承恩)、《徽州府烈妇殉夫》(吴敬梓)、《明湖湖边美人绝调》(刘鹗)。《镇元仙赶捉取经僧 孙行者大闹五庄观》(从“却说他兄弟三众，到了殿上”，到“走出殿来，一把扯住”)写孙悟空推倒人参果树，逃出五庄观，镇元大仙得知后以袍袖将师徒四人掳回，命小童鞭打。夜间师徒再次逃出，又被捉回。镇元子命将孙悟空下锅油炸，孙悟空却变成石狮将锅砸穿。可能是因为《万寿山大仙留故友 五庄观行者窃人参》在《中国古代小说选读》中是一篇自读课文，所以在《〈中国古代小说选读〉读本》第四单元的“活动拓展”“经典助读”和“学法指导”中没有提及《镇元仙赶捉取经僧 孙行者大闹五庄观》，只是在“学法导读”所选的鲁瑜的《什么是章回小说》中提及《西游记》是最好的一部神魔小说。

刘永平主编，北京师范大学出版社2005年9月第三版、2006年1月第一次印刷《初中语文自读课本》第四册前的“编者的话”称：其与课内教科书中的教读课文相互呼应、配合，选文注重经典性、规范性、科学性和趣味性。第15单元“走进名著的殿堂”选了《孙悟空大闹天宫》(吴承恩)和《刘玄德三顾茅庐》(罗贯中)。《孙悟空大闹天宫》(从“话表齐天大圣到底是个妖猴”，到“唤名‘五行山’，轻轻的把他压住”)的课后“自读导航”如下：

图5－19 《初中语文自读课本》(2005)

一、孙悟空是同学们熟知的人物形象，他具有神性、人性和猴性的特点。试分析下面的句子，看看它们分别表现了孙悟空什么样的性格特点。

1. (孙悟空)无事闲游，结交天上众星宿，不论高低，俱称朋友。

2. (孙悟空)道：“他虽年劫修长，

也不应久占在此。常言道:‘皇帝轮流做,明年到我家。’只教他搬出去,将天宫让与我,便罢了;若还不让,定要搅攘,永不清平!”

3.(孙悟空)道:“我的手段多哩!我有七十二般变化,万劫不老长生。会驾筋斗云,一纵十万八千里。如何坐不得天位?”

4.(孙悟空)拔下一根毫毛,吹口仙气,叫“变!”变作一管浓墨双毫笔,在那中间柱子上写一行大字云:“齐天大圣,到此一游。”写毕,收了毫毛。又不庄尊,却在第一根柱子根下撒了一泡猴尿。

二、神话故事是现实社会的曲折反映,孙悟空尽管艺高胆大,最终还是逃不出如来的手掌心,被压在五行山下。请你结合所学的历史课有关知识,说说你对这一结局的认识。

三、课外阅读《西游记》。

王富仁、傅中和主编,河北省教育科学研究所编著,河北大学出版社 2005 年 12 月第一版、2014 年 11 月第十次印刷义务教育课程标准实验教科书《语文》七年级下册的书前导言《当你拿到这本书的时候……》写道:“当你拿到这本书的时候,又是一个春风送暖的季节。昨天,你的勤奋和智慧在生命之树上留下新的年轮;今天,你又怀着满心的喜悦和期待在人类文化之旅中继续前行”,“在拓展阅读的空间里,你会了解到悠久而丰富的长城文化,会情不自禁地走进鲁迅的《朝花夕拾》,会迫不及待地捧起厚厚的《西游记》……”最后一单元(第 6 单元)的导语写道:“世界之大,无奇不有。本单元几篇课文中的文学形象,有的武艺高强,有的身手不凡,有的技能超群,有的充满传奇色彩。阅读这些课文,你会在独特的审美体验中开阔眼界,提高想象力。学习这个单元,了解描写人物个性化语言和独特行为方式的作用,学习运用多种手法刻画人物形象。”阅读部分的第 26—30 课是《鲁智深倒拔垂杨柳》(施耐庵、罗贯中)、《龙宫“借”宝》(吴承恩)、《棋王》(阿城)、《口技》(林嗣环)、《大铁椎传》(魏禧)。写

图 5-20　义务教育课程标准实验教科书《语文》(2005)

作实践是《给我留下深刻印象的人》。拓展链接是《神魔皆有人情 精魅亦通世故——一部家喻户晓的文学巨著〈西游记〉》。第27课《龙宫“借”宝》(从“悟空会聚群猴,计有四万七千余口”,到“四海龙王甚是不平,一边商议进表上奏不题”)后的“想一想 做一做”有四题:

一、孙悟空为什么要到龙宫“借”宝?他怎样“借”的宝?

二、下列是课文中描写金箍棒的句子,结合这些句子说说金箍棒的神奇之处。

1. 一块天河定底的神珍铁,这几日霞光艳艳,瑞气腾腾。

2. “扛不动!抬不动!须上仙亲去看看。”

3. ……乃是一根铁柱子,约有斗来粗,二丈有余长。

4. 说毕,那宝贝就短了几尺,细了一围……那宝贝真个又细了几分。

5. 原来两头是两个金箍,中间乃一段乌铁;紧挨箍有镌成的一行字,唤做“如意金箍棒”,重一万三千五百斤。

6. 拿出外面,只有二丈长短,碗口粗细。

三、结合课文内容,说说孙悟空具有哪些超凡的本领。给同学们讲讲你所知道的孙悟空的其他故事。

四、从班里挑选出合适人选,借助音像资料,编排“龙宫‘借’宝”短剧,要将不同的人物的神态、语言、动作等表现出来。

“写一写 用一用”是要求积累“纷纷攘攘”“熟谙”等词语。

《神魔皆有人情 精魅亦通世故——一部家喻户晓的文学巨著〈西游记〉》分为两部分:《一个神奇的想象世界》从成书年代、主要情节方面对《西游记》作了介绍,并呈现了“神猴出世”和“智斗二郎神”两个精彩片段。《一个富有反抗性的神话英雄》以“闹天宫”“游地府”两个精彩片段来表现孙悟空斩妖诛怪、为民除害、敢打敢拼的英雄气概。最后总结道:“《西游记》无论在思想性和艺术性上,都是中国古典文学中一部优秀的作品,正如鲁迅所说:‘神魔皆有人情 精魅亦通世故’。”

人民教育出版社、课程教材研究所中学语文课程教材研究开发中心、北京大学中文系语文教育研究所编著,人民教育出版社2007年2月第一版、2015年12月第十二次印刷普通高中课程标准实验教科书《语文》选修《中国小说欣赏》第1单元“历史与英雄”是《三国演义》和《水浒传》,第2单元“谈神说鬼寄幽怀”是《西游记》和《聊斋志异》。教科书节选的《孙悟空大战红孩儿》(从“孙悟空在乌鸡国刚降了青毛狮怪”，到“着小的排宴奏乐，欢笑不题”），写红孩儿扮成小孩掳走唐僧，孙悟空、猪八戒去营救，却被红孩儿放火烧伤，猪八戒想去找观音，路遇红孩儿变的假观音被捉走。文后的“赏析”“思考”称：这里写了师徒之间的既“和”又“离”的关系，以及从“人性”“猴性”“神性”三方面塑造孙悟空形象的技法。链接中提供了何锡章著《幻象世界中的文化与人生〈西游记〉》、刘勇强著《奇特的精神漫游——〈西游记〉新说》、林庚著《西游记漫话》等参考书目。

张翼健、张笑庸主编，长春出版社2007年6月第三版、2015年5月第九次印刷义务教育课程标准实验教科书《语文》七年级上册前的“写给同学们”称：“学好语文要注意积累”，“语文能力是在语言实践活动中形成的”，“读书要读好书”，因为“只有用人类文明史上最优秀的精神产品来丰富自己的头脑，你才会创造出超越前人的成果”，“课本中选的大都是这样的文章。当你在阅读中走近大师并与之对话的时候，你不仅会学到他们优美的语言、丰富的表现手法、深刻的思索与独到的见解，而且会得到灵魂的洗涤、美的熏陶与智慧的启迪”。其“阅读”部分的课文最后几课(第16—20课)是古代作品：《〈论语〉八则》、《晏子使楚》(《晏子春秋》)、《古代神话六则》(《盘古开天辟地》《女娲补天》《精卫填海》《刑天舞干戚》《夸父逐日》《鲧禹治水》)、《大闹天宫》(吴承恩)、《记·铭·说·志四篇》[《小石潭记》(柳宗元)、《陋室铭》(刘禹锡)、《爱莲说》(周敦颐)、《寒花葬志》(归有光)]。第19课《大闹天宫》(从“话表齐天大圣被众天兵押去斩妖台下”，到“众雷神与阿傩、迦叶一个个合掌称扬道：‘善哉！善哉！’”)的课后“积累”二对其艺术形式作了分析：“‘大闹天宫’体现了鲜明的浪漫主义特色。第一，所写全为神话幻想式的内容，充满了丰富的想象。第二，采用夸张的手法。第三，语言诙谐风趣，生动活泼。阅读课文，仔细体会这些特点。”“思考与讨论”则主要围绕内容、思想来设题：

一、课文中大圣自称为“天地生成灵混仙，花果山中一老猿”。结合课文找一找，哪些情节体现了大圣的猴性？

二、从下面大圣回答如来的两段话中，你能看出大圣有一种什么样的精神？

1. 因在凡间嫌地窄，立心端要住瑶天。灵霄宝殿非他久，历代人王有分传。强者为尊该让我，英雄只此敢争先。

2. 他虽年劫修长，也不应久占在此。常言道：“皇帝轮流做，明年到我家。”只教他搬出去，将天宫让与我，便罢了；若还不让，定要搅攘，永不清平！

三、"大闹天宫"以孙悟空的最终失败而结束，他再神通广大和法力无边，也还是逃不脱如来佛的掌心，终被压在五行山下。对这个结局，你怎么看？

第三题没有限制学生思考的方向，答案也就会是多种。

图 5 - 21　九年义务教育课本《语文》(2008)

上海市施行"五四学制"，所以六年级属于初中阶段。上海市中小学(幼儿园)课程改革委员会编，上海教育出版社 2008 年 12 月第三版、2011 年 11 月第四次印刷九年义务教育课本《语文》六年级第二学期最后一单元(第 8 单元)"读一本名著"中的 3 篇课文(第 31—33 课)全部选自《西游记》：《花果山拥立美猴王》《孙悟空棒打白骨精》《火焰山宝扇灭火焰》。所以，此处的"名著"就是《西游记》(2008 年 6 月第四版第一次印刷六年级第一学期第 7 单元"读书有味"中第 25 课是冰心回忆童年包括读《西游记》的经历的《忆读书》)。《花果山拥立美猴王》(从"话表世界之间，分为四大部洲"，到"独自为王，不胜欢乐")课后的"学习建议"分为"阅读""表达"和"积累"：

阅读

美猴王之所以受到群猴的拥戴，有哪些原因？

反复诵读课文第二、三两段，体会概括叙述的作用，品味本文语言凝练、工整的特点。

表达

石猴"出生""称王"的过程，很富有传奇色彩，请以"石猴出生"或"石猴称王"为基本情节，编写一个故事，声情并茂地讲给同学们听。

积累

查字典，给加点的字注音，并抄写这些词语：

迸(　　)裂　拖男挈(　　)女　瞑(　　)目　石碣(　　)

镌(　　)　抓耳挠(　　)腮　君臣佐(　　)使　合契(　　)

查成语词典，解释下列成语：

喜不自胜____ 天造地设____

课后阅读《西游记》原著(人民文学出版),并做好摘录笔记。

图 5-22 九年义务教育课本《语文》(2008)

《孙悟空棒打白骨精》(从"却说那妖精在半空中,夸奖不尽道",到"止不住腮边泪坠,停云住步,良久方去")的"学习建议"中的"阅读"为"在'棒打白骨精'的情节中,作者对唐僧、猪八戒的描写为塑造孙悟空的形象起到了衬托作用,试引用文中的一些材料加以分析"和"阅读结尾两段,圈画出能表现孙悟空重情重义的性格特点的语句,有感情地朗读,并思考这些语句分别是从哪个角度来刻画人物性格的"。"表达"为"'孙悟空三打白骨精',课文节选的是第三次。请讲述孙悟空前两次棒打白骨精的情节过程"和分角色朗读"却说那妖精在半空中……那悟能、悟净,就不是人?"《火焰山宝扇灭火焰》(从"这大圣收了金箍棒,捻诀念咒",到"第三扇,满天云漠漠,细雨落霏霏")的"学习建议"中的"阅读"为"课文情节围绕宝扇展开,主要由'借扇'和'用扇'组成,但在'借扇'的叙述上洋洋洒洒,而在'用扇'的叙述上惜墨如金,作者为什么这样安排"和朗读第一、四段,圈画出富有表现力的动词并说说其表达效果。单元后的"综合学习"《分享阅读的快乐》的必做项目是"向同学推介一本好书",选做项目是"开个读书交流会",在指导学生在读书交流会的准备阶段撰写读书报告时就以《西游记》为例来说明,如可以《西游记》中的人物为话题:"唐僧的愚蠢和智慧""聪明勇敢的孙悟空""猪八戒的懒与馋"。

在洪宗礼主编、江苏教育出版社 2009—2016 年出版的义务教育课程标准实验教科书《语文》七至九年级中,除了 2009 年 10 月第八版、2015 年 10 月第七次印刷七年级下册第 4 单元的"名著推荐与阅读"专门介绍了《西游记》,并选了《美猴王》和《孙悟空一调芭蕉扇》,以及在 2009 年 10 月第七版、2015 年 10 月第七次印刷八年级下册第 4 单元的"名著推荐与阅读"中专门介绍了《水浒传》,并选了《鲁

图 5-23　义务教育课程标准实验教科书《语文》(2009)

提辖拳打镇关西》和《智取生辰纲》,在其他 5 册中既没有出现节选自"四大名著"的课文,也没有出现专门介绍其他三部名著的文字。七年级下册第 4 单元的课文(第 15—18 课)是《松鼠》(布丰)、《松树金龟子(节选)》(法布尔)、《国宝——大熊猫》(叶永烈)、《黔之驴》(柳宗元)。其后的"名著推荐与阅读:《西游记》",首先强调"看电影、电视并不能代替阅读原著。文学名著自有其无可取代的魅力",然后介绍阅读《西游记》的方法:

一、通读原著,了解故事的基本情节,注意孙悟空、猪八戒、唐僧等主要人物形象的特点。

二、阅读原著的新版序言和注释,加深对原著的了解。

三、通过阅读本专题的附录以及其他途径,了解作者吴承恩的生平、《西游记》故事的来历和发展演化。

四、比较小说原著和电视剧的异同,尝试着评说电视剧的成败得失。

五、如果时间不够,或者对某些部分不感兴趣,可以跳着看,拣精彩有趣的部分看。

接着呈现了《美猴王》和《孙悟空一调芭蕉扇》,要求围绕节选部分的文字或者插图与同学交流。编者在《美猴王》(从"海外有一国土,名曰傲来国",到"秋收芋栗延时节,冬觅黄精度岁华")后面

图 5-24　义务教育课程标准实验教科书《语文》(2009)

的评析文字中称孙悟空本领高强、机智勇敢，并认为因为他发现了水帘洞才让众猴有安身立命的去处，所以推举他为领袖，然后感叹道："真正的领袖从来都是在实践中锻炼成长，最后由公众推举出来的。"在《孙悟空一调芭蕉扇》(从"却说那行者霎时径到翠云山"，到"毕竟不知大力王有甚缘故，且听下回分解")中称："孙悟空有勇有谋，既会防御又会进攻。"所附录的"有关资料"全面而详细地介绍了《西游记》。最后是"写作·活动"：

一、有人说《西游记》不是吴承恩写的，它另有作者。从书刊、报纸、网络上收集资料，看看究竟是怎么一回事。

二、读过小说以后，有机会再看一遍电视剧，感觉跟过去看有什么不同？写一篇短文谈谈你对电视剧的看法。

三、开一个故事会，每人讲一段《西游记》故事，看谁讲得准确、生动、有趣。

四、孙悟空头上有一个金箍，如果没有这个东西约束他，故事将会怎样发展？猪八戒缺点、毛病很多，但是大家还是喜欢他，这是怎么回事？读《西游记》可能还会产生许多问题，就这些问题展开讨论。

此外，这套书的2016年6月第七版第一次印刷八年级下册附录一《应用文示例》中建议书的示例是夏衍写于1982年10月5日的《关于"改进电视系列片〈西游记〉"的建议》。

图5-25　义务教育课程标准实验教科书《语文》(2011)

史习江主编，语文出版社教材研究中心编，语文出版社2011年5月第一版、2013年5月第三次印刷义务教育课程标准实验教科书《语文》七年级上册第1课是冰心的《忆读书》。冰心在文中回忆了自己在幼年时读"四大名著"等文学作品的经历和感受。第4单元第13—16课是《空城计》(罗贯中)、《美猴王》(吴承恩)、《心声》(黄蓓佳)、《勇气》(狄斯尼)，都是小说。单元导语称："阅读小说，要注意理清故事情节，把握人物形象，体会环境描写的作用，从而理解它所反映的社会生活的意义。"《美猴王》的课后"思考与练习"有三题：

一、熟读课文，用自己的话讲讲石猴来到世上、成为美猴王的故事，讲述时可以配合适当的动作、表情。

二、结合课文中对美猴王动作、语言的描写，说说美猴王有哪些特点。

三、课外阅读《西游记》，选一两个精彩片段讲给同学听，并说说孙悟空在你的心目中是怎样一个形象。

"字词积累"是学习"镌""天造地设"等八个词语。

课程教材研究所中学语文课程教材研究开发中心编著、人民教育出版社出版的义务教育课程标准实验教科书《语文》的"写在前面"称：不仅新的教科书内容变化很大，而且"为了用好新课本，你也许需要进行一次语文学习的'革命'——形成一种自主、合作、探究的语文学习新方式"。每一单元分为"阅读""写作"及"综合性学习"。2013年3月第二版、2013年6月第一次印刷义务教育课程标准实验教科书《语文》七年级上册第6单元的阅读第26—30课是《小圣施威降大圣》(吴承恩)、《皇帝的新装》(安徒生)、《女娲造人》(袁珂)、《盲孩子和他的影子》(金波)、《寓言四则》(《赫耳墨斯和雕像者》《蚊子和狮子》《智子疑邻》《塞翁失马》)。《小圣施威降大圣》(从"却说真君与大圣变做法天象地的规模，正斗时"，到"合心努力，把那美猴王围绕不题")前的导语围绕"想象"的话题写道："《西游记》里天马行空的想象世界，令人着迷。孙悟空是小说里面最具想象力的创造之一，他神通广大，兵器了得，七十二般变化更是让他如虎添翼。此番遇上玉帝搬来的救兵二郎神，将会如何呢？"课文写孙悟空大战二郎神，两人变成各种东西斗法的故事。课后的"研讨与练习"有四题：

一、默读课文，用简练的语言复述孙悟空与二郎神的打斗经过。

二、课文中描述的打斗经过，紧张中透着诙谐；所使用的语言，给人妙处横生的感觉。请细心品味，各举出一两例加以评析。

三、孙悟空的每一次变化，二郎神都马上找到制伏他的办法。作者为什么不写孙悟空直接变成一个最厉害的？在别的作品中，你有没有看过类似的写法？

四、课外阅读《西游记》的相关部分，了解这场战斗的结局。

如果要完成上述四题，就可能需要运用自主、合作、探究的语文学习方式。

写作"发挥联想和想象"在介绍写作知识时提醒学生要注意联想、要自然贴切、想象要合情合理、联想和想象要有新意。编者以《西游记》为例解释"想象要合情合理”:“想象出来的事物未必是现实生活中有过的,但一定要合乎生活的逻辑。《西游记》中的孙悟空是虚构的,现实生活中不可能有,但它的创造却建立在真实生活的基础上,比如他身上有着猴子活泼好动的特点。”写作练习的题目是“假如我______”。编者提示可以补充为“假如我也有七十二变”“假如我有一双翅膀”,在构思时可以使用“用‘含情’的眼光看世界”(移情)、“夸张”和“故事新编”三种方法。关于“故事新编”,编者提示道:“由《西游记》改编的影视作品,有的除唐僧、孙悟空等这些主要人物的名字还保留外,基本看不出和原著有什么关系了。花木兰的故事,在美国的同名动画电影里,也被加以全新的改造。你不妨对自己熟悉的童话或神话故事进行改造,让它以崭新面目出现。”

综合性学习“少年正是读书时”分为“向名人学习读书”“好书大家分享”和“交流与讨论”三大板块。其中“好书大家分享”介绍如何选择一本好书做图书卡片,然后收集大家的图书卡片用宣传画的形式张贴在教室里向大家推荐各自最近阅读的书,并以推荐《西游记》为例来说明图书卡片的内容:

书名:《西游记》

作者:吴承恩

内容简介:孙悟空大闹天宫。唐僧师徒四人西天取经。

推介理由:中国古典小说四大名著之一。故事曲折有趣,人物各有特点。

这套教科书中的2009年3月第一版、2014年6月第二次印刷八年级上册在第17课《奇妙的克隆》的导言中再次提到了《西游记》:“《西游记》里的孙悟空有一个绝招令人拍案叫绝:他与妖魔们作战一旦吃紧,便从身上拔一撮猴毛,变出一大群小猴来参加战斗。这当然是神话,但是今天的科学却能实现类似的‘奇迹’,这就是‘奇妙的克隆’。克隆何以这样神通广大?还是听听遗传学家的解释吧。”

二 中小学语文教师的阐释

(一)对《西游记》的总体评价

受当时社会上的一些“戏说”“祛魅”思潮的影响,有人称:“《三国演义》中的‘虚伪’,《西游记》中的‘官场哲学’的恶俗体现均不能获得正值的教育价值。”[1]不

1 陈国安《小学语文课文中“四大名著”改写选入的反思——兼谈小学语文教材的价值观》,《小学语文教学》,2013年第4期第6页。

过，大多中小学语文教师均从正面肯定《西游记》的价值。2003 年，浙江省宁波市的计建华老师在小学一年级开设了一堂“你说我说《西游记》”的课。考虑到一年级孩子的特点，计老师主要是让学生说说自己所喜欢的《西游记》中的人物，学生说的是三个徒弟和白龙马。老师设计此课的目的之一是让学生在对话的过程中感受到原著《西游记》是一部有趣的书[1]。还有教师称：《西游记》是一部有教育意义的小说，告诉我们搞好教育既要弄清楚角色定位又要有共同的理想。[2] 有教师称：“《西游记》还应该是一部很有深度的讽刺小说。”[3] 还有教师借鉴网络资料称《西游记》是一部讲述唐僧心路历程的书：“一个魂魄合一、三元归一、五行俱全的人修身养性的心路历程。”[4] 有人称：《西游记》是写师徒四人的自我救赎的[5,6]。还有教师借鉴了学术界的《西游记》研究成果：“《西游记》热情赞美了孙悟空的反抗精神和英雄主义，辛辣地嘲讽了貌似威严、实则无能的天宫玉帝及诸神，深刻地揭露、批判了封建社会的黑暗腐朽和统治阶级的昏庸残暴。同时启示人们：为了实现某一崇高的目的，必须艰苦奋斗，长期坚持，勇敢地战胜一切敌人。”[7] 有教师认为，“人性化的人文主义性格的孙悟空是《西游记》人物创作最具特点的一面”。[8] 有教师认为，《西游记》在创作时“以佛理支撑人物塑造”[9,10]。还有教师从吴承恩在蕲州的任职经历及其所处时期明朝而认为孙悟空的形象源于昭化寺的僧人悟

1 计建华《你说我说〈西游记〉——一堂对话课和它所倡导的语文教育》，《人民教育》，2003 年第 15—16 期第 51—53 页。

2 许丽《教育是一部长长的〈西游记〉》，《福建论坛（社科教育版）》，2010 年第 1 期第 78—79 页。

3 许奇峰《在文学经典阅读中积淀祖国传统文化——执教〈孙悟空三打白骨精〉有感》，《小学教学（语文版）》，2007 年第 7 期第 30 页。

4 方昌时《趣谈〈西游记〉》，《考试周刊》，2012 年第 59 期第 23 页。

5 惠军明《自我救赎的漫漫长途——〈西游记〉主题新探》，《中学语文》，2011 年第 34 期第 46—47 页。

6 贾晓萌《从孙悟空的人物形象看〈西游记〉的修心寓言主题》，《现代语文（文学研究）》，2011 年第 3 期第 43—44 页。

7 周雨文《〈西游记〉导读》，《读与写（初中版）》，2008 年第 2、3 期合刊第 10—11 页。

8 王成《孙悟空的人文主义性格》，《新课程学习（基础教育）》，2010 年第 3 期第 117 页。

9 李龙富、肖小梅《〈西游记〉：以佛理支撑人物塑造》，《文学教育（下）》，2015 年第 6 期第 122—123 页。

10 周燕、喻小琴《佛教文化视野下的〈西游记〉解读》，《文学教育（中）》，2013 年第 7 期第 29 页。

空、猪八戒的形象是用来讽刺朱氏王朝的[1]。这是因为随着互联网的普及，教师获取学术资料非常便捷，也自然会及时受到学术界研究成果的影响。还有教师认为《西游记》的艺术手法表现为“三妙”“三奇”：“讽刺绝妙”“想象奇妙”“描写精妙”及“人奇”“境奇”“事奇”[2]。还有教师分析其中的孙悟空、唐僧、猪八戒的人物形象及塑造方式等[3—6]。不过，只有少数人虽然受已有的学术成果影响，但仍阐发了一些有新意的观点。如有老师认为，孙悟空的追求分为四个层次：“美猴王”“长生不老”“被天庭认可”“自由”[7]。有教师称孙悟空是一个“劫难中的皇权捍卫者”[8]。有教师称，猪八戒“丑”得有个性所以显得很“美”[9]。有教师称猪八戒性格中有“拙而不笨”“散而不懒”“勇而不懦”等积极面[10]。有教师称，孙悟空表现了“前青春期的英雄主义”、猪八戒表现了“青春期的个人享乐主义”、沙和尚代表

图 5－26　义务教育课程标准实验教科书《语文》(2006)

1　杨世英《〈西游记〉：“僧”悟空与“朱”八戒》，《高中生》，2010 年第 28 期第 18 页。

2　叶芬芳《浅析〈西游记〉塑造人物形象的艺术手法》，《中学语文》，2010 年第 15 期第 92—94 页。

3　马涛《试论〈西游记〉中的孙悟空形象》，《新课程(教育学术)》，2011 年第 6 期第 179 页。

4　孙雯《让学生品味到名著的原汁原味——以〈三打白骨精〉为例》，《小学教学参考》，2014 年第 31 期第 72 页。

5　罗才军《齐天大圣美猴王——〈猴王出世〉文本解读》，《小学语文教师》，2016 年第 6 期第 37—39 页。

6　秦建华《瑕瑜兼备——猪八戒的人性特征》，《中学语文》，2008 年第 9 期第 47—48 页。

7　朱斌《解读〈西游记〉中孙悟空的精神追求》，《中华活页文选(教师版)》，2009 年第 7 期第 17—18 页。

8　章春燕《劫难中的皇权捍卫者——三分法看〈西游记〉的主题和孙悟空等形象的分析》，《语文学刊》，2008 年第 14 期第 94、97 页。

9　罗蔚《走进〈西游记〉，品味“丑”八戒——也谈丑角的作用》，《现代语文(文学研究版)》，2009 年第 11 期第 55—56 页。

10　王美淼、王芳《猪八戒性格中的积极面——〈西游记〉人物形象探赜》，《语文学刊》，2011 年第 3 期第 118—120 页。

了“后青春期的自我修炼”[1]，等等。

（二）对节选部分的阐释

这一时期，因为语文教育高举人文性的大旗而忽视了对工具性的关注，主要表现之一是在阅读教学中围绕课文的内容（写什么）进行讨论而忽视其言语形式（怎么写）的鉴赏。鉴于此，有教师在教学《猴王出世》时就主张教学的着力点放在“言语形式探究与课文内容理解和谐统一”上，如带学生分析“食草木，饮涧泉”这一段的句式，让学生从简洁而富有节奏感的短句中感受石猴活泼跳跃、顽皮可爱、机灵敏捷的特点等[2]。有教师在解读《三打白骨精》时仍多采用以前的价值标准来评析其中的人物形象，如唐僧糊涂、悟空忠心、白骨精狡诈等，不过也出现了一些新的解读，如有人认为在这一节中唐僧和孙悟空的矛盾是“向善”与“除恶”之间的冲突[3]。有人指出白骨精在“三打”之中相继运用了“美人计”“苦肉计”“离间计”，放在一起就是连环计[4]。有人认为作者在《三打白骨精》中围绕“三”字重复叙事，所以教学时要紧扣“三变”“三打”和“三责”[5]。有人认为《三借芭蕉扇》中孙悟空的“借”扇行为应该细分为“一借”“二逼”“三骗”[6]。还有人认为孙悟空的三“借”其实根本就没借而是一“逼”、二“骗”、三“抢”[7]。还有人认为不仅要关注三“借”，还应关注三“扇”，即孙悟空每次将芭蕉扇弄到手后的扇芭蕉扇的行为变化[8]。有人认

---

1 雁沉寒水《〈西游记〉里的青春成长》，《高中生》，2010 年第 16 期第 22—23 页。

2 王春燕《语文不能得鱼而忘筌——由重“内容”到重“形式”》，《人民教育》，2009 年第二期第 43—44 页。

3 窦桂梅《〈三打白骨精〉课堂实录》，《语文教学通讯》，2008 年第 1 期第 41—43 页。

4 丁云珠《“陌生化”开启文本的钥匙——以〈三打白骨精〉教学为例》，《西藏教育》，2016 年第 11 期第 17 页。

5 张居勋《巧扣“三”字，感受名著魅力——〈三打白骨精〉教学例谈》，《中学课程辅导（教师通讯）》，2016 年第 11 期第 34 页。

6 朱连清《“借”来的精彩——〈三借芭蕉扇〉教学片段赏析》，《教学月刊（小学版）》，2004 年第 12 期第 40 页。

7 李华兴《〈三借芭蕉扇〉教学设计》，《教学与管理》，2005 年第 11 期第 65—66 页。

8 陈俊皋《浅谈〈三借芭蕉扇〉中的“三扇”导学》，《新语文学习（教师版）》，2012 年第 5 期第 76—77 页。

为教学《小圣施威降大圣》时要引导学生注意其中的“波折”与“烘托”[1]。还有人认为要关注其中的“雅趣”“理趣”“情趣”与“智趣”等趣味[2]。

三　中小学课外阅读中的《西游记》

学生阅读了节选自《西游记》中的课文会自发地或在老师的引导下在课外阅读原著。此外，其他一些涉及《西游记》的课文或者语文活动也会引发学生在课外阅读原著的兴趣。

“‘注音识字，提前读写’与素质教育课程教材改革研究”课题组教材编委会编，教育科学出版社2003年5月第一版、2004年5月第二次印刷九年义务教育六年制小学“注音识字，提前读写”实验教科书《语文》第九册第32课《三借芭蕉扇》的第二题就要求学生在课外开展阅读等语文活动：“阅读《西游记》的故事，再给同学们讲一讲。”

左普主编，山东教育出版社2003年9月第一版、2004年9月第二次印刷《高中语文自读课本》第1册第1单元“独特的视角”的第9课是《假如没有唐僧》（肖子）。作者用反讽的笔法写道：虽然唐僧作为一个“领导”很是无能，但是他办事“稳当”，深受更高的领导喜欢，而且有了他才有“戏”，如招来妖怪、给孙悟空念紧箍咒，等等。课后的“思考”有两题：“1. 如来佛祖、唐僧、孙悟空各是现实生活中什么人的代表？文章讽喻了怎样的社会现象？2. 作者的用人观是怎样的？你能归纳一下吗？”阅读这篇杂文后，学生也许会阅读《西游记》原著，并联系现实来评价其中的人和事。

课程教材研究所小学语文课程教材研究开发中心编著，人民教育出版社2004年9月第一版、2019年1月河南第一次印刷义务教育课程标准实验教科书《语文》四年级下册的“语文园地八”中的口语交际“向你推荐一本书”的开头写道：“随着年级的升高，我们读过的书也在不断增多。这些书中，可能有像《西游记》《水浒

1　杨宇鹏《〈小圣施威降大圣〉中的波折与烘托》，《中学语文教学》，2016年第4期第54—56页。

2　何庆华《用“趣”点靓语文课堂——兼谈谢申老师执教的〈小圣施威降大圣〉》，《语文教学通讯》，2016年第17期第48—49页。

传》那样的我国古典名著，也可能有像《一千零一夜》《格林童话》那样的外国经典作品……你都读过哪些书呢？从自己读过的书里，挑选一本喜欢的向同学推荐。”可见，在编者看来，小学生在课外起码要阅读《西游记》《水浒传》等我国的经典名著。

董小玉主编，西南师范大学出版社 2006 年 6 月第二版、2013 年 6 月第八次印刷义务教育课程标准实验教科书《语文》四年级（上）第 24 课是《猪八戒吃西瓜》（从“唐僧、孙悟空、猪八戒、沙僧一起到西天取经”，到“说得大家哈哈大笑”）。课文改编自鲍蕾于 1958 年根据《西游记》中的人物而创作的《猪八戒吃西瓜》。课文写唐僧师徒四人去西天取经，因天太热而在荒庙里休息。孙悟空去寻找瓜果解渴，猪八戒也要同去。走了一段路，猪八戒假装肚子疼不想走而想躺在白杨树下睡觉。孙悟空走后，猪八戒发现山脚下有一个大西瓜。他把西瓜切成四块。可是因为嘴馋，他先把自己的一块吃了。接着又把原打算留给孙悟空的一块吃了。可是越吃越想吃，于是就把沙僧的那块吃了。接着又想吃唐僧的那块，还一边念叨：“师父，师父！不是老猪不留给您吃，一来是老猪实在口渴，二来拿回去一块西瓜皮也不好意思，就让我老猪代您吃了吧。”在一旁暗中察看的孙悟空叫了一声“八戒”，猪八戒吓得把最后一块西瓜皮扔掉了。接着跟着孙悟空往回走。才走几步就因为踩在自己扔掉的西瓜皮上滑倒跌肿了脸。走了十几步又踩在自己扔的另一块西瓜皮上而跌倒。接连踩在四块西瓜皮上跌了四跤。回来时已经鼻青脸肿。唐僧、沙僧问他怎么回事，他结结巴巴地说：“我不该一个人吃了一个大西瓜，这一

图 5－27　义务教育课程标准实验教科书《语文》(2006)

路上摔了四跤。”大家听了哈哈大笑。除了这套教科书的五年级下册有选自《西游记》中的《美猴王》，其六年级上册（2006 年 6 月第一版、2014 年 6 月第九次印刷）第 8 单元“积累与运用”中的“自主阅读园地”选的萧乾写的《花灯》中也提到了《西游记》。萧乾在文中提到了颐和园长廊的雕梁画栋，有成套的《三国演义》《水浒传》或《红楼梦》；元宵节北京的花灯中就有《西游记》中的人物造型：“一下子是孙猴，转眼又出来八戒，沙和尚也跟在后面。”

张庆、朱家珑主编，江苏教育出版社 2003 年 6 月第五版、2004 年 6 月第一次印刷义务教育课程标准实验教科书《语文》三年级（上册）第 10 课是改编自《封神演义》的《哪吒闹海》。不过，哪吒也是《西游记》中的人物。所以老师在上课时可能也会提及《西游记》中的相关情节。

图 5－28　义务教育课程标准实验教科书《语文》(2006)

课程教材研究所小学语文课程教材研究开发中心编著，人民教育出版社 2005 年 11 月第一版、2008 年 11 月广西第一次印刷和 2009 年 7 月第三版、2016 年 12 月第十四次印刷义务教育课程标准实验教科书《语文》五年级下册节选了《猴王出世》的第五组的单元导语称：“有条件的同学，还可以读读原著中与课文相关的部分。”单元的“课外书屋”推荐阅读的是《西游记》。

杨再隋、曾果伟主编，湖南教育出版社 2006 年 12 月第一版、2015 年 11 月第八次印刷义务教育课程标准实验教科书《语文》四年级下册第 7 单元第 26 课是《三借芭蕉扇》。单元练习中的“大舞台”是《走进〈西游记〉》：

选择《西游记》中你最感兴趣的故事，反复阅读，还可以写点读书笔记。

和好朋友一起开个《西游记》故事会，讲一讲你最喜欢的章节。

你最喜欢《西游记》中的哪个人物？为什么喜欢他？写下来，在班级讨论会上做个发言吧。

就是要求学生在课外阅读《西游记》，并做读书笔记；在综合实践活动中，讲述《西游记》中的故事，评论其中的人物。

马新云等编，山东教育出版社2006年12月第一版、2016年10月第十次印刷义务教育课程标准实验教科书《语文》四年级下册第一单元的主题是“我爱读书”，课文第1—4课是《窃读记》《小苗和大树的对话》《走遍天下书为侣》《我的“长生果”》。单元导读称其教学目的是让学生“体会读书的乐趣，并学习一些读书的方法”。单元“展示台”中除了展示图书角中的图书、书架，读书兴趣小组开展讨论活动的场面，学生给图书归类、制定借阅规则的提醒，还展示的是一张阅读《西游记》的记录卡：

阅读记录卡	
班级：四年级二班 书名：《西游记》	姓名：王巍 作者：吴承恩
内容提要： 他是石头中蹦出来的一只猴子，机灵、顽皮，充满了乐观精神。大闹天宫时，他任性、敢作敢为。后来保护唐僧去西方取经，对师父忠心耿耿，和同伴团结友爱。唐三藏在他的保护下，顺利到达西方，完成了取经任务。	
阅读心得： 看完这本书，我觉得孙悟空跟妖魔鬼怪作不懈的斗争，是以无比的智慧、勇气和信心来接受挑战的。斗争越艰难，他的能力就越强。他的精神启发我，在学习上要有接受挑战的勇气和坚持不懈的毅力。	

这必然会引发儿童阅读《西游记》的兴趣，并学会做阅读记录等。

语文出版社教材研究中心、十二省小语教材编写委员会编，语文出版社2007年6月第二版、2013年6月第八次印刷义务教育课程标准实验教科书《语文》五年级上册第6单元“名著之旅”第30课《齐天大圣大战二郎神》的课后拓展，要求学生“课后读一读《西游记》”。

丁华芳、马新云等编，山东教育出版社2007年7月第一版、2016年7月第二版第十次印刷义务教育课程标准实验教科书《语文》五年级上册选入了《猴王出世》的第4单元的单元导语提醒道：“有条件的同学，还可以读读原著中与课文相关的部分。”单元练习中的“交流平台”要求学生交流阅读原著或原著节选的感受。《猴王出世》的课前导语提醒学生：“如果有兴趣，还可以读读《西游记》。”单元“课外书屋”只推荐了《西游记》，并在简介完《西游记》后写道：

在成长的岁月里，孙悟空、猪八戒、哪吒等曾经陪伴我们度过许多快乐的时光。如果能找来《西游记》原著读一读，书里那些神奇的故事一定会让你着迷，那扑朔迷离的神话世界一定会让你流连忘返。

编者为学生描绘了一幅令人向往的阅读图景。

图 5－29　义务教育课程标准实验教科书《语文》(2007)

图 5－30　义务教育课程标准实验教科书《语文》(2007)

张庆、朱家珑主编，江苏教育出版社 2007 年 12 月第二版第一次印刷义务教育课程标准实验教科书《语文》六年级(下册)第 3 单元第 8 课《三打白骨精》要求学生就自己所知道的《西游记》的故事与同学交流，并在单元知识短文中号召学生课外阅读《西游记》，文字下面还配了一幅小学生聚精会神地捧读人民文学出版社出版的《西游记》的照片。

郭振有、陶月华主编，河北教育出版社 2014 年 6 月第二版、2016 年 5 月第十二次印刷义务教育课程标准实验教科书《语文》三年级上册第 5 单元综合性学习中的“我的小笔头”写道：“你有写日记的习惯吗？在日记里，可以写你的欢笑、眼泪与感叹，记下你的希望与梦想，还有你的小秘密……”然后呈现了两则日记示例，第一则记的就是读《西游记》的心得：

8 月 20 日　星期一　雨

今天我把《西游记》这本书看完了。我特别喜欢孙悟空，他不但会七十二变，本领神奇，而且非常勇敢、坚强。他不怕天兵天将，也不怕妖魔鬼怪，要是没有孙悟空，唐僧一辈子也到不了西天。孙悟空也挺爱面子的，猪八戒一叫他“弼马温”，他就急，真有意思。我还惦记着一件事：孙悟空头上的那道金箍什么时候能给摘下来？

编者是想告诉学生：三年级应该学会写日记，可以读《西游记》了。

上述郭振有、陶月华主编，河北教育出版社 2008 年 5 月第二版、2015 年 7 月第九次印刷义务教育课程标准实验教科书《语文》五年级上册第 6 单元第 27 课《猴王出世》的课后“小建议”就建议学生在课外把《西游记》找来读读。

郑国民、马新国主编，北京师范大学出版社 2010 年 11 月第三版、2014 年 12 月第五次印刷义务教育课程标准实验教科书《语文》五年级下册的“书”单元中冰心的《忆读书》在回忆自己幼年读书的情景时写道：“书看多了，我也会挑选、比较。比如说看了精彩的《西游记》，就会丢下繁琐的《封神榜》，看人物如生的《水浒传》，就不会看索然无味的《荡寇志》等等。”

张翼健、张笑庸主编，长春出版社 2008 年 12 月第三版、2012 年 11 月第五次印刷义务教育课程标准实验教科书《语文》五年级下册第 3 单元“民俗”由沈从文的《腊八粥》和汪曾祺的《故乡的元宵》组成。汪曾祺在文中写小时候在元宵节时看走马灯，灯外面的图案是《西游记》中的师徒四人：“这外面的小人是唐僧、孙悟空、猪八戒、沙和尚。整个画面表现的是《西游记》唐僧取经。”

张翼健、张笑庸主编，长春出版社 2011 年 5 月第三版、2014 年 4 月第四次印刷义务教育课程标准实验教科书《语文》六年级上册第 8 单元“《西游记》与《水浒传》”中的《猴王出世》课后的“拓展与运用”要求读原著《西游记》。单元“表达”部分的主题是“走进名著中的人物”，要求学生评述《西游记》等名著中的一个人物：“孙悟空是一个家喻户晓的名著中的人物。在《西游记》中，他是一个不怕困难的强者，更是一个降妖除魔的勇者……因为读者的情况各不相同，所以每个读者对名著中的人物都有不同的认识。在《西游记》中，有猪八戒、沙僧、唐三藏……在《水浒传》中，有武松、林冲、鲁智深、宋江……你是怎样看待他们的？请选择一个你喜欢的人物，以《我眼中的×××》为题写一篇习作。”如果不读原著，就很难写出和写好。单元“综合学习活动”的主题是“走进名著”，要求学生以阅读“四大名著”为主开展活动，如汲取名家的阅读经验、举行“我与名著”读书交流会、撰写读书报告、交流阅读心得和阅读方法。其中“阅读经验”就是著名作家赵丽宏反思自己童年时读《西游记》的心得：

读《西游记》这本书时我才 6 岁。虽然吃力，但我从此知道书中有很多神奇的故事，比我看到的现实生活要丰富得多。如果有可能，可以把已经经过历史检验的、有定论的世界名著找来浏览一下，看一看它们好在哪里，想一想为什么会成为经典。经历了这一过程，你将成为一个情感丰富、知识渊博、思想深刻、见解独到的人。

包括《西游记》在内的“四大名著”无疑是“已经经过历史检验的、有定论的世界名著”。那么，怎么阅读呢？可以选择“故事太有趣了”的《西游记》等，“从中国的四大名著读起”，开展“我与名著”读书交流会，把《西游记》中猪八戒和孙悟空进行比较并说一说，撰写读书报告，讨论读书方法（如读读画画），等等。

图 5 - 31　义务教育课程标准实验教科书《语文》(2011)

张翼健、张笑庸主编，长春出版社 2011 年 11 月第四版、2013 年 10 月第三次印刷义务教育课程标准实验教科书《语文》六年级下册第 9 单元即“《三国演义》和《红楼梦》”单元“表达”的主题是“假如我是名著中的人物”，编者围绕“四大名著”来设题时要求学生以孙悟空的身份用第一人称来讲述《西游记》中的“大闹天宫”或“三打白骨精”等故事。这就需要阅读课文之外的原著中的相关部分。

中学阶段对“四大名著”的课外阅读更加重视。多套中学语文教科书在初一阶段用专题的形式介绍《西游记》以引导阅读。如于立国、马正友等编，山东教育出版社 2005 年 1 月第一版、2016 年 1 月第二版第十二次印刷义务教育课程标准实验教科书《语文》七年级下册的“名著导读”有两篇：《〈骆驼祥子〉：旧北京人力车夫的辛酸故事》和《〈西游记〉：一个奇幻的神话世界》。《〈西游记〉：一个奇幻的神话世界》的开头写道：“《西游记》真可以称得上是一部家喻户晓、妇孺皆知的小说。”然后分析其成功的三个原因：“善于说故事，可读性强”（故事情节曲折），“善于塑造人物”（人物形象典型，如孙悟空、猪八戒），“充满天马行空的想像和大胆奇特的夸张”（艺术手法高超）。关于第三点，编者分析道：

在小说中，天府、龙宫、仙境、地狱是打通了的，人物可以腾云驾雾，上天入地；玉皇大帝、东海龙王、天兵天将、妖魔鬼怪等可以共同登场；自然界的虎豹熊狮、花鸟虫鱼，甚至骷髅等都可以变成人形兴妖作怪；有法力的人物可以变形、钻心，无所不能。另外，书中还写了许多宝物，如太上老君的金刚套、观音菩萨的杨柳净瓶、铁扇公主的芭蕉扇、可以使人长生不老的人参果等都使人眼花缭乱，遐想万端。

接着提出“阅读建议”，就是要展开想象和联想进入文本所描绘的神奇、美妙的世界，而不必深究于语言文字上的古今差异。然后呈现了第六回“观音赴会问原因 小圣施威降大圣”中孙悟空大战二郎神的精彩片段（从“天王各居四维”到“合力努力，把美猴王围绕不题”）。文后还有点评：“这一段描写孙悟空与二郎神斗智斗法。二人都武艺高强，擅长变化。作者生动地描写了他们斗法的过程，可谓异彩纷呈，扣人心弦。阅读时要注意体会其中奇妙的构思与神奇的想像。”导读的目的是让学生在从整体和一些局部了解这部作品后继续阅读原著，所以最后设置了两道“探究思考”题：“1. 可能你和同学看过不少有关《西游记》的戏曲、连环画、动画片、电视剧，可是你知道整个故事的来龙去脉吗？读完后试着用自己的话讲述一下。2. 你最喜欢书中的哪个人物？说说你的理由。”其 2006 年 10 月第一版、2015 年 11 月第二版第十次印刷九年级下册第 3 单元第 11—14 课是《智取生辰纲》（施耐庵）、《杨修之死》（罗贯中）、《范进中举》（吴敬梓）、《香菱学诗》（曹雪芹）。四篇课文中有三篇节选自“四大名著”。不仅如此，这套教科书还导读了以下经典：《朝花夕拾》、《钢铁是怎样炼成的》、《骆驼祥子》、《西游记》、《海底两万里》、培根随笔、《傅雷家书》、《名人传》、泰戈尔诗文、《格列佛游记》、《水浒》、《简·爱》。其中就有两部出自“四大名著”。可见，编者对“四大名著”的重视。

王富仁、傅中和主编，河北省教育科学研究所编著，河北大学出版社 2005 年 12 月第一版、2014 年 11 月第十次印刷义务教育课程标准实验教科书《语文》七年级下册第 6 单元第 27 课是《龙宫“借”宝》，单元拓展链接是《神魔皆有人情 精魅亦通世故——一部家喻户晓的文学巨著〈西游记〉》。拓展链接后的“阅读建议”是“课外阅读《西游记》，把你最喜欢的一个故事讲述给同学听”。

上海市中小学（幼儿园）课程改革委员会编，华东师范大学出版社2007年8月第一版、2013年6月第十一次印刷高级中学课本《语文》（试用本）一年级第一学期第6单元后的单元学习活动三是“一段时间以来，出现了一股所谓‘戏说名著’的热潮，《大话西游》《水煮三国》等书应运而生。对此，你有哪些思考？与同学、家人交流”。要完成这项活动，首先应阅读《西游记》《三国演义》等。

上海市中小学（幼儿园）课程改革委员会编，上海教育出版社2008年12月第三版、2011年11月第四次印刷九年义务教育课本《语文》六年级第二学期最后一单元（第8单元）“读一本名著”中的3篇节选自《西游记》的课文后的“教学建议”中有“课后阅读《西游记》原著（人民文学出版社），并做好摘录笔记”以及“‘孙悟空三打白骨精’，课文节选的是第三次。请讲述孙悟空前两次棒打白骨精的情节过程”，都是建议学生要在课外阅读《西游记》。

孙绍振主编，北京师范大学出版社2009年11月第四版、2015年11月第七次印刷义务教育课程标准实验教科书《语文》七年级下册附录二“课外阅读”包括《怎样读〈西游记〉》和《〈古希腊神话故事选〉导读》两部分。这套教科书八年级下册中的知识短文《“经典”漫谈》写道：“今天‘经典’一词，一般是指历代相传公认的重要历史文化典籍，或具有代表性的优秀作品，如四大名著《红楼梦》《三国演义》《水浒传》《西游记》，就是我国古代小说的经典。”七年级上册的附录二“课外阅读”提出课外阅读有自由阅读和与课文相关的阅读两种。七年级下册中并没有《西游记》的选文，所以《怎样读〈西游记〉》应该是指导学生在自由阅读《西游记》时应关注的地方和所用的方法。编者从“现实的超越”（主要内容、故事源流、超现实的人物和事件以及淡化宗教色彩）、“神话中的人性”（故事中的人物身上兼具神性和人性）、“藏不住的尾巴”（孙悟空大战二郎神的精彩片段）、“只是肚子胖大，郎伉不像”（猪八戒的可爱与可笑）、“跳读和精读”（选择阅读方法，如开头的议论以及用辞赋描述人物面貌或场面的文字可以跳读，其他地方尤其是一些经典片段应精读）几个方面去分析。这样就对作品的内容、创作方法和读法作了较为全面的交代。编者还特别强调：“《西游记》中的许多故事，同学们已经有所耳闻了。可能大多是从影视节目、缩写本或者连环画上看到一些片段。要真正理解《西游记》，最好还是阅读原著。”编者并没有详细介绍一些故事，只是探讨关键的问题、赏析精彩的片段，以进一步引发学生在阅读原著时的探究和欣赏的兴趣。《〈古希腊神话故事选〉导读》则是将《西游记》与古希腊神话进行比较阅读，用举例的方式指出二者的异同，如《西游记》和中国古代神话中的神是不谈恋爱的，而希腊神话中的神不仅善于谈恋爱，还会因为谈恋爱而引发战争之类，可见古希腊的神比《西游记》中的神仙更接近于人，他们甚至在决策时也充满着原始的、本能的任性与冲动。最后编者写道：“从这里可以看出人类童年时代的野性和天真，也可以看出欧洲人与我们东方人的许多不同。”然后呈现《普罗米修斯》《俄狄浦斯王》两个故事。这样就既示范了比较阅读的方法，又进一步激发了学生阅读原著的兴趣。最后，编者在“建议阅读书目”中列出《西游记》和《古希腊神话选》。

蒋绍愚主编，北京教育科学院、北京出版社合编，北京出版社2003年6月第一版、2014年6月第十一次印刷北京市义务教育课程改革实验教材《语文》第15册八年级上学期用第8单元专题探究“阅读的想象能力”将“唐三藏路阻火焰山 孙行者一调芭蕉扇”作为一个专题来教学。此外，这套教科书中的2005年1月第一版、2016年1月第十一次印刷第18册九年级下学期用第1课《我的少年时代》（毛泽东口述/斯诺记录）中有一段毛泽东关于幼年阅读经历的回忆：“我是家里的‘读书人’。我熟读经书，可是不喜欢它们。我爱看的是中国旧小说，特别是关于造反的故事。我很小的时候，尽管老师严加防范，还是读了《精忠传》《水浒传》《隋唐》《三国》和《西游记》。这位老先生讨厌这些禁书，说它们是坏书。我常常在学堂里读这些书，老师走过来的时候（我）就用一本正经书遮住。大多数同学也都是这样做的。许多故事，我们几乎背得出，而且反复讨论了许多次。”领袖的幼年故事必然会激发起学生的仿效行为。

史习江主编，语文出版社教材研究中心编，语文出版社2011年5月第一版、2013年5月第三次印刷义务教育课程标准实验教科书《语文》七年级上册第14课《美猴王》课后的“思考与练习”三明确要求课外阅读《西游记》。这册教科书后的附录“名著引读（一）”介绍了《西游记》《哈利·波特与魔法石》《童年》。《西游记》简介了主要情节，最后写道：“《西游记》是我国经典小说之一，是最成功的带有童话神话色彩的文学巨著。其故事和人物，几乎家喻户晓，受到中外读者的喜爱。它给亿万人的童年带来欢乐，给人们带来无限博大的想象空间。《西游记》问世几个世纪了，时间和空间都挡不住孙行者在我们这个世界的驻留和驰骋。”

课程教材研究所中学语文课程教材研究开发中心编著，人民教育出版社 2013 年 3 月第二版、2013 年 6 月第一次印刷义务教育课程标准实验教科书《语文》七年级上册第 26 课《小圣施威降大圣》的题下注释介绍了节选部分之前的第五回的主要内容，在课后的“研讨与练习”中要求学生“课外阅读《西游记》的相关部分，了解这场战斗的结局”。另外，单元写作中要求以“假如我也有七十二变”写作及综合性学习中要求推荐《西游记》等名著，都需要学生在课外阅读《西游记》原著。

此外，北京大学语文教育研究所组编，温儒敏主编，人民教育出版社出版了一套 24 册每学期一册的小学至高中的“语文素养读本”。其前言称其基本定位是“课外读物，分级编写，与各个年级的语文教学呼应，重在引发阅读兴趣，感受汉语之美，提升语文素养”。2015 年 8 月第一版、2021 年 6 月第 12 次印刷初中卷第 1 册《黑暗中的猜谜》的第 4 个主题“说说唱唱”选了三个民间曲艺的选段：《孙悟空三打白骨精（快板）》（李润杰）、《关公战秦琼（相声）》（侯宝林、郭启儒）、《白玉堂夜斗展昭（评书）》（单田芳）。其中《孙悟空三打白骨精（快板）》改编自《西游记》：

说的是唐僧到西天去取经，
师徒四人跋山涉水赶路程，
唐僧他骑着一匹白龙马，
猪八戒、沙僧左右不离紧跟行。
看！开路先锋在头前走，
他就是大闹天宫的齐天大圣孙悟空。
这一天，他们师徒走进荒山里，
见座座高山险又凶，
怪石横生悬崖陡，
峭壁千丈入云层。
突然间，有一团黑云压山顶，
“呼！”平地刮起一阵风，
孙悟空手搭凉棚高声喊：
“师弟注意，这个地方有妖精！”
沙和尚一听撂下行囊挥禅杖，

猪八戒钉耙一横腆起胸，脯子肉腾棱儿腾棱，
唐三藏双眉紧皱下了马，
孙大圣忙说："师父莫担惊，
只要有我悟空在，
不论是大妖精、老妖精、大大小小、老老少少、
男男女女什么样的妖精管叫它
有来无还活不成！
师弟，你们和师父在此把我等，
待我登高一望查看清，
见物不要吃，见人也别理，
注意，注意，莫当耳旁风！悟空去也。"
"噌！"他一溜儿跟头没了踪影，
唐僧、沙僧立刻席地打坐闭双睛，
猪八戒肚子里边直咕噜，
饿得他两眼难合又难睁。
嗯，忽觉得有一股香味儿钻鼻孔，
猪八戒不由得口水往外涌，
定了定心神仔细看，
哎，见山石后走过来个女子挺年轻，
只见她右手拿着一把小团扇儿，
左手提着一篮子大白馒头热腾腾。
猪八戒"噌棱"一下忙站起，
"阿弥陀佛"念了几声，
这真是肚子饿了天上掉馅儿饼，
老猪想吃饭就有人把馒头蒸。
你看他，把悟空的嘱咐早忘掉，
一溜儿小跑往前迎：
"女菩萨，你这是从打哪里来？
这篮子馒头往哪儿送啊？"

“哟，大师傅，我家就在那边住，
我的爹娘烧香信佛会念经，
他二老叫我到山上去送斋饭。”
“噢。”猪八戒一听扯开了嗓门喊唐僧：
“师父，这山上有庙有和尚，
咱快去用斋把饥充。”
沙和尚忙说：“师父不要动，
咱们要等着大师兄。”
“这个?”唐僧犹豫心不定，
猪八戒拉起唐僧就往前行：
“女菩萨慢点走，我们跟你去。”
那女子回过头来笑盈盈：
“哟，长老，大师傅，前边就是天佛寺，
到那里吃什么斋饭都现成。
(白)我们走吧。”
“好，走。”
“且慢哪!”
“唰”一道金光从天降，
半空中跳下来了齐天大圣孙悟空。
铁棒一横拦去路：
(白)“站住!”
当时吓得这个女子心里一扑腾。
孙悟空用鼻子一嗅有妖气，
他立刻睁大了火眼金睛，“嚓嚓嚓嚓”朝
这个女子前前后后、左左右右、上上下下仔细盯：
“啊，原来是一具白骨骷髅，
你你你，你是一个白骨精!
大胆的妖魔哪里走!”
“唰!”金箍棒高高举在空，

就听"叭噗"一声响，

这女子，翻身倒地血肉崩。

"嗖！"一缕轻烟奔了山顶，

"噌！"孙大圣双脚一跺起在空，

他看出，白骨精的真身已逃走，

这尸体是妖精的化身地上扔。

文前的导读称：快板的节奏感很强，铿锵明快，听起来有种"嘎嘣脆"的爽利。念的时候不妨加上点"打击乐"并把声调提高一个八度，就成了"快板 Rap"。

虽然这一时期因 2016 年 9 月 26 日《中国青年版》刊发的《"四大名著"适合孩子阅读吗？》一文引发了关于"四大名著"是否适合中小学生阅读的争论[1]，而且广西师范大学在 2013 年 6 月进行的一项"读不下去"的经典的调查中宣称，《红楼梦》《三国演义》《水浒传》《西游记》依次排列在"读不下去"的经典中的第 1、3、6、8 位[2]。此时"去经典化"的思潮正在高涨。不过，"四大名著"除了依然经常被节选作为课文，还经常出现在中考或高考试卷中，如 2009 年江苏省苏州市中考语文试题中有一题是"《西游记》中孙悟空偷吃蟠桃、盗饮御酒、窃走仙丹，被捉住之后，又发生了哪些事他才被降伏的"[3]；又如 2013 年江苏省扬州市中考的一道语文试题："学者胡适说：《西游记》能使人开口一笑，这一笑就把那神话'人化'过了。参照示例，再举一个神仙妖魔也有人性的例子。示例：孙悟空骄傲自大，你看，他常常吹嘘自己。________________。"[4]甚至一些大学自主招生的试题中出现了《西游记》里"有多少个妖怪""如来和玉帝谁大"等引发争议的偏题怪题[5]。"四大名著"也因为这些原因而一直是中小学生课外普遍阅读的对象。上海市中小学（幼儿园）课程改革委员会编，华东师范大学出版社 2007 年 12 月第一版、2015 年 11 月第九次印刷高级中学课本《语文》（试用本）二年级第二学期第 14 课是《关于文学名著阅

1 《四大名著是否适合孩子阅读引热议》，《课堂内外创新作文（高中版）》，2017 年第 7 期第 12 页。

2 仲余《"死活读不下去排行榜"引发热议》，《中学语文》，2013 年第 29 期第 3 页。

3 禹良青、周国安《幻写世上人情 每杂解颐妙言——〈西游记〉解读》，《中华活页文选（初三年级）》，2010 年第 10 期第 47—48 页。

4 王小勇《〈西游记〉阅读导引》，《中华活页文选（初三年级）》，2013 年第 11 期第 35 页。

5 谢冬樱《从围绕〈西游记〉的几道热点题说起》，《语文教学之友》，2014 年第 4 期第 43—44 页。

读的调查》(原题为《文学名著：你还在读吗?》，刊登于2006年9月27日《解放日报》)，这项调查在15个市区的18岁以上人群中展开，共回收320份有效问卷。受访者认为“广为流传经久不衰”“唤起读者共鸣”以及“体现一个时代精神追求”的文学作品才能被称为“经典名著”。调查的组织者列出了一部分中外经典文学名著，“受访者了解并且阅读最多的是中国的四大古典名著”，其中占55.9%的受访者表示了解且阅读过《西游记》；其次是《三国演义》，占48.4%；再次是《红楼梦》，占48.1%；最后是《水浒传》，占47.2%。青少年最喜欢的是“孙悟空大闹天宫”“虎牢关三英战吕布”等经典情节。当然，随着传播媒介的变化，“四大名著”已经借助于戏剧、评书、电视剧、电影等得以传播。调查显示：在各种表现形式的《西游记》中，电视剧《西游记》最受欢迎，高达71.1%的受访者喜欢；其次是小说《西游记》，占41.8%；再次是电影《大话西游》，占26.7%；动画片和戏剧《西游记》，均未超过10%。“戏说”成为一种潮流。戏说《西游记》的电影《大话西游》《西游·降魔篇》《西游记之大圣归来》《万万没想到：西游篇》《西游记之三打白骨精》(仅2014年1月至2016年6月立项的以《西游记》为题材的电影就有35部[1])和书籍《糖醋西游》《悟空传》等也引发了观众阅读原著的兴趣。同时，随着生活压力的增大、生活节奏的加快，人们阅读纸质的经典名著的时间也在减少。2008年3月27日《文汇报》刊登的一篇报道《看全四大名著者不足三成》称，一项在全国25个省、区、市的66所学校近万名初中生中进行的阅读调查显示：全部阅读过四大名著的学生只占被调查人数的27.7%，阅读原著的只占7.9%。初中生最喜欢的依次是《西游记》《三国演义》《水浒传》《红楼梦》。性别因素影响显著：除了《西游记》的男女阅读比例分别为88.5%和88.2%而基本持平，男女阅读《水浒传》《三国演义》和《红楼梦》的比例分别是72.4%和52.6%、76.9%和55.4%、29.5%和50.3%。可见，男生和女生普遍喜欢阅读《西游记》，男生更喜欢阅读《三国演义》和《水浒传》，女生更喜欢阅读《红楼梦》。调查者认为，学生之所以普遍喜欢《西游记》是因为“其生动活泼的语言、妙趣横生的情节、瑰丽丰富的想象符合初中生的阅读心理，受到学生的欢迎和喜爱”[2]。另外，他们还调查了初中生阅读《西游记》的方式，结果显

1 李建英《国内〈西游记〉题材电影简述》，《电影文学》，2016年第24期第49页。

2 王柏玲、曹建召《看全四大名著者不足三成》，《文汇报》，2008年3月27日第九版。

示："读原著""读简缩版""读连环画""读影视版"的人数分别为3 424、2 189、2 026、5 852人。通过"读图"阅读《西游记》的占58%[1]。2009年，一项针对小学生的阅读调查显示：小学生最喜爱阅读的作品是"四大名著"，喜爱的程度依次为《三国演义》《西游记》《红楼梦》《水浒传》[2]。2010年，一项针对中学生的阅读调查显示：熟读《红楼梦》《三国演义》《水浒传》《西游记》的中学生分别占调查总人数的8.6%、29%、21%、54.6%[3]。这很有可能与多数学生小时候最初接触的是《西游记》(尤其是动画片或电视剧《西游记》每到暑假就会播放)有关。第七次全民阅读调查显示：在2009年我国国民阅读最喜爱的10本图书中，《三国演义》《红楼梦》《水浒传》《西游记》排在前四位[4]。

因为语文教科书中有阅读《西游记》的相关规定，又因为《西游记》适合小学生阅读，所以在教学完节选自《西游记》的课文之后，老师往往会举行《西游记》专题阅读活动。如江苏的张学青老师在执教完苏教版《语文》六年级下册《三打白骨精》之后，围绕"我读书，我快乐"中阅读《西游记》的提议，组织了一场题为"漫话西游"的班级读书会。47人组成的班级中有34人阅读了《西游记》原著，13人阅读了青少年版。读书会设置了四个板块："考考谁是'西游通'"(设置了40道题目，如"占有羊脂玉净瓶的妖怪是谁""第八十一难是什么")；"西游排行榜"(包括编写英雄谱、兵器谱、经典战役谱等)；"组建你的西游取经团队"(讨论"让你组建你的西游取经团队，你会选择哪些人，为什么"，讨论的结果是《西游记》中的师徒四人组成了一个优秀的团队——唐僧是稳健派的领导、孙悟空是技术骨干、猪八戒是润滑剂型人士、沙僧是踏实肯干的服务型员工)；"写一回属于你的'西游记'"(想象师徒四人在西行路上在什么关口会遇到什么精怪？这些精怪有什么样的法宝和功力？他们又是怎样过关的？学着给自己的文章取一个回目名称)。从第二天学生上交的作业来看，这堂课外阅读课内教学课的

---

1 陶本一、曹建召《全国初中生课外阅读调查报告》，《语文教学通讯·初中刊》，2009年第5期第9页。

2 《广州：小学生最爱啃四大名著》，《小学德育》，2009年第14期第4页。

3 彭亚娟、田有余《中学生四大名著阅读现状及对应教学策略》，《中国古代小说戏剧研究丛刊》，2010年第七辑第346页。

4 于翠玲《中学生名著读物的出版偏向——兼论从媒介素养角度引导中学生阅读名著》，《编辑之友》，2011年第4期第23页。

效果非常明显：学生的文章的语言明显受了《西游记》的影响，文章写得都很长，至少写了 2 页，最长的有 9 页[1]。有教师开展了“《西游记》班级读书会”活动：围绕有关《西游记》的影视作品欣赏音乐、鉴赏动画、分享经典（说说最喜欢的情节和人物并即兴表演）、推荐原著[2]。还有教师设计了“大话西游”、《孙悟空三打白骨精》剧本编写与表演等活动[3]。甚至有教师从 2015 年开始带学生读了五年的《西游记》，从连环画到注音版再到原著，老师和学生在一起围绕《西游记》聊天、讨论、品读、表演[4]。

这一时期，在不少中小学生的作文中也出现了有关《西游记》的题材，而且出现的次数相对于“四大名著”中的其他三部更多。2000—2001 年很少见到相关作文发表，2002 年只有《猪八戒提亲记》[5]、《悟空“叹”望 2008》[6]、《唐僧很自私》[7]等几篇，不过从 2003 年开始发表的相关作文数量急速增长，仅 2003—2016 年就有 300 多篇作文发表，如 2003 年发表的有《嘻游记之三打白骨精》[8]、《哆啦 A 梦大战孙悟空》[9]、《美国之旅——西游记外传》[10]、《新编西游记》[11]、《孙大圣，一个夭折的天才——〈西游记〉读后感》[12]、《现代版〈西游记〉》[13]、《西游记歪传》[14]、《唐僧师徒

---

1 张学青《漫话西游——〈西游记〉班级读书会纪要》，《人民教育》，2009 年第 2 期第 36—38 页。

2 顾琴《〈西游记〉班级读书会》，《小学语文教学》，2008 年第 1 期第 55—56 页。

3 阳超《〈西游记〉导读教案设计》，《黑龙江教育（中学教学案例与研究）》，2009 年第 10 期第 5—6 页。

4 傅松波《〈西游记〉阅读：跨越五年的经典》，《班主任之友（小学版）》，2020 年第 14、16 期合刊第 23—24 页。

5 胡瑞敏《猪八戒提亲记》，《小学生创新作文》，2002 年 S1 期第 26—27 页。

6 王恺文《悟空“叹”望 2008》，《小学生语文学习》，2002 年第 18 期第 40—41 页。

7 杨雨辰《唐僧很自私》，《小学生语文学习》，2002 年第 21 期第 44 页。

8 张凯、陈德富《嘻游记之三打白骨精》，《好同学》，2003 年第 3 期第 52—55 页。

9 周易《哆啦 A 梦大战孙悟空》，《小作家选刊（小学生版）》，2003 年第 3 期第 15—16 页。

10 吴柏锋《美国之旅——西游记外传》，《少年作文辅导（小学版）》，2003 年第 4 期第 37—38 页。

11 谢涛《新编西游记》，《小学生时空》，2003 年第 6 期第 11—12 页。

12 王箬《孙大圣，一个夭折的天才——〈西游记〉读后感》，《语文新圃》，2003 年第 6 期第 23—24 页。

13 王欣《现代版〈西游记〉》，《小学生作文辅导》，2003 年第 7、8 期合刊第 112 页。

14 刘佳鑫《西游记歪传》，《新作文（小学版）》，2003 年 Z4 期第 26—28 页。

看灯会》[1]、《孙悟空后传》[2]、《我陪孙悟空游瓷都》[3]、《悟空观战》[4]、《孙悟空下岗记》[5]、《假如我是孙悟空》[6]、《再回高老庄》[7]、《现代版〈西游记〉续写》[8]、《悟空探亲》[9]、《孙悟空植树》[10]、《悟空的感叹》[11]、《环保西游记》[12]、《孙悟空三考张小敏》[13]、《孙悟空大战SARS病毒》[14]、《孙悟空凡间游记》[15]、《悟空下界》[16]、《唐僧专访》[17]等。2016年发表的有《孙悟空送红包喽》[18]、《猪八戒受罚记》[19]、《西游记后传》[20]、《孙悟空美容》[21]、《花果山奇遇记》[22]、《猪八戒来我家》[23]、《八戒和〈地球好声音〉》[24]、《和孙悟空交换眼睛》[25]、《"齐天大圣"来了》[26]、《齐天大圣来哉》[27]、《孙悟空

---

1 邹倩汝《唐僧师徒看灯会》,《青少年日记》,2003年第8期第40页。

2 吴迪《孙悟空后传》,《金色少年》,2003年第9期第57—58页。

3 曹瑾瑜《我陪孙悟空游瓷都》,《少年作文辅导(小学版)》,2003年第9期第43—44页。

4 吴琼《悟空观战》,《初中生优秀作文》,2003年第9期第6—7页。

5 湖北高考生《孙悟空下岗记》,《语文新圃》,2003年第10期第38页。

6 梁德泰、朱帅《假如我是孙悟空》,《小作家选刊(小学生版)》,2003年第10期第14、19页。

7 尚婧菲《再回高老庄》,《初中生优秀作文》,2003年第10期第6—8页。

8 李沅沅《现代版〈西游记〉续写》,《小学生作文辅导》,2003年第11期第57—58页。

9 任绣亚《悟空探亲》,《中小学作文教学(小学生版)》,2003年第11期第1页。

10 吴迪《孙悟空植树》,《中小学作文教学(小学生版)》,2003年第11期第26页。

11 曹英昊《悟空的感叹》,《少年天地》,2003年第12期第43页。

12 罗雪菲《环保西游记》,《课堂内外(小学版)》,2003年第12期第25页。

13 吴贝佳《孙悟空三考张小敏》,《小学生时空》,2003年第12期第5—6页。

14 徐瑜《孙悟空大战SARS病毒》,《青少年日记》,2003年第18期第28—29页。

15 赵旸《孙悟空凡间游记》,《小学生》,2003年第19期第48—49页。

16 贾洪宽《悟空下界》,《新作文(小学版)》,2003年第28期第19页。

17 杨春霞《唐僧专访》,《初中生》,2003年第30期第29—30页。

18 罗燚锦华《孙悟空送红包喽》,《课堂内外(小学版)》,2016年第1、2期合刊第72—73页。

19 蒋佳林《猪八戒受罚记》,《东方少年(阅读与写作)》,2016年第2期第33—34页。

20 林义真《西游记后传》,《作文大王(中高年级)》,2016年第3期第22页。

21 费依琳《孙悟空美容》,《青少年日记(小学版)》,2016年第4期第29页。

22 殷召帅《花果山奇遇记》,《辅导员》,2016年第5期第9—10页。

23 任佳《猪八戒来我家》,《辅导员》,2016年第5期第62页。

24 杨翊《八戒和〈地球好声音〉》,《东方少年(快乐文学)》,2016年第7期第22—24页。

25 罗泽华《和孙悟空交换眼睛》,《初中生》,2016年Z2期第66—67页。

26 杨毅鑫《"齐天大圣"来了》,《小学时代》,2016年第14期第33页。

27 邢馨《齐天大圣来哉》,《七彩语文(习作)》,2016年第5期第22—24页。

注定没知交》[1]、《假如我是孙悟空》[2]、《了不起的唐僧》[3]、《倒看〈西游记〉》[4]、《我喜欢〈西游记〉》[5]、《〈西游记〉在我家》[6]、《孙悟空遭遇手机》[7]、《光头强遇上孙悟空》[8]、《猪八戒开超市》[9]、《我的老师是"美猴王"》[10]、《孙悟空下凡三日游》[11]、《猪八戒巧遇牛魔王》[12]等。这些作文的作者绝大部分是小学生，极少数是高中生。他们最喜欢的人物是孙悟空，有100多篇是围绕他来写的。他们最喜欢采用的方式是虚构，大多数学生写的是《西游记》中的人物穿越时空来到当下的现实生活中。这说明中小学生尤其是小学生在课外已经普遍读过《西游记》或者看过根据《西游记》改编的影视，而带有童话性质的神话小说《西游记》相对于"四大名著"中的其他三部更有利于学生发挥想象力和创造性，因为对其熟悉所以阐发感想，因为其为神话小说所以便于戏说、戏仿。

2017年9月，全国小学一年级和初中一年级学生开始统一使用由教育部组织编写的语文教科书，俗称"统编教材"或"部编教材"。其中教育组织编写、人民教育出版社2019年12月出版的义务教育教科书(五·四学制)《语文》五年级下册第2单元第5—8课是《草船借箭》《景阳冈》《猴王出世》《红楼春趣》。《猴王出世》节选自《西游记》第一回"灵根育孕源流出 心性修持大道生"。这套教科书中的2019年6月出版七年级上册第六单元的"名著导读"是《〈西游记〉精读和跳读》。导读开始介绍了《西游记》的主要内容和艺术特色。接着在"读书方法指导"中围绕《西游记》的阅读介绍了精读和跳读的方法。然后设计了"取经故事会""话说唐僧师徒""创作新故事"三个"专题"并要求学生选择其中的一个以小组为单位进行专题

---

1 谢浮名《孙悟空注定没知交》,《高中生》,2016年第22期第19页。

2 冯译宽《假如我是孙悟空》,《辅导员》,2016年第14期第60页。

3 赵亚婷《了不起的唐僧》,《中学生》,2016年第15期第55页。

4 东东《倒看〈西游记〉》,《新作文(小学中高年级版)》,2016年第10期第24—25页。

5 刘海洋《我喜欢〈西游记〉》,《初中生学习(高)》,2016年第10期第43页。

6 潘静雯《〈西游记〉在我家》,《小学时代》,2016年第26期第36页。

7 周双杭《孙悟空遭遇手机》,《课堂内外(小学版)》,2016年第11期第6页。

8 宋逸洋《光头强遇上孙悟空》,《发明与创新(小学生)》,2016年第11期第35页。

9 季雅雯《猪八戒开超市》,《创新作文(小学版)》,2016年第11期第14页。

10 王皓月《我的老师是"美猴王"》,《青少年日记(小学版)》,2016年第12期第26页。

11 黄锐超《孙悟空下凡三日游》,《少年文艺(中旬版)》,2016年第12期第44页。

12 吕雪萱《猪八戒巧遇牛魔王》,《创新作文(小学版)》,2016年第33期第26—27页。

探究。如“话说唐僧师徒”要求从唐僧师徒四人中选择一个自己最喜欢的写一篇短文介绍这个人物，要求概括地介绍人物的身世，用几句话总结其性格特征，并用书中的故事来印证，最好写出一些细节，还要说出自己喜欢的理由。教科书还节选了《孙行者一调芭蕉扇》作为“精彩选篇”，供学生阅读、研究。

2018 年 1 月颁布的《普通高中语文课程标准（2017 年版）》和 2022 年 3 月颁布的《义务教育语文课程标准（2022 年版）》都以语文学习任务群的形式来呈现课程内容，其中都有“整本书阅读”的学习任务群。《义务教育语文课程标准（2022 年版）》要求第四学段（第 7—9 年级）的学生能独立阅读古今中外诗歌集、中长篇小说、散文集等文学名著，撰写读书笔记，进行专题研讨。其所列举的名著有《朝花夕拾》《骆驼祥子》《艾青诗选》《西游记》《格列佛游记》《钢铁是怎样炼成的》等。此外，其在附录 2“关于课内外读物的建议”所开列的长篇名著中，第一本就是吴承恩的《西游记》，接着依次是施耐庵的《水浒传》，老舍的《骆驼祥子》，罗广斌、杨益言的《红岩》，埃德加·斯诺的《红星照耀中国》，斯威夫特的《格列佛游记》，夏洛蒂·勃朗特的《简·爱》，高尔基的《童年》，奥斯特洛夫斯基的《钢铁是怎样炼成的》等[1]。可见，语文课程标准对阅读《西游记》整本书的重视。另外，各地中考语文试卷也经常以《西游记》来命题。

总之，随着新的语文课程标准的颁布和统编教材的出版，《西游记》在语文教育中的接受和“四大名著”中的其他三部一样，进入了“统编教材”或者叫“整本书阅读教学”的新阶段。

1 中华人民共和国制定《义务教育语文课程标准（2022 年版）》，北京：北京师范大学出版社，2022 年版第 33、64 页。

后 记

我于2019年在华东师范大学出版社出版了“接受美学与中小学文学教育”丛书，其中的《〈红楼梦〉与百年中国语文教育》以及《近代文学与语文教育互动》的第六章“《水浒传》与语文教育对古典小说的接受”涉及“四大名著”中的两部。书出版后，我又发现了一些可以补充的新材料，而且书中有些论断需要修正。

2019年5月，在补充、修订这两本书的同时，我把《三国演义》和《西游记》在清末民国语文教育中的接受史也一并写出。当时，我想借此进一步探讨文学与教育的互动关系。一些研究者常认为近代以来文学与教育的关系是一种简单的“刺激—反应”的关系，即文学革命和国语运动者希望借助中小学教育来推行白话的文学、统一的国语，而中小学又恰好试图借助国语、文学作为教育工具和课程资源来推行教育改革。然而，我想通过“四大名著”及其他不同文体和语体的经典文本在清末民国中小学语文教育中的接受史研究来说明，文学与教育之间存在着的是一种非常复杂的互动关系。

后来，在申报上海市哲学社会科学项目时考虑到大家可能对“四大名著”在一个多世纪的语文教育中的接受史更感兴趣，于是以“‘四大名著’与百年中国语文教育”为题申报。项目获批后，我于2022年3—5月和9—12月完成了“四大名著”中的《三国演义》《水浒传》《西游记》在百年中国语文教育中的接受史的研究和写作，并补充、修订了《〈红楼梦〉与百年中国语文教育》一书。

可能在有些研究者或者广大读者看来《〈红楼梦〉与百年中国语文教育》最重要，不过我最喜欢《〈西游记〉与百年中国语文教育》。我在写的时候觉得这本书的内容很好玩，可能是因为《西游记》是带有童话性质的神话小说，读起来很有趣。

大家在阅读时可能也会有这种感觉。

我还想要说一下单个文本的接受史研究。很多人可能认为这只是在简单地梳理、罗列材料。然而，在我看来这就好比研究一片树叶，弄得好可以一叶知秋，弄不好就会一叶障目。要真正弄清楚一片树叶，就需要知道这根枝桠上还有哪些树叶，这些树叶与这片树叶之间的关系是什么，这棵树上还有哪些枝桠、树叶，这棵树在哪里以及其与树林里的其他树之间的关系是什么，还有这棵树下的土壤、周边的空气，等等。同样的道理，要弄懂一个文本，要看其与所在单元中的其他课文、这一册书中的各个单元、整套书中的各册之间的关系，还有不同编者、读者对其的解读，以及不同时期的教育思潮、文艺思想、政治形势，等等。所以，我认为文本接受史研究是比较艰难的事。

对于读者，尤其是对于广大语文教师和学生来说，除了可借此了解教育、文学、社会等发展史，还可以将其当成教学或学习的资源（如在解说某种观点时将其作为佐证的材料，在讨论某个话题时可以将其作为引子），可借此学习多种解读的方法并了解每一种解读方法后的影响因素，还可通过不同的解读结果而不是只凭某套教科书中的某种解读，从不同的角度和层面来全面、深入地理解某个文本。

最后，要特别感谢责任编辑王丹丹。这是我与她合作的第二本著作。她的专业让人钦佩，她的敬业更让人感动。

2023 年 8 月 20 日